很多年后，当薛恨想起这件事，想起贺钦问的这句话时，他都会在心里感谢老天——
感谢它经手舍得开眼，
感谢它慷慨地将这样的温暖送到自己身边，让自己之前遭遇的所有苦难都变得不值一提。

my 浴窖鱼养人
柳川

吟潮生

游客鱼朵人 著

长江出版社
CHANGJIANG PRESS

Happy Winter.

"你的婚礼?"

环境雅致的咖啡厅雅间里,问出这个问题的薛恨皱紧了眉头,精致的脸上满是不可置信。

在他对面坐着一个相貌清俊的男人,眉宇间带着毫不掩饰的喜悦:"对,我的婚礼。"

薛恨定定地看着方越澜,试图从自己这个多年好友的脸上看出点别的什么——比如这其实是个恶作剧;比如今天是愚人节;又比如这是什么莫名其妙的玩笑。遗憾的是,方越澜脸上只有由衷的欢喜。

"你什么时候有的对象?"

方越澜白净的脸蛋上居然出现了一丝红晕:"她是我的初恋,我们……"

薛恨的嘴角抽了抽:"我们认识这么多年,我居然不知道你还有个初恋?"

方越澜听后抿了抿唇:"因为高中时发生了一些事情,后来很长一段时间都没有联系,所以之前就没有告诉你……"

"高中……"薛恨细细品了品方越澜的回答,情绪有些复杂。他大学时就认识了方越澜,两人做了五六年的朋友,从来没见方越澜喜欢过谁。薛恨以为这是因为方越澜专注于学习和事业,结果他俩就几个月没怎么联系,方越澜转头就要结婚了,对象还是他高中时就有好感的人!

"对不起小恨,瞒着你是我不对,这段时间你太忙了,我就怕这

事会打扰你……"

薛恨伸手扯了扯颈间的领带,他这段时间确实很忙,跟朋友打拼了几年的工作室势头正好,数不尽的测试和数据需要他去处理,时不时还需要出差应酬,工作几乎占据了他所有的时间

也不知道是不是被社会打磨得久了,听见好友要结婚,自己却毫不知情,薛恨心里似乎也没有多不开心。他整理了一下情绪,摇了摇头:"你没做错什么,阿澜。"

方越澜见薛恨并没有很生气,也终于放下心来。他知道薛恨拿自己当好朋友,也自诩了解薛恨,于是在服务员将咖啡端上来后,方越澜替薛恨加了方糖。

"不管怎么样,我还是要向你说声对不起。"说完后,方越澜将咖啡托盘推到薛恨面前,"你是我一辈子的好朋友,所以我很希望你能来参加我的婚礼。"

薛恨的眼皮子跳了跳,面对方越澜澄澈的眼神,心里开始盘算自己最近的安排。他的犹豫却被方越澜看成了另一个意思:"婚礼日期还没定!你看看你什么时候方便,我就挑着那个时间办。"

"……是你的婚礼,你怎么迁就起我来了?"

方越澜眨了眨眼:"因为我真的希望你能来,小恨。"

薛恨在心里叹了口气:"天大的事也比不上你的婚礼,你不用迁就我,跟你的未婚妻好好商量,确定之后通知我就可以了。"

方越澜感激地对着薛恨笑。

两人又不咸不淡地闲聊了一会儿,薛恨全程就喝了两口手边的咖啡。

就在两人分别之际,薛恨的脑子里突然闪过一张讨人厌的脸:"这事姓贺的知道吗?"

"姓贺的?"方越澜顿了顿,反应过来薛恨口中的人是谁后有些忍俊不禁,"他跟你一样工作很忙,还不知道呢,你是第一个知道的,行了吧?"

薛恨舒坦了,舒坦完又问:"你会邀请他吗?"

方越澜点头:"当然,虽然你们之间不对付,但我和他也是好朋

友啊——"

薛恨冷哼一声:"他贺大少爷那么忙,抽得出时间吗?还是我靠谱。"

"是是是,你最靠谱了,要不要去我家一起吃个饭?"方越澜笑着站起身来。

薛恨也站起来,一边理了理自己的西装下摆一边摇头:"我还是不去了,回家洗澡睡觉去。"

方越澜笑得开怀。

分开之后,薛恨并没有像他说的那样回家,而是转头去了酒吧。

这个点没几个酒吧营业,不过薛恨在燕市漂了这么多年,找到一两家适合自己买醉的酒吧还是轻而易举的。

调酒师是薛恨的老熟人,看见薛恨后吹了个口哨:"哟,这不是小薛总吗?什么风把您给吹来了?"

薛恨毫不客气地翻了个白眼,却没有说什么,只是找了个角落的位置坐下,准备一醉解千愁。

调酒师见状也识趣,不再打嘴炮,一边调酒一边说:"要抽烟吗?给你一支?"

薛恨摇了摇头:"不抽。"

调酒师耸了耸肩,将盛放着蓝色酒水的酒杯递到了薛恨面前:"好吧,那我不打扰你了,有需要叫我。"

薛恨用鼻音"嗯"了一声,端起酒杯抿了一口酒,没什么酒味,像气泡水,是薛恨喜欢的口味。他其实并不爱喝酒,以前没混出头的时候连啤酒都不爱喝,因为这样能省下一顿饭钱。后来凭着对数据的敏感程度和工作天赋,薛恨被燕市本地的几个学长带着一起搞工作室,日子才慢慢好过起来。

薛恨不是怨天尤人的人,哪怕他爹很早就跟人跑了,哪怕他妈给他取了这么个破名字,薛恨还是拼了命地走到了今天,离开了那个边陲小镇,并且一辈子都不想再回去。

遇见方越澜是薛恨生命中为数不多的好运气。

上大学期间,方越澜就对薛恨照顾有加。方越澜的家庭条件很好,行为举止之间总带着点儿矜贵之气,可在和薛恨相处时却从来没端过少爷架子,在薛恨被穿小鞋的时候还特别仗义地站出来为他出头。

薛恨记得那是在大一的第二学期,他被专业课老师叫去整理实验器材,结果第二天,器材室里就有十几个精密零件丢失了,巧的是大楼的监控还坏了。

这件事情本不能说明和薛恨有什么关系,但薛恨的室友说在薛恨的储物柜里看到了这些丢失的零件,一时之间所有的矛头都指向了薛恨。

在薛恨看来这就是一场拙劣的嫁祸,他根本懒得辩解。辅导员私心相信薛恨不会做这样的事情,况且也没有确切的证据能证明零件是薛恨偷的,这件事本就这样过去了,但没过多久,关于薛恨的谣言就传播开了,说他手脚不干净,是个又穷又坏的小偷。

薛恨活了这么久,什么样的苦都吃过,这些异样的眼光薛恨完全没放在眼里,用他的话来说就是:有这生气的时间,还不如多打一份工。

直到大二奖学金评定时,这件事终于发展到了高潮——薛恨的绩点排名专业第一,无论是学科成绩还是综合测评他都遥遥领先,奖学金他当之无愧,这原本是板上钉钉的事。

没想到辅导员却找到了薛恨,带着歉意对他说:"校领导那边收到了好几封举报信,举报你和零件失窃的事情有关系,虽然没有证据证明是你,但是因为舆论的影响,我这边不好处理,只能取消你的奖学金名额。"薛恨咬紧牙关,垂在身侧的拳头死死握紧,眼中都带了些红血丝。

辅导员也叹了口气:"好孩子,暑假的工作找到了吗?如果没找到合适的,我这边给你找个薪资高点的。"

薛恨张了张嘴,说不出话,直到办公室的门被人打开,门口站着方越澜,他身后还跟着一个冷着脸的大高个。

方越澜朝辅导员问好后走进来,对辅导员说:"导员,我可以证明薛恨是清白的。"

方越澜告诉辅导员,器材室的监控确实是坏了,但其他地方的都没坏。他之前查了监控,能通过其他地方的录像证明薛恨的清白,也

/004

能找出真正嫁祸薛恨的人。

后来在方越澜的帮助下，薛恨成功拿到了那笔奖学金。嫁祸薛恨的人也得到了应有的教训。不光是学校给的——私底下薛恨还把人叫出来打了一架。

那气势特别像个土匪。

"土匪"薛恨特别知恩图报，在方越澜生日的时候，他拿了一半的奖学金给方越澜买了一套白色西装。他觉得那身西装仙气飘飘的，特别适合方越澜这样的"仙人"。

也因为这样，他对方越澜这个朋友的看重程度，只有他自己能体会。而一直围绕在方越澜身边的，除了薛恨，还有另一个存在感极强的人，叫贺钦。

贺钦模样长得好，家里还特别有钱，学习成绩差一点儿就赶上薛恨了，如果没有方越澜帮薛恨证明清白，这奖学金按道理是要落到贺钦头上的。

薛恨想，这大概就是贺钦那天跟在方越澜身后时，一脸冷意的原因——谁会跟钱过不去呢？不过这人是个心里藏得住事的，反正后来也没有给自己使什么绊子，薛恨也就没过多在意。

直到薛恨在方越澜的生日聚会上，送出了那个包装十分精美的礼盒，贺钦才像是忍无可忍了似的，在薛恨去洗手间的时候将人堵在了门口。

薛恨看了他一眼，没当回事，洗好手后拿过一边的纸巾擦干手，心里还感叹这大饭店就是不一样，连擦手的纸都比他家里擦嘴的软。

贺钦站在他身后开口："你以后离越澜远一点。"贺少爷就是贺少爷，说起这种无理的话来仍然理直气壮。

薛恨嗤笑一声："你在对谁说话？"

贺钦仍是目光冰冷地看着薛恨，那双狭长凌厉的凤眼里寒意十足。薛恨是被吓大的，所以他并没有被贺钦吓到，转身就要走。下一秒，贺钦却迅速用力地拽住了他的衬衫衣领："我说，以后离越澜远一点。"

薛恨扯扯嘴角，抬手大力捏住了贺钦的手："我就不，你能拿我怎么着？"

/005

"我一定会让你后悔。"贺钦语气森然地威胁。

薛恨的目光淬上了狠意:"尽管来呀,谁怕谁啊!"

电光石火间,也不知道是谁先动的手,两人就这么在洗手间里打了起来。薛恨打架从来没怂过,手脚并用地往贺钦身上招呼,而贺钦也不弱,他大概是学过点柔道,打架颇讲技巧,一边躲薛恨发疯似的拳头,一边出手,打起架来居然也没有落下风。

等到方越澜赶到的时候,薛恨和贺钦身上都挂了彩。

方越澜大声说:"你们这是在干什么?!"

薛恨和贺钦没一人听进去,又或者听进去了,但因为这声音来自方越澜,所以两人打得更来劲儿了。方越澜说话时,薛恨还用力屈膝往贺钦小腹上顶了一下,换来贺钦一声闷哼,下一秒,薛恨的脸上就又多了一个拳头印。

"住手!贺钦,薛恨!"方越澜干脆直接冲上去用身体隔开两个人,其间还不知道被谁踹了一脚。混乱的战局终于结束,薛恨喘着粗气对着贺钦说:"今天是阿澜的生日,我不和你计较,再敢惹我,我就让你见识见识什么叫厉害。"

贺钦眯了眯眼:"你最好把我的话放在心里。"

"谁怕谁啊!"薛恨再次将自己的土匪本色展现得淋漓尽致。

"你们这到底是怎么了?有什么话不能好好说吗?"方越澜站在两人之间左右为难,大概刚才不知道被谁踹的一脚把他踹痛了,这会儿他的衣服上都还有个鞋印。

薛恨正准备说点什么,贺钦却垂下眼眸装怂,他一边替方越澜拍了拍身上的灰尘一边摇头:"没事,你有没有受伤?"

无耻!装!薛恨在心里把所有能骂的词都往贺钦身上招呼了一遍,却也知道自己态度上不能输。他走近方越澜,面上是真诚道歉的样子:"我不跟他一般见识,对不起阿澜,让你担心了。"说完这话,他还能感受到贺钦的异样目光。

见这两人都不打算细说到底发生了什么,方越澜也不再问,何况今天的生日聚会还有其他宾客,最后他摇了摇头说:"我是来叫你们一起玩游戏的,大家都在等你们。"

/006

"好，我最喜欢玩游戏了。"薛恨龇牙对着方越澜笑，然后就拽着方越澜往前走了。

"可是你和贺钦的伤……"

"大老爷们儿皮糙肉厚的，不怕！"薛恨满不在乎地说，也不知道刚刚因为龇着牙笑，扯痛了嘴角而倒吸一口凉气的是谁。

贺钦在身后冷着脸，伸手覆在自己被踢过的小腹上，闷痛感依然十分明显。他心里想着，小土匪就是小土匪，跟谁打架都没有个分寸。

自那件事之后，两人算是彻底结下了梁子。

他俩抬头不见低头见的，只要碰面，基本上都要吵上几句。薛恨脾气来得快，贺钦嘴巴又欠得很，特别会戳薛恨的痛处，轻而易举就能激怒薛恨，后果就是两人总要打上一架才肯罢休。打完还要放两句狠话，薛恨放得多，而贺大少爷这样的天之骄子，在接触薛恨之前根本不知道骂脏话原来可以这么爽。直到他的手臂被薛恨抓出血来，贺钦才忍无可忍："你是狗吗？"

然后又是一场"恶战"。

结束后，薛恨一瘸一拐地离开了小巷子——他还得去给一个初中生补习物理。

两人就这么打打骂骂地共同度过了大学时光，贺钦用自己的方式在薛恨十分不幸的人生里添了浓墨重彩的一笔，浓到薛恨到现在想起贺钦都还牙痒痒。毕业后他们没有了接触的机会，他们不会再见面，也不会再有互殴的机会。贺钦是有头有脸的人物，这辈子说过最脏的话就是在和薛恨斗嘴的时候说的，而薛恨不同，他们始终不是一个世界的人。

薛恨就着酒水将过往回忆了个大概，回过神来才发现自己面前已经摆放了十来个空酒杯，全是他一杯一杯叫的。

薛恨晃了晃有些发沉的脑袋，伸出手数面前的杯子的价格："三百九十九……七百九十八……一千一百九十七……一千五百九十六……"

数到第四杯时,薛恨就忍不住低声喃喃:"我真有钱啊……"

夜色已深,酒吧里逐渐多了不少人。薛恨伸手托着脑袋闭上眼,沉浸在自己有钱喝酒的喜悦中,直到有人出现在他的身边,打断了他的享受——

"一个人喝酒吗?"身边传来一道清亮的声音,这音色跟方越澜的有些像,不过语气轻佻又玩味。薛恨顺着声音看去,见到了一个小男生。

酒精冲上头脑后,薛恨的视线都有些失焦,他打量着面前的男生,大眼睛,看起来年纪不大的样子。

薛恨轻笑一声,指了指身边的位置,小男生笑着坐在薛恨身边,两人开始有一搭没一搭地聊起天来。

薛恨问男生多大了,男生回他:"马上大二了。"

"大二……"薛恨呢喃了一句,之后他伸手拍了拍男生的肩膀,"要好好学习啊!"

"门禁过了,我回不去宿舍了,怎么办呀,薛先生?"男孩却提到了别的话题。

薛恨觉得没什么意思,意兴阑珊地说:"那你去睡天桥吧。"

"……"小男生被薛恨的话弄得有些不知所措,他今天难得遇到薛恨这样一个人喝酒的,还想着等薛恨喝醉了之后搜刮一笔钱财,观察了一晚上,他不想放过这个机会。

"薛先生喝了这么多酒,我送薛先生回家?"男生干脆装作没听见薛恨的回答。

薛恨定定地看了男生几眼,不知道眼前的人在打什么主意,他也没兴趣知道:"你是代驾吗?"

"我可以是。"

"算了,我惜命,喜欢找专业的司机。"薛恨冲着男生挥了挥手,再次说出了拒绝的话。

小男生被薛恨这副油盐不进的态度惹得气急,他看着再度闭上眼睛假寐的薛恨,最终还是选择换条路子:"那我请薛先生喝杯酒,总行了吧?"问完不等薛恨开口,他又抢了话头,"薛先生不准再拒绝

我了，我好不容易鼓起勇气想和您交个朋友的。"

薛恨叹了口气："叫吧，我请你。"

于是小男生又找调酒师调了两杯酒，身边的薛恨仍是托着脑袋闭着眼，小男生的眼中闪过一丝精光。

薛恨接过男孩递来的酒跟他碰了碰杯子，爽快地将酒液喝进了嘴里："好了小同学，别再打扰我了。"

男生眨了眨眼，说再聊会儿。

又是不痛不痒地聊天，薛恨觉得意识越来越涣散，连男孩说的话都要反应半天才能听懂。

男孩看着薛恨越来越迷糊，暗地里开心："我送薛先生回家好不好？我开车也很专业。"

薛恨极力摇了摇头，避开了男孩的接触，他从凳子上站起来，转身就往门口走去——他不打算再和这个男生有过多接触，尽管他现在脑子不清醒。

男孩定定地看着薛恨站起来，心里默默倒数了三下，果然看见薛恨双腿发软，差点儿一头倒在地上。

男孩拽着薛恨的肩膀扶稳了他："你喝醉了，我扶着你吧。"

薛恨眉头皱了皱，却只是应了一声，他被男孩扶着，脚步虚浮地往外走去。

脑子越来越混沌，手脚似乎也开始不受大脑控制了。

"你给我喝的是什么酒？"薛恨沉声问。

男孩嘻嘻一笑，侧头看了薛恨一眼："薛先生反应好快，就是度数有点高的酒而已啦。"

下一秒，他就被薛恨踹了一脚。只是薛恨现在体力不支，踹起人来不痛不痒就算了，还差点儿把自己踹摔。

男孩像狗皮膏药一样缠着薛恨不放手："你穿得这么好，应该挺有钱的吧。"

薛恨冷笑一声："我有没有钱和你没关系，赶紧给我滚开，我看到你这样的人就倒胃口。"

"……"男孩没想到这人说话可以这么难听，明明刚才还是西装

/009

革履的精英范儿。

他撇了撇嘴,最后还是当作没听见薛恨说的最后一句话,只是一边架着薛恨朝外走一边说:"没关系,你倒不倒胃口不重要,有钱就可以了。"

"你想要我的钱?"薛恨没想到,这年纪轻轻的学生居然敢有这种想法。

薛恨知道,面前的人或许不像他表现出来的那么体弱,学生身份很有可能也是假的。况且薛恨现在手脚发虚,估计也不是对方的对手。就在他思考着该怎么办的时候,男孩停下了脚步。

薛恨眯着眼抬头,眼里的世界昏昏沉沉的,让他看不清楚到底发生了什么,直到他听见身边的男生说:"先生,你挡路了,麻烦让让。"语气并不怎么和善。

然后一个有些熟悉的、带着冷意的声音,卷着酒吧门口的冷风灌进了薛恨的耳朵里:"放开他。"薛恨试着看清面前的人究竟是谁,可他的视线里只有一道有些模糊的高大身影。

薛恨没有闻声识人的本事,哪怕这个人的声音特别有记忆点。他眯着眼给双眼定焦,结果遗憾失败。

"先生这是想干什么?"男生并没有听从那个人的命令。

"我说,放开他。"

得,熟悉的重复句式让薛恨想起了这人是谁,他迷茫的眼中还透着嫌弃:"贺王八?"

贺钦也没想到会在这里碰到薛恨,今天是个工作日,他结束手中的工作之后本来打算回家休息,临走却接到了发小的电话。发小在电话那端说今天回国,想约大伙儿聚一聚,地点定在了这家酒吧。

贺钦不喜欢这些声色场所,但他也不是个扫兴的人,最后还是驱车过来赴约了。酒吧的环境其实不错,客人们各聊各的,也不怎么乱。贺钦跟在好友身后,脑子里正想着下个季度的试行策划案,突然就被好友碰了碰胳膊:"哎哎哎——你看那小子,像不像当年在学校老和你干架的那个?"

贺钦抬眼,顺着好友指的方向看过去,果然见到了一张熟悉的脸。

燕市说大不大，说小却也不小，总之这是在大学毕业以后，贺钦第一次看见薛恨。

印象里的薛恨就是一副土匪的样子，现在隔着人群，隔着头顶上泛着各种颜色的灯光，贺钦还是一眼就认出了他，穿着西装，人模狗样的。这是薛恨以前骂贺钦的话，贺钦觉得这话用来形容现在的薛恨也很合适。

贺钦抿了抿唇角，对着身边的好友说："你先进去，告诉他们我晚点到。"

好友不放心："别啊，你别是还想跟人家打一架吧？"

"不是，你先进去吧。"

贺三少把话说到这份儿上，好友也不再多言："那你悠着点儿啊，我先过去了。"

之后，贺钦缓步走近了一些，他默默看着薛恨对着酒杯喃喃自语，听着薛恨昏昏沉沉地指着杯子算价钱。

直到薛恨身边多了另一个人。贺钦将他们所有的对话都听到了耳朵里，也看到了男生给薛恨点了杯很烈的酒。贺钦心里有些不舒服，他不懂自己的心情代表着什么，就像当年他不明白，自己为什么那么讨厌薛恨在方越澜面前露出的那副诣媚的模样。

贺钦看不顺眼，于是他拦住了薛恨他们，并打算仗义出手，拔刀相助一次。结果薛恨看过来的那个眼神，气得贺钦想打人，不过他好歹是按捺住了内心的冲动。

薛恨的脸颊上已然泛起了不正常的红晕，从贺钦的视角看过去，薛恨的状态很不对劲儿。他抿紧唇，目光望向不愿退让的男生："别再让我重复第三遍。"

男生咬牙切齿，可就目前的情况来看，这两个人明显认识。面前这个男人周身冷意强盛，眼神也十分冰冷，饶是男生自觉见了不少人和事，还是被他盯得发怵。

就在场面僵持不下的时候，酒吧门口出现了另一个人，他穿着一件很张扬的紫色衬衫，脸上带着轻佻的笑意："贺三儿，来了怎么不进去啊？"问完他又看向贺钦对面的两人，在看见薛恨后，他的脸上出现了几分惊讶的神色:"哎,这不是那个谁吗?那个那个那个那个——"

贺钦"嗯"了一声,目光还是毫不退让地盯着男生。

三言两语之间,男生已经大概猜到了贺钦的身份——毕竟整个燕市,没几个人不知道贺三少。

他在心里骂了句脏话,极不情愿地放开了薛恨,说了一句"再会"就自己走远了。失去搀扶的薛恨身子一歪就往地上扑去,还是贺钦手疾眼快地拉住了他,没让他摔在地上。

贺钦转头对着身边的公子哥儿说:"你替我给他们带个话,说我有点儿事,今天这顿算在我的账上。"

"哎,不是,你这……他……你们——"

"他喝醉了。"贺钦语气沉沉地说。身边的薛恨几乎理智尽失了,全身的重量都压在贺钦的胳膊上。贺钦扶着他倒是没觉得多沉,只在心头感叹,难得他和薛恨碰上一次却没有打架,不免有些唏嘘。

下一秒,薛恨就冲着贺钦的脸打了个响亮的酒嗝,一嘴的气泡酒味。

贺钦心里所有的唏嘘都消失殆尽,他暗骂自己为什么要多管闲事。但事已至此,他也不能把人丢下,只好扶起薛恨对朋友说:"我走了。"

"……行。"

贺钦个高腿长步子大,薛恨被贺钦架着走,走得深一脚浅一脚,肚子里的酒水都差点被颠出来。难受之余他还在想,贺钦难道没发现自己走得太快了身边的人跟不上吗?不等他想明白,贺钦已经把他扔进了座驾的后车座里,然后担任起了司机的角色。

坐在驾驶座上,贺钦看着后座的人,并不觉得自己能从薛恨嘴里问出他家的住址。贺钦在去医院和去酒店之间犹豫了一下,最终选择了后者。他出手相助本来就是心血来潮,面对这个欠收拾的小土匪,贺钦认为自己还没有善良到那个地步。

贺钦只想赶紧把这人扔酒店里去,省得在自己面前发酒疯。这么想着,贺钦很快就开到了酒店,打开车后座的门,就看到薛恨一副醉鬼的样子。

/012

"……"贺三少再一次对自己出手相救的行为深表后悔。

贺钦拉着薛恨的胳膊,把人从车里带出来,刚想拎着人走,就听见薛恨嘟囔:"停……停,再拉我要吐了……"薛恨手脚并用地推开贺钦,显然对刚才差点儿把他颠吐的事情耿耿于怀。

贺钦眉心跳了跳,最后还是扶着人的肩膀把人撑了起来。薛恨大概是极不舒服,一个劲儿在动,毕竟是一个喝醉的大男人,贺钦扶着多少有点儿吃力,他冷着脸威胁:"你再乱动一个试试!"

薛恨迷离地眯了眯眼:"动动怎么了,你一个大老爷们儿连人都扶不住啊?"

"……"贺钦一直都知道薛恨脸皮厚,但他没料到还能厚成这样。

薛恨一路上都在骂骂咧咧,惹来了不少路人的围观。贺钦没工夫在意别人的眼光,他只想赶紧把薛恨丢在酒店里走人。

贺钦扶着人搭电梯,电梯里还有其他乘客。贺钦怕打扰到别人,他咬着牙恶狠狠地说:"老实点儿!"

薛恨半个字都没听进去,等好不容易到了房间,贺钦的额角已经浸染了一层薄汗。他一把将人扔在床上,转身就走,到了门口才看到薛恨脚步虚浮地往卫生间走。贺钦暗自叹了口气,上前把薛恨拉进了卫生间,薛恨顾不了太多,自顾自地往浴缸里爬,却因为没控制好力度,实实在在地摔进了浴缸。

"嗞——"薛恨被浴缸壁冰冷的温度刺激得倒抽了一口气。

贺钦沉沉地呼了两口气,被薛恨折腾得两只手发酸,他没忍住又骂了薛恨两句。被骂的薛恨不明所以,脑子里还犯着迷糊。

贺钦拿花洒开了冷水,毫不客气地朝着薛恨脸上冲去。冰凉的水柱浇在薛恨脸上,然后是全身,冰得他浑身激灵,瞪大眼睛张嘴就骂:"贺钦你个混蛋……敢拿水冲我——"

贺钦面无表情地将花洒对准了薛恨那张气人的嘴。涌入口腔的水呛得薛恨直咳嗽,冷水除了浇湿了薛恨,还让他迷糊的脑子清醒了一瞬。

"别……别淋了!"薛恨捂着脑袋说。

贺钦关了手上的花洒:"清醒了?"

/013

"醒你大——"薛恨大骂，话音未落，就遭到了新一轮的水柱攻击。

他在心里骂着贺钦，再开口却是叫停："行了行了，我清醒了，醒了！！"

水流停止的那一刹，薛恨好像听见贺钦轻哼了一声："小土匪，我救了你，你不感恩戴德也就算了，说的话没有一个我爱听的字。"

薛恨伸手揩掉脸上的水渍，眼睛也逐渐清明起来，他觉得贺钦脑子有问题："我求你救我了？不是你自己多管闲事吗？"

贺钦将花洒砸进了薛恨怀里，转身就打算离开浴室。

薛恨"嘿"了一声："你站住！"

贺钦脚步没停，就在他即将迈出去的那一刻，他听见薛恨开口："阿澜要结婚了，你知道吗？"

贺钦停下脚步，回头看向薛恨。

薛恨把贺钦的沉默当成了另一个意思，他得意地扬了扬下巴："他第一个告诉我的，知道这代表什么吗？"

贺钦大概猜出了薛恨今晚买醉的原因——这小土匪，是真的缺心眼儿。

"意味着只有你是单身汉了。"贺钦干脆学着薛恨的模样嘴损起来。

贺钦是最懂得怎么戳薛恨痛处的，以前说他成绩再好也是小土匪，没有人会喜欢上他。

"……你是真欠揍！"薛恨气得从浴缸里站起来，这些年在社会上摸爬滚打学到的所有好脾气和忍让，在贺钦面前很容易就被甩到了九霄云外。

薛恨脚步踉跄地跨出浴缸，气势汹汹地朝着贺钦那处扑去，想揍人。结果刚走两步就腿软得失去重心，整个人往前倒去。这一次，贺钦没再那么好心地扶他。他往一边移了移脚步，眼睁睁看着薛恨在自己面前摔了个狗啃泥，特别滑稽。

薛恨疼得嗷嗷叫："你有没有良心啊？"

"不是你说我多管闲事的吗？现在我不想管了。"贺钦好心情地回。薛恨这一跤摔得贺三少分外舒坦，比他拿下一个新项目还叫他舒

/014

坦。

薛恨"呕"了一声:"谁稀罕你管似的!"说完他动作缓慢地从地上爬起来,大脑却并没有被摔清明,反而更迷糊了,也不知道那人给他喝了什么酒,他现在越来越难受了。薛恨感觉自己面子里子都丢尽了,他也不想再和贺钦做过多纠缠,他一边爬回浴缸一边指着门外赶人:"滚吧。"

贺钦没动,好整以暇地看着薛恨爬回浴缸,闭眼靠在浴缸壁上,脸色比在酒吧那会儿更难看了。

"……"贺钦愣了一瞬,就听见薛恨又开口:"你到底滚不滚啊?"

贺钦最不爱如薛恨的意:"不。"

薛恨翻了个白眼:"要么滚,要么过来帮忙,戳在那儿碍谁眼呢?"

"你脸皮怎么这么厚?"贺钦由衷发问。

"你帮不帮忙?不帮就滚。"

贺钦被薛恨这些理直气壮的话气得脑门疼,他眯眼看着在浴缸里耍赖皮的薛恨,冷哼一声:"帮,我帮,"说完后他就大步走到浴缸前面,捡起掉落在地上的花洒,抬手打开了水龙头,"今天我就好人做到底,送佛送到西。"

翌日。

薛恨是被热醒的,他浑浑噩噩地想翻身,刚一动就感觉铺天盖地的酸痛朝他席卷而来。薛恨睁眼看见睡在沙发上的贺钦,一瞬间怒上心头——难道贺钦是趁他喝醉酒打了他一顿?!可他为什么还不走,还留在酒店?就在他试图弄清楚事情的来龙去脉的时候,就听见旁边的贺钦不知道在嘟囔着什么。

薛恨起身走近贺钦,二话不说,一巴掌招呼在了贺钦脸上。

贺钦被打醒,脸上带了个清晰的巴掌印,他跟薛恨四目相对,看见了薛恨脸上愤怒的表情。

时隔两年,两人终于又打了一架。薛恨铁了心想揍贺钦,贺钦也被薛恨那一巴掌打得上了火气。两人谁也不让着谁,打到最后还是贺钦稍微占了一点儿优势,他气喘吁吁地把薛恨摁在地毯上:"你闹够了没有？"

薛恨朝着贺钦啐了一口，眼神死倔地盯着贺钦，不说话。

贺钦看着他这样子，本来还打算克制一下自己的脾气不和他计较，结果这小土匪不积口德。贺钦也不是好惹的主儿，被气得怒火中烧，下手又重又狠。两个人很快就扭打在一起，薛恨放在贺钦背上的手猛地用力掐了一把，同时还屈起膝盖弯狠狠地顶在了贺钦的肚子。

贺钦吃痛"嗟"了一声，薛恨趁机把他推倒在地上。

薛恨看着捂着肚子的贺钦，心里还是觉得不解气，他缓缓地从地上站了起来，在贺钦身上用力踹了两脚："混账。"骂完后，薛恨环顾四周，把地上的钱包捡起来，从钱包里摸出了八百块钱现金，扔到贺钦脑袋上："就当是我雇了你，这是你的服务费。"说完，薛恨就一瘸一拐地往外面走了。

身后的贺钦死死盯着薛恨的背影，在薛恨离开房间之前，从牙缝里挤出了几个字："小土匪，咱俩没完。"

薛恨伸手从背后给贺钦比了一个拳头，像在方越澜生日时他们所在的洗手间里那样。

从酒店出来之后，薛恨擦了擦嘴角上的血，他现在浑身难受，脑子也不清醒。走到路边等了半天才拦到一辆出租车："到青骏源公寓。"

司机从后视镜里看了薛恨一眼："我说哥们儿，你这是跟人打架了吗？要不要去医院看看哪？"

薛恨满心烦躁，伸手撩了把自己的头发："不用，去我说的地方就行，谢谢关心。"

"得嘞。"司机踩下油门，出租车疾驰着到了薛恨的家。

薛恨全身酸痛得几乎快没有知觉了，进电梯都是扶着腰走的。电梯里除了薛恨，还有一个牵着狗的人，那只狗从薛恨进电梯开始就瞪着他，仿佛他侵占了它的领地似的。薛恨也瞪着这只狗，差点没忍住对着这只狗汪一声。一人一狗大眼瞪小眼的，最终以薛恨走出电梯才结束这一场对峙。

薛恨家里的装修风格比较简约，沙发地板之类的陈设也被他收拾得干干净净。薛恨龇牙咧嘴走到沙发前，嘴里发出一声痛骂，空荡荡

/016

的家里没有人回应。

他在偌大的房子里站也不是坐也不是,干脆跑去了浴室脱掉衣服,打开水就对着自己一顿冲洗,热水浇在身上,身体的酸痛感明显得到舒缓。想起昨晚喝醉酒被贺钦那厮拿冷水滋,早上还打了一架,薛恨恨不得扒了贺钦的皮。他在心里不知道骂了贺钦多少遍,实在是身体不适才让他忍住了立刻去荣钦大楼找贺钦报仇的冲动。

等到薛恨终于把自己从里到外洗了一遍后,心里又开始咒骂贺钦——这人打架是真的下狠手,不然他怎么能累成这样。薛恨好几年的工作生涯里,就算是连着通宵两个晚上搞程序的时候,似乎都没有这么累过。

许久之后,薛恨叹了口气,终于把自己收拾好了。他走出浴室一头倒在床上,也不管还在滴着水的头发,闭上眼睛就呼呼大睡。他意识恍惚间还盘算着:等他养好了精神,再去想办法和贺钦算账。

被薛恨做梦都惦记的贺钦,现在正在给方越澜打电话。他现在都想不通,自己昨晚为什么要多管闲事去救薛恨。

其实在昨晚入睡之前,他还想着今天起床以后要找人给薛恨买点解酒药。结果还没等他实行,一大早就被薛恨的那一巴掌给打醒了。两人早上的那一场恶战属实给贺钦带来了不少伤害,这些伤害不光是身体上的,薛恨临走时傲然地扔给他那八百块钱,简直是对贺三少最大的侮辱。

事后贺钦冷静了很久,他的潜意识甚至开始给薛恨开脱。虽然薛恨像个土匪,但是他从来都是骄傲的,从大学认识他到现在,每一次看见他都是昂首挺胸,做什么都是理直气壮的。而昨晚自己目睹了他这么狼狈的样子,还不许人家生个气什么的吗?贺钦伸手按了按太阳穴,最后还是拿出手机打给了方越澜:"越澜,是我,贺钦。"

方越澜在电话那端语带笑意:"我正打算打电话问你有没有空来着。"

贺钦顿了顿,突然想到薛恨昨天的话:"你要结婚了?"

方越澜的语气带上了讶异:"你是怎么知道的?"愣了愣,他心里就有了猜想,"你见到小恨了?"

"嗯。"贺钦掐了掐自己的指尖,正准备说句恭喜,就听见方越澜担忧地问:"你们没打起来吧?"

"……"岂止是打起来,薛恨在贺钦肚子上那一脚差点把贺钦送进医院。但这话不能给方越澜说,于是贺钦矢口否定:"没有,祝你新婚快乐。"

"还没到新婚呢!"方越澜轻松地笑着,"有空一起吃个饭吗?边说边聊,我顺便带我的未婚妻见见你。"

贺钦沉默得更久了:"薛恨也见过她了?"

"那倒没有。昨天约小恨的时候她跟她的姐们儿出去购物了。"

贺钦心里生起诡异的得意感,他清了清嗓子:"这样,那咱们一起吃个午餐,我请你们夫妻俩。"

"那就谢谢贺三少了!"

听得出来方越澜的心情很好,贺钦由衷地为好友开心。他又想到昨天薛恨在自己面前说这事时,脸上满是得意和炫耀。

也不知道薛恨的身体怎么样了,宿醉还没清醒就和他打了一架,刚才离开酒店的时候走路都是一瘸一拐的。

直到门铃响起,贺钦的思绪才终于被拉回来,他系上浴巾去开了门,来人是酒店的服务生。贺钦的衣服昨晚被弄得皱巴巴的,贺钦只能打电话联系酒店的服务员帮忙送套干净衣服过来。

在接过服务员递过来的衣服后,贺钦道了声谢,本来打算拿刚才薛恨砸他脑袋上的现金给人当作感谢费的,但在拿出去的瞬间,他愣了愣,又收回了手:"我晚点儿会联系你们酒店的经理给你感谢费。"

服务员小姐忙说这是自己该做的,贺钦没说什么,再次道谢之后就关上了门。

手里的那几张钞票被贺钦攥得发皱,贺钦摊开手,盯着这几张红色的纸币愣了愣神,最后还是将钱塞进了服务员送来的衣服口袋里。

等贺钦和方越澜夫妻俩碰面的时候,已经是午后一点半了。

方越澜见到贺钦后瞪大了眼:"你还说你没和小恨打起来!"大概是贺钦脸上的伤太过明显,让方越澜第一时间都忘了要给贺钦介绍自己的未婚妻。

贺钦伸手摸了摸自己的颧骨，那里确实是被薛恨揍得不轻，以至于到现在都还隐隐作痛："没什么大事。"说完，贺钦看向方越澜身边成熟漂亮的女人，伸出手，"你好，我是贺钦。"

方越澜的未婚妻也向贺钦伸出了手："你好贺钦，我是阿澜的未婚妻，赵枝玉。"

贺钦觉得这个人的名字和长相都有些熟悉，还没等他从记忆里回忆出什么来，方越澜就笑着开口："她就是我高中时的同学，你还有印象没？"

贺钦想了想，印象里方越澜似乎确实在高中的时候对一个女生颇有好感。于是他微微颔首："你们真有缘分。"

方越澜嘻嘻一笑，招呼着贺钦坐了下来："你脸上的伤真的没事吗？你们这次又是为什么打起来的呀？"

贺钦抿了抿嘴："一点儿小事。"

"哼，你们俩就知道糊弄我。"说完方越澜扭头对赵枝玉解释："贺钦和小恨是出了名的死对头，我们上大学的时候，他俩就经常打架，每次都要把彼此打得挂彩才行，就像两个幼稚鬼。"

赵枝玉温婉一笑："你再说下去，这顿饭可能就变成你的赔罪饭了。"

贺钦抬眼看了看她，心想自己发小的未婚妻情商挺高。

"好，我不说了。"方越澜举手做出投降的模样，"晚点儿出去记得提醒我给我们家贺三少买点儿化瘀药，以前大学的时候我就负责干这事。"

贺钦清了清嗓子，像是想起了什么："你们接下来有什么安排没有？"

"怎么了，贺三少又要赶时间工作去了？"方越澜打趣着说。

贺钦抿抿唇角，组织了一下语言才说："你知道小土……薛恨家住在哪里吗？"

差点脱口而出的称呼让向来沉稳冷静的贺钦脸上多了几分局促。方越澜没察觉到这份局促，不赞同地摇头："知道也不能告诉你，让你上门去约架呀，小恨这两年很不容易的，你就不能让着他一点儿？"

贺钦放在桌下的食指和拇指互相磨了磨:"不是去找他打架,有别的事找他。"

"还是算了吧!你们俩之间除了打架还能有什么事啊?"

贺钦张了张嘴,最后什么也没有说出来,他圈起手掌抵在嘴前假意咳了两声:"那你帮我去给他送点东西,行不行?"

方越澜和未婚妻对视一眼,都在彼此脸上看见了惊讶的神情:"送什么?"

贺钦张了张嘴,好半天才从牙缝里挤出了一个字:"药。"

言简意赅,但是足够让方越澜惊疑地张大了嘴。

薛恨是被门铃声吵醒的,他迷迷糊糊地抓着枕头蒙住脑袋,不打算搭理门口的人,可是门外的人颇有些不达目的不罢休的精神,门铃依然倔强地发出声音来。

薛恨艰难地睁开了眼,睁眼后才发觉四周黑漆漆的,他这一觉居然都睡到黑天了。脑袋里传来的阵阵痛感让他紧皱着眉头,但想到门口的门铃,薛恨只能忍着身体上的不适下了床。结果他刚起身就不知道扯到了哪里,痛得他当场倒抽了一口凉气,扶着床头柜才勉强站稳。他踉跄着脚步走去开门,头一次这么嫌弃自己这面积不算小的公寓,心里还在吐槽:到门口的路怎么能这么远?

等他终于走到门口,扶着玄关的墙才勉强站稳:明明只是喝多了又打了一场架而已,为什么他现在感觉浑身酸痛乏力,脑袋还昏沉闷痛?薛恨叹了口气,拖着疲惫的身体打开了门,门外站着的人让他愣了愣:"阿澜?"开口后,薛恨才发觉自己的嗓音又哑又涩,说话时还扯着嗓子痛得慌。

方越澜看见薛恨后,脸上的焦急和担忧终于放下来一点儿,但也只是一点儿。他看着薛恨红得不正常的脸,还有嘴角的血痂,眼里再度爬满了担心:"你的脸怎么这么红?"

"嗯?"薛恨发出一声轻问,还没来得及看向方越澜身边站着的明艳女人,他就感觉到眼前一阵眩晕,伸手扶着门框才没让自己倒在地上。

方越澜被薛恨吓得不轻，急忙伸手扶着薛恨，这一扶才发现薛恨身上烫得不轻："你在发烧！"

薛恨看着方越澜一张一合的嘴唇，竖着的耳朵却怎么都听不清方越澜说的话，也不知道自己怎么就失去意识了。

再睁开眼的时候，薛恨对上了头顶纯白色的天花板，扑鼻而来的消毒水味让他皱了皱眉。薛恨轻轻扭头，看见了挂在自己头顶的点滴瓶，瓶子里的药水正在顺着他手上的血管输送到他的身体里。"终于醒了。"身边传来方越澜带着关心的话，薛恨仰头，果然看见方越澜守在自己的床边，他动了动身体想要起身。

方越澜见状连忙扶着他在病床上坐起来："你吓死我了，小恨。"

薛恨环顾四周："这是在医院？"

"是啊，你高烧三十九度，要不是我和枝玉去看你，我都担心你会被活活烧没了。"

"……这么严重啊？"薛恨低头看了看自己手上的针头，"枝玉？"才问完，单人病房的门就被打开了，门口站着一个双手提着食物袋子的漂亮女人，她看见薛恨，眼里闪过一丝喜色，对着方越澜说："醒了？"

方越澜站起来快步走过去："醒了，辛苦亲爱的。"他说着，一边接过赵枝玉手里的袋子，一边在赵枝玉的侧脸上印下一吻。

薛恨瞬间就猜出了这个女人的身份，他对走过来的赵枝玉扬了扬唇角："你好，我是薛恨。"

赵枝玉也笑得温婉："你好，我是赵枝玉，阿澜经常跟我提到你。"

薛恨挑了挑眉，赵枝玉就解答了他的困惑："阿澜说，他大学时认识了一个很可靠的朋友，仪表堂堂，成绩优秀，人品更是没的说。"

一边的方越澜清了清嗓子："虽然医生已经给你输了葡萄糖，但你最好还是吃点东西吧！"

赵枝玉听了也点头，拿过病房里配备的小桌子摆在薛恨面前，方越澜则是打开了赵枝玉买来的食物，是一份香味扑鼻的海鲜粥，方越澜闻到香味后朝赵枝玉竖了个大拇指："不愧是亲爱的。"

赵枝玉展颜一笑："油嘴滑舌。"

"我实话实说嘛……"

薛恨看着两人的互动,心里又叹息了一声,印象里的方越澜是温和有礼但又带着疏离感的,哪怕后来他和薛恨成了很好的朋友,面对薛恨的时候也一直冷静自持。

方越澜真的很喜欢他未过门的妻子,薛恨心想。身边的方越澜拍了拍薛恨的肩膀:"我喂你?"

薛恨摇头:"放桌子上,我自己来吧。"

方越澜也不勉强,只是叮嘱:"小心烫啊,这是枝枝专门去给你买的,你可得全部吃光。"

薛恨笑了笑,对二人郑重地道了声谢,才低头吃起粥来。

吃饭中途方越澜的手机响了,他看见来电人的名字后脸色有些古怪地看了薛恨一眼,忙着应付肚子的薛恨没有察觉到,一边的赵枝玉却很机敏:"去给小恨烫点梨来吧,我守着他。"

方越澜感激地看了眼赵枝玉,转身拿着手机就出了门,病房门关上的那一秒,薛恨似乎听见方越澜说:"喂,贺——"后面的话薛恨还没听见,门就被带上了。

他正愣神,身边的赵枝玉就开启了话题:"还合口味吗?"

薛恨连忙点头:"非常好,谢谢你。"

"别跟我这么客气。"赵枝玉体贴地拿过床头柜上的纸巾递给了薛恨,"我刚才说的那些都是真的,阿澜经常在我面前提起你,我也看得出来,他是真的把你当成了好朋友。昨天他跟你分开回家之后,对我说的第一句话就是'我们的婚礼日期尽量定在周末或者节假日吧。'我问他为什么,他说他希望你能做他的伴郎。"

"喀喀……"薛恨差点被喉间的粥呛到,"伴郎?"

"对,他就是这么说的。"赵枝玉十分温柔地问,"吓到你了吗?"

"不是……"薛恨没想到方越澜会把这么重要的任务交给自己,方越澜这样的人,人缘极好先不说,哪怕是那个间接害得薛恨这么惨的贺三少,对方越澜来说也应该是更好的人选才对。

"不只是你,我也很惊讶。"赵枝玉仿佛是有什么读心的本事,"阿澜的朋友很多,跟他说得上知心话的细数下来也有几个,但他还

/022

是坚持让你做他的伴郎，我问他为什么，他是这么回答的——"

赵枝玉顿了顿，拿过一边的汤盒打开了盖子递给薛恨才继续说："他说，小恨现在的工作有了起色，但以后的发展却没有那么容易，燕市不是那么好混的，有人脉和没人脉是两个概念。他希望通过他的婚礼，让你被别人注意到，也让他们知道，在燕市会有他为你撑腰。"赵枝玉的脸上依然挂着温婉的笑容，她的外貌条件很好，说话的声音十分轻柔，语气也轻缓流畅，说出来的话十分有信服力。

薛恨久久说不出话来，他没想到方越澜居然暗地里为自己考虑了这么多，哪怕他们毕业之后联络得不再密切，哪怕他们分明是两个世界的人。说不感动是假的，薛恨低着头看着碗里所剩不多的粥，还有一边热气腾腾的汤，心里的温暖一如当年方越澜勇敢站出来为他辩白的时候。

方越澜很好，赵枝玉也很好，他们都是真心实意地拿自己当好朋友，薛恨怎么可能再去介意方越澜瞒着他结婚的那点儿事，否则他也对不起方越澜的这份友情。

病房里沉默了很久，薛恨才对赵枝玉扬起了嘴角："谢谢，我希望你们永远幸福。"

"那就借你吉言了，我保证你会是我们婚礼上最俊美的伴郎。"

他们相视而笑，出门去接电话的方越澜不知道这一幕。电话是贺钦打来的，不知道这尊大神今天是怎么回事，从中午他们一起吃饭开始就一直心不在焉，后来居然还提出了希望方越澜能帮他带点药去给薛恨的请求。

方越澜虽然惊讶，但是最后还是答应了，贺钦给的说辞是："我跟他之间出了点儿误会，我下手狠了。"

虽然不知道是什么误会，但能让贺钦都自认下手狠的，方越澜料定了薛恨状态很糟，饭局结束之后，贺钦更是亲自去药店买了一袋子药递给方越澜："麻烦你了。"

方越澜回道："跟我客气什么。"

那之后，贺钦接到了家里的电话，让他回家去谈点事情，于是本来打算开车送方越澜夫妻俩去薛恨家的贺钦纠结了。还是方越澜拍了拍贺钦的肩膀:"没事的,交给我吧,放宽心,小恨不是那么小心眼儿的人,你们大学打了这么多次架,不也好端端的吗?"

"……嗯。"贺钦又道了一声谢后驱车回了贺宅,中途接到方越澜的电话,说薛恨的手机一直关机,他们准备去薛恨家看看。

贺钦心不在焉地在贺宅待了一下午,其间给方越澜发了好几次短信询问联系到薛恨没。

结果一直没有得到回应,贺钦这才打电话过来问:"找到他了吗?"

"没事了没事了,别担心。"方越澜听着贺钦略显焦急的语气,心里总觉得哪里怪怪的,但很快就又被方越澜忽略过去,"我和枝枝刚才去他家里,敲了半天门他才开的,刚开门他就因为高烧晕倒了。"

"晕倒?"

"嗯,我和枝枝把他送来医院输液了。"方越澜叹了口气,"以前小恨体质很好的,跟你打完架都生龙活虎的,我还是第一次看到他这个样子,小可怜。"

贺钦站在自己房间的落地窗前,指尖颤了颤:"在哪个医院?"

"嗯?"方越澜顿了顿,"市第三医院,这里离他家近一点儿……你问这个干什么?"

"没什么。"贺钦的声音隔着电话时显得有些失真,"今天的事谢谢你,越澜。"

方越澜下意识地说了句:"不用谢。"

"嗯,我还有事,有空请你吃饭,再见。"说完,贺钦就挂断了电话。

站在原地的方越澜不解地挠了挠头,贺钦到底在谢自己什么?买药的事不是已经谢过好几次了吗?

方越澜和赵枝玉很仗义地在医院里守着薛恨输完了最后一瓶药水,直到晚上十点多了,护士来拔了针头,在薛恨手背上留下了一个针眼。

薛恨坐不住,拔了针就想下床回家,方越澜却拦住他:"你现在这个状态,回了家万一又烧起来怎么办?"

"哪有那么夸张?"薛恨不以为意,却被方越澜按住了肩膀:"不

行。"方少爷态度难得有些强硬,"你老老实实地待在医院里休息,我给你找个护工守着,明天我跟枝枝再来守你。"

"我真没事……"薛恨有些无奈地说,可方越澜依然不打算让薛恨离床:"你别以为我不知道,今天我要是让你出了这个医院的门,你明天肯定不会再回来输液!"

"……"薛恨心虚地别过了脸。

"真是的,这么大个人了,还不懂得好好照顾自己。"方越澜恨铁不成钢,说到这里他突然想到了什么,"要不我让枝枝把她的朋友介绍给你认识认识?"

"别别别——"薛恨举起双手做投降状,"我待在医院里还不行吗?"

方越澜哼了一声:"条件这么好不谈恋爱,可惜了。"

"……"薛恨和方越澜又周旋了两句,才终于把这对夫妻送走。

方越澜临走时还不忘叮嘱他:"好好休息!"

薛恨点头,打算等他们走远了再偷偷回家,他不喜待在医院里,哪怕方越澜专门给他搞了个单人病房。

结果还没等薛恨算出方越澜他们的电梯到了哪一层,病房的门就被敲响了。薛恨说了声:"请进。"一个穿着朴实的中年女人就推开了门:"请问是薛先生吗?我是您请的护工,今晚由我在这里照顾您。"

"……"得,薛恨这下彻底打消了想要溜之大吉的念头。他百无聊赖地躺在床上玩起了手机游戏。

另一边方越澜和赵枝玉手牵着手去了医院的停车场,途中赵枝玉疑惑地"咦"了一声:"那车不是贺钦的吗?"说着她还拿手指了指左前方的方向。

"嗯?"方越澜语气惊讶地看向赵枝玉手指着的方向,果然在那里看见了熟悉的车型和车牌照——的确是贺钦的车。

贺钦在车里注意到了他们两人的目光,对着他们的方向按了按喇叭,紧接着车灯闪了闪,贺钦打开门走了下来。

高大的身影出现在方越澜和赵枝玉的视线里,气质冷淡,十分惹眼。

"贺钦?"方越澜夫妻俩迎着贺钦走去,贺钦也来到了他们身前:"嗯。"

"你怎么在这里,你这是?"

"路过,就顺便过来看看。"贺钦给了一个模棱两可的解释,配上他那张英俊但是没什么表情的脸,居然还有点可信度。

方越澜眨了眨眼:"顺便?"

贺钦再度张口主导了话题导向:"你们准备回去了?"

大概是贺三少这个人平时太靠谱了,以至于方越澜轻而易举地就被自己的发小岔开了话题:"啊,对,小恨烧退了,今天的药水也已经输完了,我跟枝枝一直待在这里也不方便,打算明天白天再来。"

贺钦轻轻颔首:"他没跟你们一起回去吗?"

方越澜摇头:"外面风太大了,他身体还没好全,回家又没人照顾他,我就给他找了个护工,让他在医院里养着了。"

贺钦抿了抿唇,知道薛恨这辈子最听方越澜的话,他用鼻音"嗯"了一声:"你们先回去吧,路上开车小心。"

"行,那你呢?"

贺钦举起手有模有样地看了看手腕上的表:"我还有点儿事要处理,回见。"说完就大步流星走了,方向是朝着医院住院部大楼去的。

方越澜看着他的背影挠了挠头:"亲爱的,我总觉得贺钦今天怪怪的。"

赵枝玉叹口气,忍不住伸手摸了摸自己傻乎乎的未婚夫的脑袋:"你出现幻觉了。"

"真的吗?"

"真的,你今天太累了,我们回家好好休息。"赵枝玉说完就主动揽下了开车回家的工作。

方越澜迷迷糊糊地坐去了副驾驶,等到车子驶离医院很远一段路后,方少爷发出了一声真挚的疑问:"怎么会有人顺路顺到医院里来?"

赵枝玉笑眯了眼,没说话。

贺钦并不在乎方越澜究竟有没有发觉自己的古怪,他进了住院大楼后问了护士薛恨所在的病房号,得到答案后就径直进了电梯,他

/026

走路沉稳，但是脚步迈得很大。来到病房门口，他又停住了脚步，后知后觉地开始思考：自己现在出现在薛恨的面前，会不会直接把薛恨气得病情加重？又或者薛恨会不会直接从病床上跳下来再跟自己打一架？

这些问题其实已经在贺钦的脑袋里盘旋了一晚上，从他接到方越澜的电话，到他不顾贺母的阻碍拿着车钥匙出了门，再到他将车开到医院的停车场，最后又发展到了他站在薛恨的病房前这一刻，贺钦心里的答案都是肯定的，他只是不知道应该怎么出现在薛恨面前，才比较合适。

他安静地站在病房门口，透过门口的小窗看向躺在病床上的人，薛恨举着手机玩得入迷，还贴着医用胶带的手正在屏幕上敲敲打打，一会儿皱眉一会儿微笑。

贺钦的思绪不禁飘回了大学的时候。

贺钦第一次听到薛恨的名字，是在燕大管理学院院长的话里。老院长家里有从商的，曾经和贺家在生意上有来往，贺钦入校之前还在贺父的带领下和他一起吃过饭。开学的前一天，老院长给贺钦打了个电话，让他明天进校报到之后去他的办公室一趟，还叮嘱他叫上方越澜一起。

贺钦疑惑老院长的用意，但还是答应了，第二天就叫上方越澜一起去了他的办公室。彼时院长正在喝茶，看见他们过来对着他们招了招手："来了。"

两人走进去，说了声"院长好"。老院长应了一声，先是关心了贺钦一番，问他在学校里习不习惯之类的话，贺钦淡淡地回答："都挺好的"。

老院长大概也了解贺钦的性格，不再和他客套，转而毫不避讳地对方越澜说："其实今天我主要是想找小方的。"

"找我？"方越澜露出了不解的表情。

老院长搓了搓手："有件事想请你帮帮忙，我记得你是数理学院三班的吧？"

方越澜扭头和贺钦对视一眼，应："啊，是的。"

老院长没说话，只是从他的办公桌上拿起了一张印着文字和照片的纸张递给方越澜："这孩子叫薛恨，跟你一个班的。"

"薛恨？"方越澜重复了一遍，心想怎么会有人叫这个名字，然后他就听见老院长说："嗯，他是从云城考过来的，家境贫寒，但是个好孩子。"

方越澜点头，却是指着薛恨的证件照扭头对贺钦说："长得挺帅的，虽然照片拍得有点傻。"

贺钦看了眼，不太同意方越澜的话——岂止是有点傻，就这鸟窝发型，简直把原本好看的五官都毁了。

老院长清了清嗓子："是这样的，我希望小方能帮我多关照关照这个孩子。"

"啊？"方越澜有些发蒙。

"他家里情况特殊，性格也有些孤僻，我有点儿担心他没法融入集体。"

方越澜听着老院长有些局促的话，哪里还不知道他话里的意思，这对方越澜来说不是什么大事，他也愿意买老院长的面子："您放心，我懂您的意思了，等我见到他，我会照顾他的。"

老院长连着说了好几个谢谢，还说抽空一定亲自去方家拜访。

方越澜对这些人脉往来不怎么感兴趣，相比之下，他更好奇院长为什么这么看重这个薛恨，又这么担心他："他是您的亲戚吗？"

院长摇了摇头："非亲非故，素不相识。"

"那您为什么……"

老院长叹息了一声："他的家境很糟糕，人却是个好孩子，数学成绩十分优秀,很有天赋,我只是想让这孩子在大学里过得好一点儿。"

方越澜了然地点头，也不再自讨没趣地问老院长薛恨的家境到底糟糕到了哪种程度："您放心，我会好好照顾他的。"

开学之后，贺钦就总是能从方越澜嘴里听到薛恨这个名字。方越澜对贺钦说薛恨很可爱，说薛恨很用功，说薛恨每天上完课之后要出去打两份工，周末还要给学生上课补习。这是贺钦从方越澜口中了解

到的薛恨，也是方越澜眼里的薛恨。

让贺钦改变对薛恨印象的导火线，发生在一个小巷子里。而就在半个小时之前，方越澜还在对着贺钦抱怨："小恨就是太善良了，被那个人这么诬陷也不知道给他点儿教训，我都替他觉得不值！"

彼时贺钦正一边低头看着自己的书，一边分心听着发小分享关于薛恨的事。

"说起来，这次还多亏了你，贺钦。"方越澜伸手拍了拍贺钦的肩膀，"要不是你意识到不对，提醒我去注意奖学金这事，还帮我修复了监控，我是想破脑袋都想不到这一点的。"

"这没什么。"贺钦合上了手里的书，"我爸让我今晚回家，你呢？"

方越澜摇了摇头："那你去吧，正好我去和小恨一起吃晚饭。"

贺钦点头，拿着书离开了学校，然后就在巷口目睹了一场好戏，方越澜口中可爱又善良的小恨对着那个诬陷了他的男生一顿拳打脚踢，嘴里说出的脏话通顺又流利，还不带重复的。

那是贺钦第一次见到薛恨的"真面目"，他直觉有些厌恶，这样一个素质低下的小土匪，哪里有资格配得上院长的担忧，又哪里值得方越澜这么想方设法地照顾他、和他交朋友。

后来，贺钦又亲眼见证了薛恨在方越澜面前近乎谄媚的表现。"小土匪"这三个字彻底被贺钦冠在了薛恨的头上，五六年都没有变化过。

贺钦站在病房门口出神犹豫了很久，直到他身边有个女声叫他："先生，您……"

贺钦扭头看见她，心想这应该就是方越澜给薛恨请的护工了："你好，我是他的……朋友。"

"这样啊，那您怎么……"护工的话还没说完，就看见病房里的灯熄灭了，大概是薛恨要休息了。

护工张了张嘴，没把剩下的话说完，贺钦就看见了她手里拿着的食物，贺钦想了想，伸手指了指走廊不远处空着的桌椅："你先去吃饭吧。"

护工笑着道了声谢就过去了。

贺钦在原地站了一会儿,终究没按捺住心中的愧疚,轻轻推开了病房的门。

单人病房里静悄悄的,除了床上熟睡的人传来的声声鼻息,再也没有其他的声音。贺钦静静地站在床前,借着窗外投射进来的光线打量着薛恨。薛恨睡相不好,昨晚上看他喝醉的时候,贺钦就发现了:他热了要踹被子,冷了又找被子,总之睡着了也不会委屈自己。现在的薛恨却是侧卧着,将自己的身体尽可能地蜷缩在一起,眉头还是皱着的,似乎睡得并不怎么好。

贺钦刚想上前看看薛恨,突然发现薛恨抿了抿嘴唇正嘟囔着什么。

吓得贺钦赶紧停下了脚步,好在只是虚惊一场,输了感冒消炎药的薛恨没那么容易被吵醒。贺钦心里松了口气,他上前扯过被子盖住了薛恨探到被子外面的手,手上贴着的消毒胶带上还有一个小小的血印。

收了动作,贺钦转身就打算离开病房,结果脚下刚有动作,身后就传来薛恨迷糊的声音:"阿澜……"

贺钦猛然回头,脸上的表情有些难看,而被他注视着的薛恨毫无知觉——他在说梦话,梦里都还在叫着方越澜的名字,看来他真的很在意方越澜这个朋友。

愤怒和不平几乎要从贺钦的胸腔里满溢出来。凭什么呢?当年真正为薛恨洗刷冤屈拿到奖学金的明明是他贺钦,凭什么他眼里只装得下方越澜这一个朋友?凭什么他看到自己就像看到仇人一样?贺钦掐着自己的指尖逼自己冷静,周身的气质森冷又迫人。就在他准备压下心里的愤懑走掉时,床上那个害得他情绪起伏的罪魁祸首又开口了——

"贺钦……贺王八……"薛恨呢喃着还翻了个身,背对着贺钦,"痛死了……"

"……"这声听得不太真切的嘟囔让贺钦的内心所有的阴鸷情绪迅速消散殆尽,他和薛恨这种见面就掐架的相处也是独一份的,贺

钦内心深处生出一种诡异的满足感和成就感。

贺钦舒了口气,走到床的另一边,叫了两声:"薛恨,薛恨?"

薛恨"唔"了一声,烦不胜烦地把自己藏进了被子里。

贺钦看着裹在被子里的人,中肯地评价:"睡得像猪。"然后他就转身,步伐潇洒地离开了病房,仿佛没有出现过。

护工已经吃饱了晚餐在门口守着了,贺钦想了想,从自己的皮夹里拿了一些钱给了护工,说:"等他明天醒来之后,麻烦你去给他买点清淡的早餐来。"

护工想推辞——方越澜已经给过自己足够的费用了,贺钦却把钱往她面前又递了递:"拿着吧,我还有一件事想请你帮忙。"

"啊?"护工听着贺钦不容置喙的话,最终还是伸手接过了钱,"您说!"

"我今天出现在这里的事,你不要告诉任何人。"贺钦沉稳地交代,"包括雇你过来的那位方先生。"

护工答应得十分爽快,看这人的穿着打扮总不至于是来偷东西的,人家不问她不说就行了!

贺钦交代完就离开了医院,脚步难得地有些轻快。而薛恨在药物作用下,也终于睡了个好觉,还做了一个关于赚大钱的美梦。

薛恨第二天是自然醒的，大概是昨晚睡得还算不错，睡醒后他感觉脑袋不疼了、喉咙不哑了，就连身上似乎都没有那么痛了。

他坐在床上神清气爽地伸了个懒腰，就下床去放水了。从卫生间出来的时候，病房里多了护工的身影。薛恨看着她手里提着的早餐袋子，朝她扬了扬头："请问一下，您昨晚是一直守在门口吗？"

护工顿了顿，急忙点头："对。"

"那真是麻烦您了。"

"没有，这是我应该做的。"

薛恨躺回床上，让她帮忙去护士站问问，自己今天要输几瓶药水。

护工点头，放下早餐就匆匆出去了。

薛恨等她离开后走到床头柜边，打开了食物袋子，里面装着的早餐粥点营养丰富口味清淡。方越澜夫妻俩拎着热乎的早餐走到病房里来的时候，和正在吃早餐的薛恨面面相觑："已经吃上了啊……"

薛恨已经饱得差不多了："护工阿姨买的。"

方越澜瞪大了眼："我没——"话还没说完就被一旁的赵枝玉打断了："阿姨挺会照顾人的，我们刚走进来就闻到香味了，她果然比我们会照顾人。"

薛恨笑了笑，拿过纸巾擦了擦嘴，又将食物盒扔到了垃圾桶里："麻烦你们跑这么远，真不是什么大事。"

"别说这种话。"赵枝玉放开手，拍了拍方越澜的肩膀，"越澜他特别担心你，过来看看你他才会安心。"

方越澜点头:"也就是今天周末,不然你这个工作狂肯定又不顾自己的身体,钻到工作里去了。"

薛恨不置可否地应了一声,转头和他们聊起了别的事:"你们的婚期定下来了吗?"

"定了,我正打算跟你说呢。"方越澜拉过一边的两把椅子,和赵枝玉肩并肩坐了下来,"日子选在了二十七号,这个月的最后一个星期天,所以在这之前你必须好起来。"

"一个小感冒而已,哪里病得了那么久……"薛恨哭笑不得地说,说完却真诚地对着他们笑,"谢谢你们,我会参加的。"

"必须参加啊,你这个做伴郎的要是缺席了,也忒折我面子了。"

"是是是,方少爷说得是!"

"快点好起来,下周等你有空了,我让人上你家给你定制西装。"

"……不用这么麻烦吧,我——"

"这不是麻烦,我方越澜的伴郎,必须是全燕市最帅的伴郎,你可不准让我没面子!"

一边的赵枝玉看着他俩,嘴角一直含着笑。

"……行吧。"薛恨硬着头皮应下。

他们夫妻俩又守着薛恨输了一天的液,医生说再开点药回去吃就行,这才让他们放下心来。

薛恨跟在他们身后出了医院,不爱麻烦人的他感觉很不好意思:"我请你们吃个饭吧?"

方越澜摆了摆手:"你老老实实回家休息,按时吃药,明天继续当你的工作狂。"

一边的赵枝玉也搭腔:"方伯母让我们晚上回家吃饭,只能先失你的约了。"

"那行吧,等哪天有空了我再请你们。"

方越澜轻哼一声,话却是对着赵枝玉说的:"什么时候了还叫伯母,非得要我妈妈给你改口费了才肯改?"

薛恨有些尴尬地摸了摸鼻子,扭头看向车窗外发起呆来。

薛恨已经不记得自己有多久没生过病了,他的体质一直都很不错,

就算是日子最难过的那段时间，他也没有发烧烧到昏过去的程度。仔细想来，估计是他那晚喝多了，被贺钦拿冷水滋了半天还和贺钦打了一架，再加上他工作以后锻炼身体的机会少了，几方面原因综合在一起，硬生生让他住了两天医院。想到贺钦，薛恨心里也不知道该是什么情绪，气肯定是气的，但贺钦又确实是把他从那个男孩手上解救出来，保住了自己的钱包。更何况贺钦还把他送到了酒店，让他不至于落得露宿街头的下场。

思及此，薛恨对贺钦的想法，也跟之前有了些许区别。

薛恨到家后的第一件事就是去浴室洗了个澡，将自己身上的消毒水味彻底洗个干净。刚从浴室里出来，就看见手机上显示着一个未接来电，是薛恨的直系学长兼工作室合伙人郭寻打来的。

"小恨，我听越澜说你生病了？好点儿没有？要不要给你放个病假？你好好休养休养？"郭寻在电话里担忧地问。

薛恨心里感叹方越澜这嘴也太能传了，开口倒是拒绝了郭寻的提议："没事，已经全好了，明天正常上班。"

"那就好，我还担心你如果身体不舒服的话，明晚的饭局我让小刘跟我去来着。"说到这里，郭寻像是想到了什么似的，语气里带了点喜意。

"饭局？跟谁的？"薛恨一边问一边往冰箱走去。

"你记得不记得，前段时间有风声说燕市城西郊外要搞个科技园的事？"

"嗯，记得。"薛恨回答着话，朝冰汽水伸出了手，就在他手指碰到瓶身之后，脑海里突然闪过医生的叮嘱：这段时间不要接触冰冷辛辣食物，酸的甜的也少吃。

薛恨在心里叹了口气，最终还是关上了冰箱门，转而走去了饮水机前。

郭寻说："这消息确定了，是真的，估计下周五之前就会出招商文件。"

"这样啊，所以明天寻哥约了主办方吃饭？"薛恨一边问一边给自己倒了杯温水。

"没错，你猜猜那个主办方是谁？"郭寻神秘地问。

薛恨配合着问："是谁？"接着仰头把水灌进嘴里。

郭寻在电话那头说："荣钦集团。"

下一秒，薛恨被水呛到猛地咳嗽起来，咳得面红耳赤，咳得撕心裂肺。

电话那端传来郭寻焦急的声音："小恨，小恨？你怎么了，感冒这么严重的吗？"

"喀喀——"薛恨给自己顺了顺气，又伸手擦去了眼角咳嗽出来的眼泪，"我没事，学长你刚刚说，主办方是谁？"

"荣钦集团啊，有什么问题吗？"郭寻在电话那头眨了眨眼，一脸茫然。

薛恨揉了把脸："没问题，明天下了班我跟学长一起去。"

"嗯，那就好，明天见了面再细谈吧，你好好休息。"

道了再见后，薛恨率先挂了电话，握手机的力度有些大，心想：贺钦好歹是荣钦集团的执行总裁，总不至于亲自到场吧？

说起来，荣钦集团是半年前才上市的，怎么就能拿到这个大饼呢？薛恨用脚指头想了想，只能得出一个让他火大的答案：上面有人开后门的关系户真让人讨厌！

第二天薛恨早早就去了公司，专心致志地投入工作中，一干就是一天。要不是午休时方越澜专门打电话来提醒他吃药，他根本想不起来自己还是一个需要吃药的病号。

"以前怎么不知道你这么闲？"薛恨一边找出药来一边和方越澜闲聊。

"以前我也不知道你生病了会这么脆弱啊。"方越澜在电话那头说，"你都不知道，你那天晕倒的时候有多吓人。"

"行行行，即将步入婚姻的人就是爱唠叨，好好陪你的未婚妻吧，我吃药去了。"薛恨说完就打算挂电话。

方越澜却叫住了他："哎——等一下。"

"怎么了？"

"我没记错的话，你现在住的公寓有一个房间是空出来的吧？"

薛恨顿了顿:"嗯。"

方越澜清了清嗓子:"我觉得你生病这事跟你抵抗力下降脱不开干系,所以……"方越澜故作神秘地顿了顿,"经过和赵枝玉女士的共同商讨,我们决定送你一些小礼物。"

"……什么礼物?"薛恨的眼皮子跳了跳。

"我认识一个健身房的朋友,还是搞家装的,我已经拜托他抽空去把你家那小房间改成健身房了!最迟这周三就能到你家去!"

"哈?"薛恨不可置信地瞪了瞪眼,"我那房间就十来平方米,你这……"

"没关系,他很专业的,你交给他就办就好,记得给人家开门!"

"……"薛恨按了按眉心,"行,都听你的,忙你的去吧。"

方越澜喜滋滋地挂了电话,留薛恨对着办公室叹了口气。他知道方越澜心地善良,也知道方越澜是真的拿自己当很要好的朋友。但要他接受这个朋友因为即将步入婚姻殿堂而变得爱操心起来,最起码也应该有个过程吧?

薛恨心不在焉地完成了下午的工作,在距离下班还有不到一个小时的时候,郭寻敲响了他办公室的门:"准备好了吗?"

薛恨点头,拿过他提前整理好的数据资料,跟着郭寻离开了公司。

吃饭的餐厅是郭寻定的,这人似乎从大学开始就特别懂得人际交往的技巧。叫上薛恨跟他一起成立这个工作室后,大部分技术内容都交给薛恨处理,而他就负责四处结交人脉,为薛恨的工作成果铺销路。

薛恨的酒量就是跟在郭寻身后锻炼起来的,他可以直来直往,可以不那么会说话,但在跟客户吃饭时,薛恨绝对不能不给客户面子。

在郭寻的有意提前下,他们避开了下班的晚高峰,顺利在约定时间的半个小时前到达了目的餐厅。门口的接待在看见郭寻后热情地迎了上来:"郭先生,您来了。"

郭寻朝她颔首,由她带着路进了提前订好的雅间里。

雅间的环境很好,其中一道墙还是玻璃的,进去就能看见餐厅花园里的花草绿植,里面空间也宽敞,光线明亮。

薛恨还是第一次跟着郭寻来这个档次的地方,之前走南闯北,不是没跟其他大客户吃过饭,只是郭寻这人机灵得很,知道对待什么客户要用什么样的规格,一分钱都不会多花。看他今天选的这个地方,薛恨也能看出郭寻很重视科技园这个项目,也真的想搭上荣钦和荣钦背后的那条线。

薛恨在心里叹息了一声,一边不想郭寻的希望落空,一边又怕这线搭上以后,他跟贺钦之间又会重新产生交集。

他还没想好要怎么教训这小子,打不一定打得过,打得过也打不解气。可其他方面,薛恨这脑子又只知道跟数字打交道,一时半会儿的也琢磨不出什么有效的报复方式,所以他暂时不太想和贺钦扯上瓜葛。

郭寻不知道薛恨的考虑,他叫薛恨挨着自己坐了下来:"不用太紧张,荣钦那边派来的人以前跟我打过交道,不算难对付。"

薛恨眨了眨眼:"学长什么时候……"

郭寻伸手敲了敲桌子,桌面上发出两声清脆的响声:"那人是咱们的校友,跟我一届的,他曾经跟你一样答应毕业之后跟着我干的。"

"后来呢?"

"后来?后来荣钦横空出世,从开始经营到上市只花了不到三年的时间,背后还靠着贺氏这棵大树,我就被他放了鸽子。"说到这里,郭寻十分无奈地耸了耸肩。

"原来如此。"薛恨垂下了眼。

人为财死鸟为食亡,他能理解那个人的选择,但心里还是有些感慨:郭寻对薛恨在内的所有工作室成员都非常好,赚了钱合理分成,有了困难跟着所有人一起加班,想方设法地扩大工作室的业务版图,是个当之无愧的组织者和领导者。

可这样一个好上司,留不住那些不愿意脚踏实地、只想着一飞冲天的人。

郭寻像是察觉到薛恨情绪不对劲儿似的,他伸手在薛恨的肩膀上拍了拍:"小恨,你是我最好的伙伴,也是我最好的兄弟,如果有一天你也有了别的想法,你一定要——"

"不会的,"薛恨打断了郭寻还没说出口的话,"我这人性格倔,

认死理，你放心吧，我既然答应了跟着你干，就一定会跟着你，绝对不会变心。"

被服务生带到雅间门口的贺钦脸色铁青地听着里面的对话。今天这个饭局，贺钦本人其实是不用来的，但在离开公司的时候，他碰上了脚步匆匆往外赶的公关部总监，总监正在打电话："万寻讯科的郭寻和薛恨都来了？"

贺钦打开车门的脚步一顿。

"行行行，你帮我转告他们一声，说我路上有点堵车，最多一个小时后就能到了。"总监说完后就坐进车里，关上车门系上安全带，抬头就看见车前多了一个高高帅帅的人——不就是他们公司里年轻有为的贺总吗？

总监赶紧解开安全带下了车："贺总，您这是……"

贺钦淡淡地问："一个人去应酬？"

"对的，跟对方客户是老相识，就想着没必要花费太多人力。"

"老相识？"贺钦眯眼看了看这个年轻的总监，还不等他开口试探，总监就点头："对，对方的老大是我同届的好友。"

"嗯。"贺钦微微颔首，语气平平地给总监扔了一个惊雷，"那我跟你一起去吧。"

"啊？"总监有些搞不清楚状况地瞪大了眼。

贺钦却已经主动走到了车后座门口："有什么问题吗？"

"……没有问题，贺总请。"

于是贺钦就跟着一起来了餐厅，路上他不动声色地问："我没记错的话，你也是燕大毕业的。"

总监坐在前面忐忑地点头，不怪他胆子小，主要是他们这个贺总年纪虽轻，气场却不小，哪怕是安静地坐在车后座上，周身也带着浑然天成的压迫感，让人难以忽视。

"是的，不过我比贺总您大一届。"

"嗯。"贺钦再次闭上了眼，心情十分畅快。

这好心情只持续到他走到雅间门口之前，不知道包间里的两个人到底在聊什么，反正贺钦刚刚走到门口不远处，就听见大病初愈的薛恨说:"一定跟着你""绝对不会变心"……这次又在和谁表忠心?那个叫郭寻的?说得那么认真,跟平时在自己面前脏话连篇的样子判若两人。

贺三少脸色很臭,贺三少非常不开心。

随着雅间门被人从外面打开,薛恨和郭寻的声音戛然而止。他们几乎是同时朝门口看去,站在最前面的就是今天郭寻约出来的部门总监,而他身后还有一个身高腿长、气质卓然的高大身影。

从薛恨的角度看过去,刚好能看清总监后面那个人的脸。他在心里骂了一句脏话,还没来得及在心里吐槽点别的,一边的郭寻就扯了扯薛恨的衣角,让他跟着自己站起来。

薛恨硬着头皮跟郭寻一起起身迎了过去。郭寻朝着总监打招呼:"天骐,好久不见了。"

总监拿出了他公关时的专业素养,顶着身后气场强大的压力跟郭寻互相握了握手:"好久不见。"

握完手他转头看向了自己的老板:"介绍一下,这位是我们荣钦的执行总裁贺总。"

"贺总,这就是万寻讯科的郭寻。"

郭寻的眼里闪过毫不掩饰的惊讶,但他是个人精,再多的讶异也只是一闪而过,他很快就回过神来,朝着贺钦伸出了手:"贺总,久仰大名。"

贺钦淡淡地扫了他一眼,这一眼没什么实质意味,却还是让郭寻感受到了一阵压迫感。好在贺钦还算给郭寻面子,伸出手来和郭寻握了握:"你好。"

郭寻清了清嗓子,看向一边的薛恨,这不看还好,一看就发现自己的好学弟兼好伙伴瞪向贺钦的视线。

"给贺总介绍一下,这是薛恨。"郭寻说着还暗中用手臂拐了薛恨一下。

薛恨压下心里的情绪,皮笑肉不笑地扯了扯嘴角:"贺总好。"

贺钦直直地盯着薛恨看,为自己给小土匪带来的情绪波动而感到异样的满足感,只有他见过薛恨的真面目。抱着玩味的心思,贺钦朝

着薛恨伸出了手："小薛总，幸会。"

薛恨盯着那只白净修长的手，脑子里想的是低头朝它啐一口的可行性。还没等他思考出来，郭寻就又轻轻推了薛恨一把，逼着他回过神。

"……幸会。"薛恨从牙缝里挤出这两个字来，不情不愿地把手探了过去。

两个人表面上是在握手，实际上两只手却在暗中较起劲儿来。先使劲儿的是贺钦，他只是手痒想给薛恨一点儿教训，结果被薛恨毫不客气地掐了回来。贺三少不服输，按在薛恨手上的手暗中发力，捏得薛恨虎口上都多了一个指印。薛恨气得呼吸都沉了沉。就在他忍无可忍准备发作时，贺钦却猝然松了力道。

薛恨怒目瞪了贺钦一眼，收回手的瞬间，看见贺钦还是云淡风轻的表情。

他在心里骂了一句："装模作样。"没好气地扭开了头。

贺钦戏弄完薛恨，觉得心情不错："郭总，坐。"

"贺总请。"

四人就这么围着圆桌坐了下来，也不知道是不是巧合，薛恨和贺钦的位置面对着面，薛恨只要不扭头或者不低头，他就一定能看到贺钦。偏偏他每次不小心看过去的时候，都能看见贺钦刚好在看他。

"看什么看？"薛恨对着贺钦说了一句唇语。

贺钦挑了挑眉，脸上不露山水，桌布之下的一条长腿却朝着对面的方向探了过去。

薛恨被莫名其妙地踹了一脚，顿时瞪大了眼。贺钦嘴角轻轻上扬，满意地缩回了腿。

这谁忍得了？反正薛恨忍不了，他一只手放在桌上托着脑袋，桌下的腿连本带利地踹了回去，力道比起贺钦的只重不轻。

贺钦看向薛恨，薛恨毫不遮掩地对着贺钦露出了一个挑衅的笑。

贺钦在心里冷笑一声，转头看向正在洽谈着商务合作的两个人："不好意思，打断一下。"

薛恨的眉心突突跳了跳，心里涌起了不好的预感，而贺钦也没让薛恨的预感落空。

郭寻温和有礼地问:"贺总有什么建议?"贺钦语气平稳地开了腔:"刚刚郭总说,你们万寻是后起新秀,虽然资历浅,但是势头猛。"

郭寻点了点头。

"可净资产不低于四千万的优质企业才是科技园的合作对象。"贺钦说完顿了顿,"而就我所知,万寻虽然发展迅速,规模却很小,严格来说并不满足这次招商的条件。"

郭寻没想到这个贺总不开口就不开口,一张嘴就直接给自己扔了一个惊雷。

他的大脑飞速运转着,很快就思考出了应对方法:"贺总说得对,但目前的大环境对于中小企业是有扶持意向的,我相信贺总也不是完全对我们没有信心,否则贺总今天也不会亲自到场了,不是吗?"

"……"贺钦顿了顿,他为什么亲自到场?还不是因为薛恨。

还没等他开口说点什么,郭寻就又继续阐述:"而就刚才贺总你提到的规模小这个问题,我身边的薛恨就曾经用合理的数学模型做了趋势预测,预测结果是只要万寻保持现在的发展趋势,未来顶多三年就能正式挂牌上市,成为一家独当一面的科技企业。"

贺钦看了看郭寻,这个人圆滑又锐利,脑袋转得飞快,说话时条理分明,逻辑自洽,是个谈判高手。

他又侧头去看薛恨,薛恨得意地冲贺钦扬了扬下巴,仿佛刚刚说出这些漂亮话的是他自己似的。

"郭总说得对,是我眼界浅了。"贺钦语气沉稳地说,放在桌下的腿却又再次踹向了薛恨。

沉浸在贺钦吃瘪的喜悦里的薛恨冷不防被一脚踹在膝弯上,眼睛都瞪圆了。

"不敢当,贺总年纪轻轻就把荣钦带到了这个高度,我十分敬佩。"郭寻说了说场面话,主动招呼着门口的服务员把菜端上来。

而贺钦和薛恨则陷入了踹人大战里,两人你踹我一脚我还你两脚的,在桌子底下有来有往地互相伤害着,不出贺钦预料的话,他的裤子上应该沾满了鞋印子。

在薛恨即将在自己裤子上再留下一个脚印时,贺钦巧妙地撤了腿,

面上还保持着一本正经:"郭总言重了,贺某只是运气好点儿而已。"

贺钦嘴里回应着,底下狠狠地拧了薛恨的麻筋上,果然,他才下手,对面的薛恨就忍无可忍地痛呼出声:"嗷——"

贺钦在心里哼笑一声,不动声色地松开了手。

"小恨,你怎么了?"郭寻担忧地看过来。

薛恨觉得自己整条小腿都痛麻了,这种酸麻的痛感刺激得他眼里都带了两滴泪花儿:"没事……"

"小薛总这是小腿抽筋了吧。"贺钦开口,"太瘦了容易抽筋,要多补补钙。"

"补什么补。"薛恨在心里骂道。还没等他想好怎么报复回去,服务生就推着餐车徐徐走了进来,菜品多样,香味扑鼻。

薛恨看着摆在自己面前的餐具,再看看又开始跟郭寻互相客气起来的贺钦,心里又多了个主意。

"哐当"一道清脆的声响,薛恨的筷子掉到了地上,他扯着嘴角说了句:"不好意思。"然后就蹲到了桌子底下。

贺钦余光打量着钻到桌子底下的薛恨,一边的郭寻给他倒了杯红酒:"来,贺总,初次见面,这杯我敬你。"

左右逢源且面面俱到的郭寻给贺钦的印象其实还不错,他和薛恨之间的私仇也不会报到郭寻身上去。贺钦接过酒,跟郭寻的酒杯碰了碰:"幸会。"

说完他就仰头将酒喝到了嘴里。下一秒,贺三少就猛地咳嗽起来,吞入喉间的酒呛到了他的气管。

这不是贺三少平时会犯的错误,桌子底下,薛恨给贺钦狠下死手。诡异的酸痛感让贺钦额角的青筋都突突跳了两下,被呛住的他更是咳得脸都红了。

一边的总监赶紧过来拍着贺钦的背给他顺气,好半天贺钦才缓过劲儿来。

贺钦看向已经从桌子底下坐回原位的薛恨,胆大妄为的薛恨一脸无辜的模样,他看贺钦看过来,还龇牙笑了笑:"哟——贺总,您这是怎么了?嘴巴抽筋儿了?"

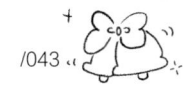

贺钦呼吸微沉，他无声地用眼神向薛恨传达了一句话：你给我等着。

薛恨对着贺钦做了一个鬼脸。

开席之后，恶作剧得逞的薛恨低头安静地吃着饭，这家饭店的菜味道不错，加上薛恨生病的时候吃的基本都是粥，好久没有胃口大开的他现在铆足了劲儿想吃饱。

结果就在薛恨夹了一片糖醋里脊，准备塞进嘴里时，坐在他对面的贺钦突然开了口："小薛总。""啪唧"一声，薛恨递到嘴边的肉掉在了桌子上。薛恨抬眼看贺钦，贺钦一脸正色："不跟贺某喝一杯吗？"

喝什么喝。薛恨在心里翻了个白眼，但他余光瞥见了郭寻暗示的眼神，于是也不想坏了郭寻的好事。他举起手里的杯子，朝着贺钦扬了扬："先干为敬了，贺总。"说完他就想仰头喝酒，可还没动作就听见贺钦提高了一些声音："过来敬。"

"嗯？"薛恨恨不得咬死贺钦。郭寻将视线在两个人之间逡巡了两秒："贺总跟小恨认识？"

"不认识。"

"萍水相逢。"

贺钦和薛恨几乎是同时开口。

"呃……"郭寻和荣钦的部门总监面面相觑：既然不认识，你俩从开局互相瞪到现在是为哪般？

见两个人的眼神还在无声地较量，郭寻试图打圆场："喀喀——贺总，小恨他前两天生了病，现在——"

"过来敬。"贺钦重复了一遍刚才说的话，语气里带上了不容拒绝的压迫感。

薛恨将酒杯放回了桌子上，他站起来撸起了袖子："你又皮痒了是不是？"

贺钦坐在原位上，目光深沉地盯着薛恨这张帅气但又讨厌的脸："郭总，贺某叫你一声郭总，你也应该拿出你的诚意来吧？手下的员工这么粗俗无礼，贺某很是为难。"

听贺钦又把郭寻搬出来吓自己，薛恨心里恨得牙痒痒。他听着郭寻赔笑道歉，一边又扯了扯自己的衣角。

薛恨沉沉地呼吸两下："我失言了。"说完他重新拿起酒杯，走到了贺钦面前，"还请贺总，大人不计小人过。"

贺钦上下打量了薛恨一眼，在看见他裤腿上那片脚印后，心里那点憋屈劲儿终于压了下去，可这劲头一下去，一种诡异的懊悔感又渐渐蔓延了上来。

他心情矛盾地看着薛恨当着自己的面，仰头将杯子里的酒一饮而尽。之后薛恨抬手擦了擦自己嘴角的酒渍："怎么样贺总，算不算有诚意？"

薛恨看向贺钦的眼神里是毫不掩饰的厌恶，贺钦缓缓移开了视线："小薛总豪迈，吃饭吧。"

薛恨眯了眯眼，大力将酒杯放在了贺钦面前的桌子上，杯底砸在桌子上时还发出了一声有力的声响。

之后的气氛有些古怪，郭寻的视线在薛恨和贺钦之间来回打量了好几次，见他们一个人只顾着低着头吃饭，另一个则是眼神幽幽地看着对方，诡异极了。

薛恨被贺钦那眼神盯得烦了，吃到一半干脆放下了筷子："我去趟洗手间，贺总慢用。"说完就起身头也不回地离开了雅间，走路的时候他还能感觉到，贺钦的目光一直放在自己身上。

等到薛恨的背影彻底消失在视野里后，贺钦才收回了视线。

一边的郭寻想了想，还是忍不住开腔："贺总，小恨性格直，你别放在心里。"

贺钦没说话，只是伸长手夹了一块刚才薛恨一直夹着吃的鱼肉放到自己的碗里。

郭寻在心里叹了口气，又补充："小恨他其实是很敬重你的。"

"敬重？"贺钦抬眼轻轻扫了郭寻一眼，不给面子地说，"郭总睁眼说瞎话的本事，贺某佩服。"

面对半点不给自己面子的贺钦，郭寻的脸色也不好看起来。而贺钦在将那一片鱼肉吃进嘴里，优雅地咀嚼吞咽之后，才再度看向郭寻：

/045

"我听说小薛总是燕大数理学院出身?"

郭寻不知道这个喜怒无常的贺三少又在打什么主意,只能不动声色地点头。

"贺某不是刁钻的人,看在郭总今天这么给贺某面子的分上,贺某也愿意成人之美。"贺钦放下手里的筷子,"但贺某有一个条件。"

"什么条件?"

"如果这个合作有后续,我希望跟荣钦接洽的人,是小薛总。"

郭寻定定地盯着贺钦看,像是想从他这张俊脸上看出什么来,可贺三少的深藏不露是出了名的,十分钟前他还在语气强硬地要求薛恨给自己敬酒,十分钟后却又表达出对薛恨的在意。

郭寻看不透这个年纪比自己还小的人,他试探着问:"我可以问问,贺总是出于哪方面的考量吗?"

"郭总别多想,我只是欣赏小薛总,认可小薛总的能力而已。"贺钦云淡风轻地说,如果不是郭寻领略到了贺钦和薛恨之间充满火药味的对话,郭寻差点儿就信了。

他思考了两秒,还是没办法全权答应下来:"这个我需要问问小恨的意见。"

"郭总真是体恤下属。"贺钦说完从座椅上站了起来,他低头轻轻理了理西装的衣角,"感谢郭总今天的招待,咱们公事公办,赵总监,走了。"

这算是谈崩了。

郭寻捏了捏拳头,在贺钦即将走到门口时站了起来:"贺总。"

贺钦停下脚步,却没有回头。

"我会把这个任务交给小恨,我也相信他能给我们彼此一个完美的答卷。"

贺钦回过头来,郭寻脸上的忐忑和试探被贺钦捕捉到了眼里,他扬了扬唇角,主动走到郭寻身边,朝他伸出了手:"那就预祝咱们合作愉快。"

郭寻伸出手握了上去,脸上扯出了一个有些勉强的笑容:"合作愉快,贺总慢走。"

贺钦应了一声，转身头也不回地走了出去。

薛恨回来的时候包间里只剩下郭寻，他看见郭寻站在桌子边，愁容满面。

薛恨皱了皱眉："他们走了？"

"嗯。"郭寻应声，对着空气缓缓吐出了一口气。

薛恨"啧"了一声："谈崩了？"

郭寻摇了摇头看向薛恨："你跟贺钦认识？"

薛恨撇嘴："冤家路窄罢了。"

"抱歉，这件事是我欠缺考量了，我如果早知道的话，今天就不带你来了。"郭寻的话里带上了惆怅。

薛恨的眉头皱得更紧了："到底发生什么事了？是不是贺钦那混蛋因为我的缘故不谈了？"

郭寻揉了把脸，站起来拍了拍薛恨的肩膀："他没拒绝。"

"那学长你——"

郭寻不说话，只是冲着身边的椅子扬了扬下巴，示意薛恨坐下。

薛恨知道郭寻还有话要说，他拉开一边的椅子坐了下来，等着郭寻把话说完。

郭寻从兜里取出了烟盒，他拿着烟盒朝薛恨的面前递了递，无声地问薛恨要不要。

薛恨摇头拒绝，郭寻感慨地叹了口气："你还是对烟这么排斥。"而后他把烟盒塞回口袋，"你知道我最欣赏你的是什么吗？"

"……我的脑子？"薛恨试探地问。

郭寻笑了两声："是，这确实是一点，但不是最欣赏的。"

"……哦。"薛恨摸了摸鼻子。

郭寻又叹了一口气才继续说："燕大最不缺的就是高智商的人才，你看看那个贺三少，年纪轻轻就有一番自己的事业，他手底下的那个总监也是咱们燕大出来的。"

薛恨不以为然地撇了撇嘴，郭寻像是猜出了薛恨想说的话似的："你别老觉得他能有今天只是单纯因为他的家世。"

"咱们燕市'富二代'多得很，但包括他两个兄长在内的大多数公子哥都做不到像贺钦这么出色。"

薛恨仔细品了品郭寻的话，忍不住"嘿"了一声："学长就这么看得起那混蛋？"

"我这是客观评价，你自己看看荣钦的发展现状，燕市有几家公司能像荣钦一样，刚出来两三年就造就了一番天地？"

"……那不还是因为他贺三少的身份？"

"你小子，就是对人家有偏见！"郭寻笑着薅了薛恨的脑袋一把，"人家创立荣钦的时候，股东大会的成员可没几个是贺家的人脉，全是贺钦自己凭本事组来的，其中还有个把优秀的外资。"

薛恨醒过味来了："我怎么觉着，学长你这是在给我洗脑呢？"

郭寻清了清嗓子："言归正传，我最欣赏你的，是你性子里那份倔强。"

"……"薛恨揉了揉脑袋，"你就直说吧，那小子跟你说了什么。"

郭寻脸上的笑容僵硬了一瞬，他轻轻叹了口气，还是开了口："他说他希望这个项目的负责人是你。"

"他脑子有病吧？"薛恨想也不想地说。

郭寻耸了耸肩："谁知道呢？"

薛恨狐疑地瞥了郭寻一眼："学长你答应了还是没答应？"

"你希望我答应吗？"郭寻不答反问，"如果我答应了，你会不会怪我？"

薛恨"啊"了一声："你不会没答应吧？"

郭寻古怪地看了薛恨一眼。

他的沉默全被薛恨当成了另一个意思："学长你糊涂啊！这项目你准备了这么久，还专门请他吃这么贵的饭，就因为我这破事，你就拒绝了？"

"……"郭寻定定看了薛恨几眼，最终忍不住笑出了声，"你真是……真是……"

"嗯？"薛恨凝眉，发现事情不那么简单。

"我告诉他，我需要征询一下你的意见，他也很大方地表示，期待我和你给他的答复。"郭寻将自己最初的回答给了薛恨，他在薛恨

的心里具有很高的可信度,这些话也确实像是他的风格。

薛恨不疑有他,他松了口气:"那就好,我真怕你这煮熟的鸭子飞走了。"

"你不怪我吗?我当时没有坚定地站在你这边。"郭寻说。

薛恨奇怪地看了郭寻一眼:"怪你干吗?撇开我跟贺钦的私仇不说,谁不想赚钱哪?而且就像你刚才说的,他贺钦能把荣钦做到这份儿上,工作上的能力肯定没的说。"

郭寻看向薛恨的眼里多了一些深意:"你真是这么想的?"

"我还担心学长你不信任我的能力,怕我给你把生意搞砸了呢。"薛恨坦然地说。

"小恨,谢谢你。"郭寻认真严肃地说。

"谢什么,咱们先回去呗?你明天转告你那个大学同学一声,就说这个项目我来跟。"

郭寻点了点头,站了起来。两人一起朝着外面走去。

路上郭寻问:"我有点儿好奇,你跟贺钦之间什么仇什么怨?"

薛恨扯了扯嘴角:"这事说来就话长了,也不是什么大事……"

"你越这么说,我就越好奇了。"郭寻脸上露出一个八卦的笑容,"你知道吗?刚才你吃饭的时候,他一直盯着你看。"

薛恨扭了扭头:"他脑子有病呗。"

"是吗?"郭寻不知道信了没,"不管怎么样,今天是我对不住你,等这个项目落地了,我给你放半个月的小长假。"

"别!"薛恨想也不想就拒绝,"周末两天对我来说都算难熬了,学长别恩将仇报啊!"

"嘿,你这小子。"郭寻哭笑不得,"你还是我见过的第一个不爱放假的员工。"

薛恨摊了摊手:"我这人除了工作没什么别的爱好,放假只会觉得无聊。"

"不打算回老家看看?"郭寻试探着问。

薛恨满不在乎地摇了摇头:"就让我妈觉得我死外边了吧,省事。"

"说什么傻话呢?"郭寻推了推薛恨的肩膀。

薛恨摸了摸鼻子："您要是真想犒劳我,不如给我发笔奖金呗?"

"我给你发的奖金还少啊?"

"啊?不少,但有谁嫌自己钱多啊?"

郭寻笑骂:"小财迷,钻钱眼里了你。"

薛恨"嘿嘿"一笑:"这不是最近又看上了一个房子吗?"

"又要搬家?"郭寻斜睨了薛恨一眼,"你怎么搞得跟狡兔三窟似的。"

"哪里的话?先不搬,那房子地段好,我买下来再说。"薛恨说着,抬头看了看天边的月亮,他希望有个家,希望有很多很多个家,这才能让他不至于有流浪致死的那一天。

但这话,没有说给郭寻听的必要。

荣钦的招商发布会定在招商文件出来之后的第一个工作日。

这天薛恨来到公司就撞见了等在自己办公室里的郭寻,他愣了愣,迎了上去:"学长?"

原本正在出神的郭寻听见声音后回过神来:"嗯?来了?"

"怎么了这是?"薛恨一边将双肩包放在椅子里一边问。

"今天下午咱们就要去荣钦大楼参加发布会了,我来看看东西都准备好了没有。"

薛恨不是刚知道郭寻对这个项目的重视程度,他们如果和主办方荣钦那边签下了合作协议,那么之后整个科技园的规划建设,乃至于后期的运营都少不了万寻的辅助,而项目完工之后,万寻更是有入驻科技园的优先权。这对郭寻来说是个重要的事,对着力于和郭寻一起打拼出一个好结果的薛恨来说也举足轻重。

于是薛恨点了点头,打开了他昨天就带回家去仔细检查了好几遍的数据报告以及其他相关文件:"学长不放心的话就再检查检查。"

郭寻笑了笑,拿过文件来大致翻了翻,一边翻一边点头:"我果然没看错你。"

薛恨小声嘟囔了一句:"跟我说这些场面话干吗。"

郭寻大概是听见了,他将文件放到薛恨的办公桌上:"行,不说

这个，你好好准备一下，十一点半咱们就出发。"

"这么早？不是说发布会三点才开始吗？"

"你可是我们万寻的门面担当，学长我不得花点儿工夫给你打扮打扮？行了，你先忙着，到点了我来叫你。"郭寻说完就离开了薛恨的办公室。

薛恨看着他的背影消失，对着空气呢喃："搞得跟去相亲似的。"说完转头坐进椅子里开始忙活自己的工作。

等到十一点半时，郭寻果然准时敲响了薛恨办公室的门。薛恨揉了揉盯了一上午数据的眼睛："请进。"

郭寻进来，朝着薛恨扬了扬下巴："收拾收拾，咱们出发了。"

薛恨应了一声，再次检查了所需要的各项文件，确定完备无误后跟着郭寻走了出去。去的路上是郭寻开车，他载着薛恨去了五环的商业广场，今天是工作日，广场上却也十分热闹。

郭寻带着薛恨径直去了一家装修十分有风格的发廊，还没进门，里面就有一个模样清秀的男孩走了上来："两位先生，洗吹还是烫染？"

薛恨眨了眨眼，正想问："寻哥你剪头发啊？"还没问出口就被郭寻推了推："给他理理发，再做个帅一点儿的造型出来。"

"……"于是薛恨就这么云里雾里地被理发师拉到里间洗头去了。洗头的时候小男孩语气轻柔地和薛恨聊着天，薛恨有一搭没一搭地应着，心里却一直盘算着他的那些数据报告。

"帅哥你长得真俊啊。"小男孩一边给薛恨按压额角一边问，"你这么帅的人，应该有对象了吧？"

薛恨睁眼看了看小男孩，嘿嘿一笑："你真会说话，可惜你猜错了。"

"不可能吧？"

"骗你干什么。"薛恨再次闭上眼解释，"我在公司就是个单身汉。"

"你这么好看的人居然单身？你们同事太没有眼光了。"

薛恨被夸得有点儿开心："你这小老弟怎么这么会聊天儿呢？"

小男孩嘻嘻一笑："那不是顾客就是上帝嘛！力道怎么样？觉得

轻了还是重了你得告诉我。"

薛恨摆了摆手:"忙你的吧!"

洗好头后,薛恨被小男孩带到了前堂的位置上:"你这头发好久没剪了吧。"

"嗯,工作忙,不影响我过日子就没搭理。"

"那可不行,你长这么帅,全被头发毁了可怎么办?"小男孩一边说着一边拿过剪头披风围在了薛恨的脖子上,"奉外面那位老板之命,我可得给你收拾得干净利落点儿。"

薛恨看了眼镜子,心想:我这么天生丽质,几根头发能有什么影响?

等小男孩拿着各种工具在自己头上一阵忙活之后,薛恨不这么想了。

镜子里的薛恨一改平时头发松软的模样,小男孩给他梳了一个一丝不苟的背头,黑色头发朝后斜着,被发胶固定得稳重。而平时被头发遮盖住的侧脸彻底暴露在了聚光灯下,每个角度都足够完美合拍,俨然变成了一个小公子哥儿的模样。

薛恨愣愣地看着镜子里的自己,第一次对自己的颜值产生了怀疑:我以为我已经够帅了,没想到换了个发型居然还能更帅一点。就在薛恨沉浸在自己的盛世美颜里时,身后的小哥用邀功的语气打断了薛恨的沉思:"怎么样?是不是有种眼睛一亮的感觉?"

薛恨十分赞同地点了点头,他扭头去看小男孩:"你这小老弟,还真有点东西。"

"那还不是帅哥你太帅了,换其他人我还不敢设计这个造型呢!"小男孩说着话,拿过一边的刷子扫了扫薛恨脖子上的碎发,最后又给他拆了披风。

没人不喜欢被夸奖,哪怕知道那些夸奖的话里含了水分,在听到有人夸赞自己的优点时,内心的雀跃都是不受控制的。

薛恨站起身来,拍了拍小男孩的肩膀:"手艺挺好,谢了。"

"谢什么,都是我应该做的。"小男孩对着薛恨笑得灿烂,连他脑袋顶的金发都变得顺眼起来,薛恨正准备再说点什么,身后就传来

了郭寻的声音:"小恨,剪好了?"

薛恨听见声音回过头去,就撞进了郭寻的视线里,郭寻在看见薛恨这个模样后愣了愣。

"怎么样学长,新发型,什么水平?"薛恨冲着郭寻粲然一笑。

郭寻回过神来,也朝着薛恨勾了勾唇:"嗯,很适合你。"

薛恨朝身边的小男孩竖了个大拇指:"辛苦你了。"

小男孩眨了眨眼:"帅哥,办个卡,加个联系方式呗?下次要做造型继续联系我啊!"

薛恨想了想,这主意不错,他听说发廊里这些工作人员每天的排班是不一样的,跟小男孩交换一下联络方式,以后估计也能方便点。于是他利落地掏出手机,一番操作后,薛恨就和小男孩成了通讯录好友。

之后薛恨准备去结账,小男孩却说:"这位先生已经付过了。"

"嗯?"薛恨扭头看向郭寻,郭寻对着薛恨展颜笑笑:"算在公司账上。"

薛恨欢呼一声:"谢谢郭老板。"之后两人并肩离开了发廊。

薛恨跟着郭寻离开发廊后问郭寻现在是不是要去发布会现场了。

郭寻扭头看他一眼,却摇了摇头:"再给你换身行头。"

"别啊,我这刚做好的头发,换衣服的时候被衣服毁了怎么办?"看得出来薛恨确实对他今天的发型分外满意,说话的时候语气都特别轻快。如果给装他一根尾巴的话,这会儿他那尾巴应该都翘到天上去了。

郭寻想着,忍不住拍了把薛恨的肩:"放心吧,不会让你过脑袋的,你这西装外套不够新,带你去买件新的。"

"也算在公费上?"薛恨不确定地问。

郭寻笑骂薛恨一声:"贪财鬼。"最终还是老老实实掏自己的腰包给薛恨换了套西装。

"嗯,顺眼不少,走吧,赚钱去。"郭寻上下打量了一遍薛恨,满意地点了点头。

薛恨被夸得飘飘然,下意识就想抬手揉自己的脑袋,动作到一半,手却顿在了空中,做头发就是这点儿麻烦,不自由了!

从广场出来后,两人径直开车去了发布会现场。

荣钦集团的大楼底下已经停满了车，周围来来往往的人一水的西装革履。薛恨解开安全带后打算下车，还没行动就听郭寻说："紧张吗？"

薛恨哼笑一声："有什么好紧张的，上去宣读招商文件的又不是我。"

郭寻无奈地摇了摇头，满腔想安慰的话最后都被他吞进了肚子里。

两人并肩去了会场，路上不少人朝薛恨投来了好奇的目光，偶尔还有认识郭寻的上来打个招呼。等到了会场之后，郭寻带着薛恨去靠后排的位置坐了下来。报告厅里不断有人走进来，大多是燕市有头有脸的商人，其中也有不少是曾经和万寻打过交道的。

薛恨坐在位置上拿出手机来打消消乐，就在他因为通不了关而皱眉时，身边突然响起了一道熟悉的声音："小恨？"

薛恨扭头看去，居然是方越澜。他穿着一身白色西装，脖子上的领带系得一丝不苟，手里还拿着一个文件包，看上去倒真挺像一个成功人士："越澜？"

而方越澜在看见薛恨的新发型后更是愣了愣："我的天，你今天好帅！"

薛恨笑了笑："你今天怎么……"

方越澜耸了耸肩膀，走到薛恨身边的空位上坐下来："前段时间我爸爸就嚷嚷着让我进公司里干活儿了，这不，今天这场招商会就是他让我来的。"

"这样啊，我也难得看你穿西装的样子。"薛恨自然而然地和方越澜聊起了天来，直到刚才去洗手间的郭寻回来："小恨，这位是——"

"介绍一下，这是我大学时的好朋友方越澜。越澜，这是我的老板郭寻。"

两人友好地握了握手，一左一右地坐在了薛恨身边。

坐好后，方越澜拐了拐薛恨的肩膀："那些健身器材用着怎么样？"

薛恨坦诚地点头："挺好用的，你和枝玉有心了。"

"跟我客气什么劲儿，以后还缺什么器材直接告诉我，就当我和枝枝给你送的单身礼物了。"

薛恨笑着回："敢情单身还得送个礼物祝福？"

"那当然,对了,你的伴郎服已经做好了,你抽空来我家试试呗?"

"这么快?"薛恨瞪了瞪眼。

"还有半个月就是我的大喜之日了,哪里快了?"方越澜说完,狐疑地眯了眯眼,"你不会忙到把这事忘记了吧?"

"……怎么可能?我记着的。"薛恨说是这么说,却有些底气不足。

方越澜轻哼一声,正准备说点儿什么,讲台上的主持人就开口了:"感谢诸位光临本次招商发布会的现场,我是荣钦集团的公关负责人赵天骐,很高兴能在这里同诸位见面,本次招商项目是……"

薛恨抬头看着讲台上那位负责人,不就是那天郭寻约出来吃饭的那个总监吗?

隔得有些远,好在薛恨视力不错,他听着赵天骐叽里呱啦说了一堆场面话,最后才引入了今天的主角——贺钦。

贺钦穿着一身黑色的西装从台下走到台上,举手投足之间全是矜贵之气。他拿过赵天骐递来的话筒,脚步从容地走到讲台中央,缓缓开口:"我是贺钦。"

坐满了宾客的报告厅里,贺钦站在讲台上,目光平平地望着前方:"我代表荣钦感谢诸位来到现场,本次发布会的开展程序包括了以下四个部分……"

讲台之下的所有人都聚精会神地听着,贺钦的声音低沉却不刺耳,语调平和却不随意,与贺三少平时给人的印象没什么两样。

在薛恨的记忆里,这并不是这位少爷第一次出风头。大学进校的第一件事就是军训,薛恨表现不错,但是他的体型太瘦了,在最终汇演的时候以很微弱的差距输给了同为连队标兵的贺钦。汇演结束的那天,天上雾蒙蒙地下着小雨。那时薛恨站在讲台之下,听着主持人念出了优秀标兵贺钦的名字,看着贺钦上台脱稿进行演讲,跟今天的情景有些像,但又有所不同。

那时的薛恨没少听见别人提起贺钦,明明才军训了一个月,正式开学之际,四周就多出了不少关于贺钦的消息,其实传来传去,也无非就是说贺钦是个气质内敛的天之骄子。薛恨那时心里应该是嫉妒的,嫉妒贺钦命那么好,嫉妒贺钦生来就在云层之上。可薛恨不是个会被嫉妒冲昏头脑的人，在和贺钦出现矛盾之前，薛恨都拿他当个普通的陌生人，直到贺钦让自己离方越澜远一点。

薛恨大概知道贺钦的顾虑，从他嘴里吐出"小土匪"三个字的时候，薛恨就猜到了。可是凭什么呢？方越澜帮了自己那么多，是他人生里为数不多的温暖，薛恨没有不对方越澜好的道理。

薛恨有时候是真的非常讨厌贺钦，讨厌这个道貌岸然、生来就比所有人都高了好几个台阶的混蛋。可薛恨也不得不承认，贺钦确实是极其优秀的。不管是大学期间一次又一次的竞赛冠军得主，还是大学毕业后带着荣钦做大做强，甚至是现在凭一己之力吸引来这么多商人的注意力——贺钦的能力是毋庸置疑的。

薛恨定定地盯着讲台，贺钦今天也穿着一身黑色西装，不用猜他都知道，这位少爷身上的衣服应该全是私人定制的。

凭什么呢？薛恨偶尔会问，凭什么有的人生来就在高楼，而有的人却在阴沟里，费尽全力才让自己活得尽量体面。这个问题薛恨得不出答案。

身边的方越澜轻轻扯了扯薛恨的衣角，很小声地叫他："小恨小恨。"

薛恨侧过头来："嗯？"

"你上次生病，是不是因为跟贺钦打架？"

"……"薛恨扯了扯嘴角，"怎么突然提起这个？"

方越澜摸了摸自己的脑袋："我这不是最近被婚礼相关的事忙昏头了，一时没有来得及想吗？今天看见你和贺钦了我才想起来。"

"想什么？都过去了。"薛恨轻声说。

"你知道我跟枝枝那天为什么会想着去你家找你吗？"方越澜又凑近了些。

"为什么？"

"其实那天是贺钦主动联系我的，说要请我们吃饭。等我和枝枝赴约赶过去之后，他又拜托我们去找你。"

"啊？"薛恨瞪了瞪眼，眼神狐疑地看了看讲台上那个混蛋，他还在做着发布会总结。

方越澜却肯定地点了点头:"是真的,他说他下手有点狠了,让我们给你送点儿药去,结果到了你家就看见你晕倒了。"

"……"薛恨心神一动,他再次将目光放到讲台上的贺三少身上去,心想这人还有良心发现的时候?

"你们这次又是因为什么打起来的呀?"方越澜在薛恨身边好奇地问。

薛恨的眼角抽了抽:"没什么,一点儿小事。"

"啊?"方越澜愤愤地转过脸去,"我真服了你俩了,敷衍我的话都一模一样。"

"……"敷衍方越澜不是薛恨的本意,可是让他怎么说?要是之前他俩只是因为别的事打起来还好,那天那样丢人的意外,薛恨一点都不愿想起来,想起来就来气,气到最后却又没辙。先不说贺钦这贺三少的身份,光是现在郭寻想要的这个项目压着,薛恨再怎么气闷也必须先装装孙,没什么比赚钱重要,薛恨拎得清。

"真不是什么大事,过去了就算了。"薛恨转过头来看着方越澜说。

方越澜也不刁难他:"你不说就算了,反正我希望你俩以后别再打架了,跟两个孩子似的。"

"嗯,我知道了。"薛恨说,话音刚落,讲台上的贺钦就道了声谢,这意味着他的宣读过程彻底结束了。

下一秒,报告厅里的掌声几乎要将薛恨淹没,有的商人甚至从位置上站了起来,脸上的表情浮夸又虚伪。身边的郭寻也在鼓掌,薛恨想了想,也象征性地举着爪子拍了两下,不过不怎么走心就是了。

发布会的后半程基本就是提问环节,贺钦站在上面回答,各行各业的人都在问着项目相关问题,有人问贺钦这次招商有没有隐藏门槛,有人问贺钦未来的发展计划。贺钦都一一回答,答案简明扼要,不浪费时间。

薛恨坐得屁股都疼了,他问郭寻什么时候才结束,郭寻无奈地摇了摇头:"还早着呢,你以为人家为什么三点就开办?"

薛恨不耐烦地"啧"了一声:"我出去透透气。"说完就站起来,头也不回地从侧门离开了报告厅。他不知道的是,在他离开的过程中,

/057

被一群人围着的贺钦正在注视着他,直到薛恨彻底消失在视野里。

"贺先生,我还有一个问题。"身边传来的一道女声让贺钦收回视线回过神来,他对着女记者微微颔首,示意她直接问。

女记者也不扭捏:"这个项目拿下之后,贺先生的身家又要更上一层楼,请问之后贺先生会考虑自己的私人感情生活吗?"

贺钦皱了皱眉,还不等他说话,身边的其他记者就开始一个接一个地把问题抛出来,每一个都围绕着贺钦的感情生活。

贺钦眉间的褶皱更加明显,面无表情的脸上也带了冷意:"感谢各位关心,但我不希望再出现跟项目无关的问题。"强盛的气势把这些好奇八卦的记者震慑得再也没说什么,贺钦又应付了一会儿,看见一道熟悉的身影从侧门外进来,是刚才出去的薛恨。

彼时薛恨也看向讲台,或许有那么一瞬间,他们的眼神曾碰撞过。不过隔得太远了,相撞也没法儿从彼此的眼神里看出什么来。

贺钦敛下神色,对在场的所有人说:"再次感谢诸位的积极参与,后续的合作企业名单会发布到荣钦官网上,烦请诸位留意,本次发布会到此结束,谢谢。"说完转身就离开了讲台。

薛恨这才刚坐下去,椅子还没焐热,一边的方越澜就拽了拽薛恨的衣角:"小恨小恨,咱们晚上一起吃饭吧!"

薛恨想起上次承诺要请方越澜夫妻俩吃饭的事,干脆地点了点头:"没问题,你把枝玉也叫上,我请客。"

方越澜却撇了撇嘴:"我老婆回娘家了,得等我们结婚那天我才能见到她。"

薛恨不解地看向方越澜:"这是她们那里的习俗?"

方越澜耸了耸肩:"算是吧,我爸妈也不在家,我今天回家还要一个人吃饭,你跟我一起呗?"

薛恨想了想,扭头看向一边安静的郭寻,郭寻对着薛恨微微颔首:"你跟他去吃吧,我正好回公司还有事。"

"行,今天谢谢学长了。"

郭寻没理薛恨的道谢:"方先生开车来的吗?没有的话开我的去吧,方便点儿。"

方越澜连忙道谢婉拒:"我开了车的,谢谢郭总好意!"

方越澜和薛恨并肩朝外面走去,走到一半时方越澜的手机发出了消息提示,他喜滋滋地对薛恨说:"肯定是枝枝想我了。"一边说一边拿出手机来。

看完消息内容,方越澜脸上的表情僵硬了一瞬。

"怎么了?"薛恨问道。

方越澜像是不知道怎么开口似的,挠了挠脑袋才说:"那什么,小恨,你介意晚饭多添一双筷子吗?"

薛恨莫名地看了方越澜一眼:"枝玉回来了?"

"不是,我的……我的一个朋友,想约我一起吃晚饭,跟我交情挺好的,你介意吗?你介意的话,我……"

"小事,叫上一起吧。"薛恨以为方越澜之所以这个态度,只是因为他有些不好意思,心里暗叹一声果然还是生疏了,但嘴上答应得倒是十分爽快。

方越澜眨了眨眼:"谢谢小恨。"说完他就低头对着手机一阵捣鼓,似乎是在回他那个朋友的信息。

薛恨应了一声:"想吃什么?"

方越澜似乎真的仔细考虑了一下:"我想不出来,不是你请客吗?你来决定好了。"

薛恨点头:"咱们去吃川菜吧,很久没吃了。"

"川菜好耶!我这就订位置!"方越澜开心地附和。

薛恨瞥了眼自己活泼的好友,心想赵枝玉真的让方越澜改变了不少。

被方越澜带到川菜馆后,薛恨接到了郭寻的电话:"你今天别玩太嗨了,晚上回去看看我发你邮箱里的东西,明天我们估计就要和荣钦那边的人来往了。"

薛恨扬了扬眉:"这么快?不是还有筛选过程吗?"

"是啊,可我已经收到荣钦发来的邮件了,约咱们明天去详谈。"说到这里,郭寻顿了顿,"你跟贺钦究竟什么关系,他居然这么给咱们面子?"

"……"薛恨下意识地又想揉脑袋,刚刚碰到发梢的发胶后他又赶紧缩回了手,"能有什么关系,人家明明是看中学长你的实力。"

"你就哄我吧你,没事先挂了,别忘了回家后看看。"

薛恨挂断电话后叹了口气:贺钦这混蛋到底是什么意思?

一边的方越澜瞪着圆圆的眼睛:"怎么叹气?工作出问题了?"

"没事,就是碰见个脑子有泡的合作方而已,进去吧。"

薛恨说完就走进了餐厅,身后的方越澜对着服务员报了报名字,服务员就带着两个人去了一个雅间门口。

薛恨不疑有他地推开门,抬眼就撞进了脑子有泡的合作方眼里。

"你怎么在这里?"薛恨瞪着贺钦问。

贺钦坐在包房最里面,面向门口的方向。他看着薛恨不说话,倒是身后的方越澜赶紧跑上来圆场:"喀喀——小恨,这就是我给你说的朋友……"

薛恨回头看方越澜,眼神惊疑又不解:"你?"

方越澜推着薛恨的肩膀跟他走进去:"你先进去坐着。"

饶是薛恨一百个不愿意,但面对方越澜的请求,他暂时还做不到拒绝。贺钦目光看向满脸不情愿的薛恨,又看着方越澜搭在薛恨肩上的手,心里"哼"了一声,不过他掩藏情绪的本领一直很好,面上依然是那处变不惊的冷淡表情。

薛恨被方越澜推到贺钦的对面坐下,两人的距离不远不近,川菜馆里的桌子面积很小,薛恨下意识地把腿往一边伸了伸,生怕贺钦又在桌子底下闹什么幺蛾子。

贺钦垂着眼,一边的方越澜主动做了第一个开口说话的人:"喀!你们听我说。"

贺钦和薛恨都侧头来看他,方越澜清了清嗓子:"其实这事我已经计划很久了,只是你们两个大忙人,不是这个联系不上,就是那个电话打不通的。今天咱们好不容易聚在一起,你们必须听我的。"

贺钦和薛恨下意识对视一眼,半秒不到,薛恨就扭开了头,用鼻音冷哼一声。

方越澜拽了拽薛恨的袖子:"小恨,贺钦,你们听我说。咱们认识这么多年了,就算是小恨,最少也有六七年了,对不对?"方越澜

坐在两人中间，目光在两人之间徘徊，"虽然我一直没弄明白，你们为什么看彼此不顺眼，这都毕业两三年了，你们见了面居然还能打起架来。"

"……"后面一句话让薛恨和贺钦的表情都变得有些尴尬，不过被忙着组织语言劝说好友的方越澜错过了。

方越澜见两个人都不说话，就干脆继续讲："你们两个都是我非常要好的朋友，我不想看见我的两个朋友一见面就拳脚相向、水火不容。"

薛恨忍不住张嘴想说什么，还没发出声音就又被方越澜用眼神阻止了。

"我知道我这么考虑，确实有点自私，但我真的很希望很希望你们能和平相处，毕竟你们两个都是非常值得做朋友的人。"方越澜说话的时候语气分外真诚，眼神也实在清澈。

薛恨那张不饶人的嘴对着方越澜根本说不出什么拒绝的话来，他忍不住扭头去看贺钦，结果贺钦比自己还能耐，他直接冲着方越澜开口："我都听你的安排。"

"……"薛恨无语，又来了，这种熟悉的语气又来了，这个道貌岸然的贺三真是一点都没变！

方越澜兴奋地对着贺钦展颜一笑，接着他扭过头来看向薛恨，眼神里带着期待："小恨，我知道你性格倔，你把你的想法告诉我，我尊重你！"

"……"薛恨的眼角都抽了抽，他能有什么想法？他就算有什么想法，在贺钦这么坦然利落地表态之后，那些拒绝的想法也被吞回了肚子里。

"我也没有意见。"几个字几乎是从牙缝里挤出来的。

方越澜高兴地站了起来："君子一言驷马难追，以后你们不准再有什么矛盾了！就算不能成为好朋友，好歹也能当个老校友不是吗？"

"……"薛恨又瞪了贺钦一眼，无声用眼神传了一句话：卑鄙，无耻，混蛋！

贺钦淡淡地回视，眼神平静无波。

"既然你们都松口同意了,那你们握个手吧!握了手以后就是朋友了!"方越澜语气雀跃地说。

薛恨嘴里的上下牙互相磨了磨,他眼睁睁看着贺钦站起身来,朝自己伸出了手。

忍住,薛恨,忍住,如果你真的对着他的爪子"呸"一声的话,你不光会失去方越澜的友谊,还会失去即将到嘴里的大生意,忍住,忍住……

薛恨用了半分多钟给自己做心理建设,最终赶在方越澜开腔之前站起来,跟贺钦握了个手。

一碰到贺钦,薛恨就下意识地想用力捏死他。可身边方越澜的眼睛还亮晶晶地注视着他们的手,薛恨再次忍住,敷衍般地握了握就想缩回手来,结果挣了两下都没有挣脱,贺钦的手死死攥着薛恨的在暗暗较劲儿,偏偏这人脸上依然平静,没有什么表情。是可忍孰不可忍。薛恨干脆用力捏了贺钦一把,贺钦眯眼,干脆地收回了手。

"太好了!我结婚的时候有两个伴郎了!"方越澜在一边孩子气地拍了拍手。

"嗯?"薛恨猛地扭头看向方越澜,"什么意思?"

"别人家结婚都是有伴郎团的!"方越澜无辜地解释,"你和贺钦可是我认识的人中最好看的两个人了,我当然希望你们都能做我的伴郎了!"

"……"薛恨有点生气,但是又不知道自己气从何来,毕竟方越澜还夸自己好看不是?他抬眼去看贺钦,贺钦依然保持着一脸高深莫测的神情。薛恨撇了撇嘴,在心里骂着这人:冰释前嫌是不可能冰释前嫌的,他薛恨就是饿死,死外面,也不会再想和这贺三少扯上半点儿关系。

"既然都到这一步了,我们就一起吃饭吧!"方越澜说完就按响了服务铃,很快就有服务生走了进来:"您好方先生,是要准备上菜了吗?"

方越澜连连点头:"麻烦你再给我们上一瓶好点儿的红酒。"

"还要喝酒?"薛恨坐回凳子上,不可思议地问,印象里的方越

澜是滴酒不沾的,哪怕是他的生日宴会上,他也只是喝了一小口香槟做个样子。

"看你们和好,我高兴嘛,你们喝,我喝饮料!"方越澜笑着说,"再另外给我们安排点下酒菜好了。"

服务员应好,微笑离去。

之后等菜的时间里,方越澜就一会儿看看薛恨,一会儿看看贺钦,要不是他们两个人都对方越澜知根知底,说不定真的会误会方越澜的眼神,这也忒像傻瓜了。

诡异的气氛一直持续到上菜,一盘盘因为辣椒和花椒的点缀而变得火红鲜美的菜肴被摆在了桌子上,薛恨看着这些菜,顿时胃口大开。

薛恨也顾不得跟这两人客套,毕竟一个是很好的朋友,一个是没有客套必要的死对头。他拿过手边的筷子,抬手夹了一片淋着热汤的水煮肉片就往嘴里塞。结果还没塞到嘴里,方越澜一声响亮的"来干一杯!"就吓得薛恨把筷子上的肉掉到了残渣盘里。

"……"薛恨看着那块肉,觉得掉的仿佛是自己身上的肉,碰到贺钦就爱坏事,果然晦气!这么想着,薛恨忍不住瞪贺钦,结果抬头就看见贺钦也在看他,虽然仍然十分装模作样地绷着长脸,但薛恨确信,他在贺钦的眼里看见了嘲笑的意味。

这谁忍得了?反正薛恨忍不了,他一边接过方越澜递来的酒杯,一边从桌子底下伸长了腿用力给了贺钦一脚,得逞之后又立刻收了回来,还把椅子朝后面挪了挪。

贺钦没什么反应,只是接过杯子朝着薛恨和方越澜的方向举杯示意。薛恨惊讶地挑了挑眉,也不甘落后地举杯,三个杯子在空中碰了碰,最终被他们各自送入嘴里。

严格来说,薛恨爱喝的酒就是那种冒着气泡的像汽水一样的酒,其他类型的酒他喝不来,以前郭寻还调笑他,说他的口味像个小孩子似的。薛恨不置可否,不喜欢就是不喜欢,他就爱吃甜的,就爱喝小孩子爱喝的。但上次酒吧那件事属实给了薛恨不小的阴影,所以他现在索性连气泡酒都不去喝了,一朝被蛇咬十年怕井绳,说的就是薛恨本人。

在给方越澜面子这事上，薛恨自认做得很好。比如现在，他干了杯之后仰头就把酒喝进嘴里，眉头都不皱一下。

"这红酒喝着不太行，有空我带你去贺钦家蹭酒喝，他家里藏着很多好酒！"方越澜放下杯子拍拍薛恨的肩膀，说完又看向贺钦："怎么样贺钦，你不介意吧？"

"嗯。"贺钦淡淡地应，应完又补充了一句，"随时欢迎。"

方越澜"咦"了一声："果然，事业顺利的贺三少真是好说话多了！先吃饭吧！"

薛恨撇撇嘴，重新拿起筷子认真吃起饭来。川菜馆的老板大概真的是从西南地区来的，做的菜十分贴合薛恨的口味，无辣不欢是一个云城人对自己家乡的基本态度。

想着今天的主要目的就是吃饭，薛恨干脆半点儿不委屈自己，爱吃什么夹什么，碰到夹不到的该转桌就转桌，方越澜本打算跟薛恨说说话，结果看薛恨一副饿了三天的样子，最终还是没忍心打扰。

他看向贺钦："对了贺钦，我听贺叔叔说，二哥也要结婚了？"

方越澜嘴里的二哥就是贺家的二少爷贺跃，比贺钦年长个四五岁，也是最近才传出准备结婚的消息。

贺钦不动声色地将视线从薛恨的头顶移开："嗯，具体婚期还没定。"

"时间过得真快呀，我记得上次见到二哥，还是在他去宁市之前的那个晚上。"方越澜感慨着说。

"大概四年了。"贺钦说着话，目光却游移到了一直被薛恨频繁光顾的水煮肉片上——有这么好吃吗？大部分都被薛恨吃了。

"二哥都有动静了，你呢？你也准备像小恨一样一直单身啊？"

被提到的薛恨莫名其妙地抬起头来，大概是这辛辣的食物十分呛人，薛恨的鼻子和眼尾都被辣红了，嘴唇也发肿发红，他吸了吸鼻子："说什么？"

方越澜忍不住笑："没什么，吃你的吧！"

薛恨"哦"了一声，又低头认真吃起饭来。

贺钦看着薛恨红红的眼睛，看着他因为太辣而红润的嘴唇，还有小土匪那茫然又满足的表情，贺钦摇摇头："不会。"

薛恨吃饱抬头的时候，看见贺钦和方越澜两人居然都已经放下了筷子，他狐疑地问："……你们吃不了辣吗？"

贺钦没说什么，倒是方越澜嬉笑着说："没有，是吃饱了，看你吃得挺香的，不忍心打扰你。"

薛恨的舌头还带着被辣味侵蚀过的麻意，他点了点头，给自己倒了两杯柠檬水，吞下肚子后顿时又解腻又过瘾。吃饱喝足了的薛恨心情非常愉快，想到刚才郭寻在电话里提到的事，薛恨语气轻松地提议："那咱们回去吧？"

方越澜却摇了摇头："小恨，咱们去喝酒吧！"

薛恨突然联想到刚才方越澜提过的去贺钦家一事，下意识地看向贺钦："现在去喝酒？"

方越澜注意到了这个细节，赶紧拍拍薛恨的肩膀让他放下心来："不是去贺钦家，前段时间西巷口那边新开了一家酒吧，老板是我的朋友，今天是个好日子，你跟我去给他捧捧场呗？"

"可是……"薛恨有些迟疑，方越澜这想一出是一出的性子到底是什么时候被挖掘出来的？

"别可是了！贺钦这个不爱进酒吧的都答应了，你不许拒绝我。"

薛恨不可置信地瞪了瞪眼："什么？"贺钦这都答应？他明天不是还要跟自己谈合作的事吗？

方越澜见薛恨不信，朝着贺钦扬了扬下巴："贺钦，你怎么说？"

"我听你安排。"贺钦今天分外爽快，似乎真的是个闲人。

薛恨又陷入了骑虎难下的状态，去吧，他不知道对着贺钦这张脸有什么好喝的；不去吧，他又总觉得他不能落贺钦一头，在方越澜这里他可不能丢了面子，绝对不能输给贺钦！

于是他咬了咬唇角："行，去就去。"

"我就知道小恨最好了！"方越澜挤眉弄眼地说，说着还对着薛恨竖了个大拇指。

三人从餐厅出去之后，方越澜又出了个主意："坐贺钦的车呗？他的车可是定制的，坐起来特别有感觉，小恨你试试！"

"……"薛恨扯了扯嘴角，心想：我不但试过，还是喝醉被人家

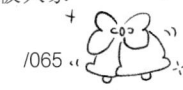

扔进去的。不过这话可不能对着方越澜讲，反正左右都不过是个代步工具，薛恨没那么矫情："行。"

方越澜满意地笑眯了眼："贺钦，你把钥匙给我，你们都喝酒了不能开车，我来当你们的司机。"

"带驾照了？"贺钦问着，却已经递出了自己的车钥匙。

"当然带了，我今天开车去的现场！"方越澜接过车钥匙，兴冲冲地打开车门坐进了驾驶座。

在薛恨准备打开车门的时候，贺钦居然主动开口："坐后面。"

"啊？"薛恨古怪地瞥了一眼贺钦，然后就打算开副驾驶的车门。车窗适时降了下来，方越澜："哎，贺钦，你这副驾座的传感器坏了吗？车门打不开。"

"……"薛恨眼皮子跳了跳，回头看向贺钦。贺钦的脸上难得出现了一个"我早说了"的表情。

"开这么贵的车配了个破门。"薛恨嘟囔道，声音不大不小，刚好就被贺钦一个人听见。

贺钦眯了眯眼，却没搭茬儿，只是打开车后座的门示意薛恨坐进去。

车内空间其实不小，但后座坐了两个身高腿长的大男人后就没那么宽敞了。

薛恨跟贺钦之间隔得不远不近，但这距离刚好能让薛恨闻到身边不时传来的淡淡香味。

这味道特别淡，但又确实存在，薛恨的鼻子闻了还觉得有点熟悉，猜想贺钦还专门喷了香水，忍不住在心里腹诽了一句"花孔雀"。

"你在自我介绍？"贺钦的声音冷不防在薛恨耳边响起。

薛恨这才意识到自己居然把心声给念叨了出来，他正准备开口呛回去，前面开着车的方越澜就似有所感般地从后视镜里看了眼薛恨："不许吵架！你们答应我的！"

"……"薛恨郁闷地把话吞回肚子里。

有方越澜在，活跃起气氛不算难事。一路上薛恨刻意把贺钦当透明人，满脑子盼着今天晚上赶紧过去，再多看一次贺钦的死人脸他都觉得难以忍受。

第三章 和解

方越澜推荐的酒吧装修得很不错，下车后他给他那个朋友打了个电话，酒吧里很快就有一个男人迎了上来："越澜。"

方越澜朝他招了招手："好久不见了。"

"是挺久的。"穿着皮衣的男人对着方越澜笑了笑，之后他将目光放在了身后的贺钦和薛恨身上，"你的朋友？"

"嗯嗯，这不是想着带两个大帅哥来给你撑撑门面吗？"方越澜笑眯眯地说。

男人轻笑一声："那我先谢谢你了，走，给你们开了个卡座，想喝什么尽管点，算我账上。"

之后他带着三人进了酒吧，进去后薛恨才发现，这里面的装修风格很有特点。灯光昏暗却不显得幽深，墙上挂着不少艺术品，耳边还放着舒缓的钢琴曲，环境清幽到根本不像个酒吧。

"你这里生意不错呀，这个点就有这么多客人了。"方越澜走在前面对皮衣男人说，皮衣男人应了一声："还行，你们后面还有人来没有？"

方越澜摇了摇头。说着话，三人已经被带到了一个卡座边。男人扬了扬下巴："行，你们先坐着，有什么喜欢喝的酒没有？"

方越澜看向薛恨和贺钦，意思是看你们俩的意见。薛恨正准备开口说"都可以"，还没说就被贺钦抢了话头："最好是甜口的。"

"……"薛恨扭头瞪着贺钦。

"小恨——"方越澜无奈地扯了扯薛恨的衣袖，皮衣男人将目光放在了贺钦和薛恨身上逡巡一秒:"不用这么客气,你们是越澜的朋友,也就是我的朋友,想喝什么尽管提。"

薛恨撇了撇嘴:"我喝什么都行。"

男人会意,又招待了两句就离开了。方越澜转了转眼珠子,主动走到沙发的中间坐着:"今天是你们俩化干戈为玉帛的好日子,饭也吃了,手也握了,等咱们把这顿酒喝完,你们就真的一醉泯恩仇了啊!"

薛恨不知道到底听进去了没有,他问方越澜别的:"你现在说话怎么文绉绉的?"

"啊?有吗?"方越澜眨了眨眼睛,"没办法,谁让我老婆是语文老师呢?"

"⋯⋯"得,随口一问还给自己塞了口"狗粮",薛恨郁闷地摸了摸脑门儿。

"你们到底有没有听我说话啊!"方越澜突然醒过味来,左看看右看看,两人一个面无表情一个捂着额头,都没什么要真的冰释前嫌的意思。

"都听你的安排。"贺钦还是雷打不动的那句。方越澜勉强满意,又看向薛恨。

薛恨在心里叹了口气:"不是都答应你了吗?"

"你不会在心里怪我吧?"方越澜不确定地问。

薛恨眼皮子抽了抽:"那怎么可能?"

"那就好,今晚咱们哥仨,不醉不归!"

"⋯⋯"行吧。

方越澜的老板朋友很够意思,没多久就有酒保端着不少好酒上来了,里面大多还真都是甜的。虽然薛恨嘴里骂贺钦脸皮厚,在尝到这酒的味道后,心里还是给酒竖了个大拇指的。

方越澜率先举杯,说了声"干杯"后,三个玻璃杯子在空中相碰,发出一声清脆的碰撞声。

向来都对方越澜有求必应的贺钦和薛恨跟着方越澜的指挥将酒一杯接一杯地喝进嘴里,其间方越澜是最积极的,却也是酒量最差的。

酒过三巡,方越澜的脸就彻底红了,眼神也变得有些迷离。他

对着贺钦和薛恨傻笑："你们……你们都是……我最好的朋友，我希望……希望你们……你们都好好的……"

薛恨定定地看着方越澜说醉话，吐字都含含糊糊的："小恨……小恨……我好心疼你……"

薛恨轻轻说了句："谢谢。"方越澜却像是听懂了："不要说……不要说谢谢，你应该，应该谢贺钦的……"

薛恨没听懂方越澜的意思，他下意识地抬头看向贺钦，贺钦也喝了不少酒，那张白净又充满侵略性的脸此刻染上了微微的红晕，在这酒吧的特殊灯光下分外显眼。

在薛恨看向贺钦的时候，贺钦也看着薛恨。眼神交会之际，薛恨莫名地愣了一下。那个混乱夜晚的记忆突然奔涌上心头：那是失控的贺钦，那是薛恨从来没有见过的贺钦。

他们的视线在空中碰撞了很久，久到薛恨觉得整个酒吧的温度似乎都升高了不少，热得他松了松脖子上的领带。

酒精确实是个有意思的东西，它可以让人失去理智，也可以让人突然醒悟。比如现在，薛恨突然意识到一个十分严肃的事——

他对贺钦，好像从来就不只是厌恶，他想看见贺钦失控的样子，也想看到这个高高在上的天之骄子撕掉那些伪装的假面。

方越澜醉醺醺的嗓音打断了薛恨和贺钦的对视："枝枝，好想你啊枝枝……"

薛恨扭头看着糊里糊涂的方少爷，轻轻叹了口气后起身走到了方越澜身边，打算把人拽起来背好。

动作到一半时，一只手搭在了薛恨的手臂上，那只手指节修长、指尖圆润，是贺钦。薛恨抬眼看他，贺钦也毫不躲闪地看回来。

这眼神太富有侵略性，看得薛恨怔了一下，他压下心里的异样情绪，语气不好地开口："你做什么？"

"我来扶他。"贺钦说着就打算越过薛恨扶方越澜，这回轮到薛恨不乐意了，在方越澜这里任何事情他都不想落下风："人都喝醉了，贺三少爷还上赶着献殷勤呢？"

"这话不应该是我对你说？"贺钦直直地看着薛恨，"他都喝醉了，轮得到你献殷勤？"

"你又是什么东西？"这句话早在大学那次打架时薛恨就想骂了，"你这样的衣冠禽兽，当了人家这么多年的发小，指不定是图什么家族利益呢！你这样的衣冠禽兽有什么资格说我？

"我图什么？"贺钦周身的气质变得越来越森然冰冷，他走上前一步，用力掐住了薛恨，"倒是你，别人随便施舍点小恩小惠，你就像条狗一样对别人摇尾巴，薛恨你是有多低贱？"

"我低贱？"他们之间的身高有些许差距，薛恨不卑不亢地瞪着贺钦，"你又高贵到哪里去？"说完薛恨就一巴掌拍开了贺钦的手，反手就想一耳光扇在贺钦脸上。贺钦迅速拦截住薛恨的手腕："你知道那天灌醉你的是什么人吗？那天如果不是我，你的下场只会更倒霉。"

"所以呢，我要对你感恩戴德吗？贺三少是觉得我被你打到住院还不够惨是吗？你以为你又是什么好人吗？"薛恨脸上露出了极为讽刺的笑容。

那天的事情就好像是一个导火索，把贺钦的怒气完全点燃。尤其是贺钦那天明明已经竭力压制自己的脾气了，是他后来非要挑衅自己。贺钦额头两边的太阳穴因为愤怒而突突直跳："你再说一遍！"这几个字几乎是从牙缝里挤出来的。

薛恨半点不怵地看着贺钦："我说，你是我见过最道貌岸然的混蛋了。"

下一秒，贺钦用力按在薛恨的脑袋上。这动作让薛恨火冒三丈，打架是男人间的较量，他试图推开贺钦，但这人单手使劲儿按压着薛恨的脑袋，也不知道哪里来的力气，跟牛似的，推都推不开。薛恨气急，刚想反击就被贺钦大力推倒在卡座的沙发里，脑袋撞在沙发上的感觉让薛恨有些头晕目眩："你……"

话还没说完，薛恨又再度被贺钦制住了手脚，只是吃过一次亏的贺钦显然长了经验，他在薛恨屈膝之前用自己的长腿制止了薛恨的动作。

不知道是不是刚才喝进肚子里的酒精开始作用。渐渐地，薛恨的

反抗动作不再那么明显,他全身使不上劲儿来。就在双方胶着的时候,他们身边响起了一声非常响亮刻意的咳嗽:"喀——"

薛恨瞪大了眼,像是突然回过神似的,一拳打在贺钦背上。贺钦痛得从鼻腔里挤出了一声:"哼。"才稍微抬头,离薛恨远了一些。两人几乎是同时朝那发出咳嗽声的方向看过去的。那里站着一个长相跟方越澜有三分神似的成熟男人。他似乎有些尴尬:"那什么……我来接我弟。"

薛恨觉得刚才被贺钦压制着脸都丢光了。他趁贺钦没回过神,用力推开了贺钦,贺钦一个没注意,差点顺着沙发摔在地上。

他冷着脸看向薛恨,不动声色地换了个姿势,格挡了方越澜的兄长看向薛恨的视线:"带他回去吧。"

"……嗯,谢了啊。"男人说完后就迅速走到沙发边,打算把方越澜背起来。

薛恨试图上去搭把手,身边的贺钦却按着薛恨不让动:"老实点儿。"

"……"薛恨看着一脸正经的贺钦,再想想刚才两个人干的蠢事,忍不住一脚踹在了这个混蛋的大腿上,"滚。"

贺钦眯眼,却没说什么,只是主动帮着方家哥哥把方越澜扶到了背上。

男人稳稳当当地背起了醉醺醺的方越澜,直到临走前,脸上都是尴尬的神色。

贺钦淡淡地看着他:"路上小心。"

男人点头:"走了。"结果背着方越澜走了两步,他又忍不住停下来,转过身看向贺钦,"这里是公共场合,你俩还是注意点儿……"

然后他就快步走了,也不等贺钦回答。

目送着这兄弟俩消失在视野里后,贺钦才回头来看薛恨。

薛恨懒洋洋地躺在沙发里,原本被发胶固定好的背头现在已经乱了,头发上那些发胶估计蹭在了沙发上,还有些粘在了薛恨的额头上,和着一小撮碎发。

他的领带歪歪扭扭的,西装也皱得不成样子。

其实贺钦也没好到哪里去,向来冷静自持的贺三少在薛恨面前似乎总是没办法像平时一样保持体面,西装里的衬衫纽扣不知什么时候挣开了两颗扣子,高定的西装外套也皱巴巴的。这个场景跟他们大学时期打完架后的情况有些像。

两人的目光隔着空气交接在一起,他们都在彼此的眼里看见了极为强烈的怒气和胜负欲。在对视半分钟后,他们的脑子里闪过了同一个念头,那就是这事绝对不会至此为止。

像是都读懂了彼此的意思似的,薛恨伸出手拽住贺钦:"你挑个地儿,给个说法。"

两人似是达成一致,没有再多说一句话,肩并着肩离开了这个有着特色风格的酒吧。

酒吧外的晚风吹得薛恨打了个激灵。贺钦脚步迈得很大,薛恨跟在贺钦背后,刻意将步子放慢:"走慢点儿,你赶着去投胎啊?"

贺钦愣了愣,没说话,但脚步却放慢了一点儿,也只是一点儿。

薛恨哼笑一声:"我说贺三少,你这是有多想赢了我啊?"

贺钦转过头,夜里的风把薛恨本来就有些乱的头发吹得更乱了,他迎着风嘲笑贺钦,眼里带着毫不掩饰的挑衅意味。

贺钦觉得薛恨的嘴巴真的很损,他看着薛恨,在即将迎来斑马线绿灯时才说:"我这辈子没见过像你这么欠收拾的人。"

贺三少素质极高,被薛恨惹急了才说出这么狠厉的话。

薛恨:"这样,你让我打一顿,不准还手,咱们俩的恩怨就算一笔勾销。"

贺钦不打算和薛恨一笔勾销,他和薛恨之间绝对不是谁欺负谁一次两次的事。

薛恨和贺钦再一次在酒店打了起来。

只是这一次打起来的原因,不再是因为一言不合——他们现在是为了男人间的面子而进行的王者之争。

贺钦直接一巴掌拍在了薛恨的身上,近乎执拗的大力掐着薛恨,他压制着薛恨。薛恨心里骂了句脏话,上次他不清醒也就算了,这次薛恨不打算再让贺钦占上风。他用力回击,在贺钦吃痛抬头时瞪向他:

"你有完没完？两次都想压我一头是吧？你看我像服输的那个吗？"

"……"贺钦蹙眉，"是你说要我给你个说法的。"

薛恨气不顺，一巴掌打在贺钦的背上："我才不会屈服，给我滚。"

"打一架，谁赢了以后就听谁的。"贺钦盯着薛恨的脸说。

于是不知道是谁先动的手，他们再次扭打起来。

大学时期他和贺钦打架经常不分胜负，但自从大学毕业这三年以来，薛恨每天忙着工作赚钱，根本不再像以前那样勤于锻炼。从上一次他住院开始，薛恨就意识到了自己的身体素质不如以前了。而贺钦呢？明明也是要忙工作，明明也跟薛恨差不多的年纪，打的野架也远比不上薛恨打的多。

但或许是这位三少爷赚钱比不上薛恨这么辛苦，作为企业的决策层，背后靠着贺家这么个庞然大物，平时估计还是有空锻炼锻炼身体、学习学习搏斗技巧的。

薛恨不是个好制伏的角色，贺钦把他按倒也费了不少力。

薛恨抬手抹了把汗湿的脸："你让我赢一次能死是不？"

贺钦不回答，只是目光直直地看着薛恨："你输了。"

第二天，薛恨是被一直振动不停的手机吵醒的。昨晚双方胜负已分，两人又都喝了酒，索性就在酒店凑合了一晚。

薛恨烦不胜烦地睁开眼"啧"了一声翻身下床，他刚刚站起来，小腿的酸软就差点儿让他站不稳，他按着床头柜站直身形，烦躁地揉了把脸后，才缓缓迈步去找不知道在哪个角落振动的手机。身上不时传来的酸痛感让薛恨很不舒服，但事已至此，昨天晚上两个人都上了头，动起手来也是无所顾忌，薛恨自诩大度，也就没再跟贺钦计较，只是一边走一边骂睡在沙发上的人："睡得跟猪一样。"

贺钦已经清醒过来，他看着薛恨，眼睛微微眯了眯。

薛恨顾不得贺钦的眼神，这闷葫芦又闷又坏，平时看着衣冠楚楚，一动起手来就没轻没重的。一阵寻找后，他终于在酒店的桌台角看见了自己的手机，应该是昨天晚上他们进来的时候掉出来的。

他拿起手机，上面显示着郭寻的三通未接来电，每一通隔了十五分钟。而现在，郭寻打来了第四通电话，薛恨接通之前看了眼时间——十点半。平时这个时候，他已经上班近两个小时了。

薛恨摸了摸脑袋接通电话："学长。"

"小恨，你今天怎么还没来公司？"郭寻带着疑惑和担忧的声音从电话里传来。

薛恨不太擅长撒谎，但真正的原因他也不想告诉郭寻，于是他有些躲闪地开口："嗯……有点儿事耽误了，抱歉学长，我这就去公司。"

郭寻在电话那边叹了口气："迟到也不是什么大事，这几天换季了，我担心你像上次一样又生病了。"

"我没那么虚弱。"薛恨语气无奈地说。

"那就好，我给你发的东西是不是没看？"

"……"薛恨难得有心虚又答不上来的时候，郭寻也从薛恨的沉默里得出了答案："行了，你也别来公司了，在家里把东西看完，下午两点半直接去荣钦那边就行。"

"行，谢谢学长。"薛恨说完就挂了电话。他回头看去，贺钦还是坐在沙发上，目光幽幽地看着薛恨。

薛恨别开眼，没说话，只是看了眼身上乱七八糟的衣服，皱得实在不好看。他"啧"了一声，对贺钦说："你让人送衣服过来。"

"嗯，过来。"贺钦对着薛恨招了招手。

"……你拿我当仆人使唤呢？"薛恨翻了个白眼，头也不回地进了浴室。

听着浴室里传来的水声，贺钦从沙发上站起来。他找到自己的手机，打通了酒店的服务电话，简单交代了几句。

薛恨草草洗了澡就从浴室走了出来，他想闲着也是闲着，干脆打开了酒店里的电脑，开始看郭寻发来的邮件。

贺钦看到薛恨在一旁专心工作，把自己当成了空气一样，他沉默着坐在一旁，眼睛却一直幽怨地看着薛恨。

这眼神如有实质，薛恨被盯得文件都看不下去了，他回过头来："哎，我说，贺三少，贺总，贺先生，你去找点儿事情做行不？"

"哼！"贺钦从鼻子里发出一声哼，然后起身头也不回地走了。

薛恨的眼皮子跳了跳,他再回头看去,就看见高高在上的贺三少已经躺回了沙发上,还拿背对着自己,像在赌气。

什么少爷脾气?

酒店房间的门被敲响,贺钦从床上坐起来,扭头看见薛恨还是聚精会神地盯着电脑看,半点不打算搭理自己的意思。

贺钦又重重地"哼"了一声,自己去拿了衣服进来,还大方地给了送衣服的人一笔数目可观的小费。酒店服务员着实被贺钦冰冷的俊脸吓得不轻,连道谢都是哆哆嗦嗦的,说完就走了。

贺钦心情郁闷地关上了门,把自己的衣服换好,一边的薛恨仍然没有反应。贺钦忍无可忍,干脆将手边的衣服扔到薛恨的脑门上去,语气发沉:"衣服。"

"你发什么脾气呢?"薛恨扒下脸上的衣服,回头没好气地瞪向贺钦。

贺钦不理他,走进了浴室,不知道又去捯饬什么。薛恨看了眼电脑上的东西和时间,决定晚点儿回家去不被打扰地把资料看完。

他三两下把衣服裤子换好,穿好后才发现这衬衫和裤子都大了一个号,估计贺钦这是按照自己的尺寸叫的。薛恨只好把衬衫衣袖折了几折,裤子也提高了些。

贺钦在薛恨打领带的时候才走了出来,薛恨也懒得看他,把领带打好后拎着外衣就打算往门口走,刚刚抬脚就被贺钦拽住了手臂:"把衣服穿好。"

"你怎么这么磨叽啊?"薛恨说着试图甩开贺钦的手,贺钦却捏得很紧:"不想再进医院的话,把外套穿好。"

敢情这人是别扭着关心自己来了,薛恨没辙,又不想大清早的上火气,他甩手示意自己会穿,贺钦这才放开了手。

"要不是你跟我打架,我能进医院?"薛恨一边说着,一边扯开外套衣领内部的吊牌。

贺钦因为被忽视了一早上而一直不怎么好看的脸色稍微和缓了一点儿:"那天是你自己喝多了酒。"

薛恨一脚踩在贺钦的皮鞋上："合着我还得感谢你？"

"不客气。"贺钦抬手摸了摸鼻子，在薛恨把衣服套好后率先迈开了脚步。

薛恨对着这人模狗样的翻了个白眼，之后就跟在他身后离开了酒店。

刚出酒店大门，迎面吹来的秋风就冷得薛恨浑身都打了个激灵："我去……"

贺钦看他一眼，想了想还是忍住了把自己衣服借给他的冲动。他和薛恨的关系变得有些奇怪，别别扭扭地横在贺钦心里，这让他的心情有些低落。

贺钦愣神的时候，薛恨已经往马路边走去了，贺钦还是没忍住又叫住了人："你去哪儿？"

薛恨莫名其妙地看贺钦一眼："打车回家。"

贺钦垮着脸说："我送你。"说完他就不由分说地拉着薛恨想过马路。薛恨皱着眉看贺钦的背影："你怎么回事啊贺三儿？"

"什么怎么回事？"他们两个人在红绿灯路口站定。

"哟——打了一架把你的恻隐之心给打出来了？"

"……这个路段不好打车。"贺钦冷着脸说。

薛恨扭头看了眼车流，里面有不少打着"空车"两个字的出租车。薛恨哼笑一声，却没有拆穿贺钦这个不走心的谎言——毕竟能省一笔是一笔不是？

他们一起走到贺钦的车旁边，贺钦率先坐到驾驶座，薛恨正打算打开车后座的门，贺钦就摇下了车窗："坐前面。"

薛恨没理，却打不开车后座的门，他咬牙试了试前面的门，果然一动作，车门就开了："你的车门不是坏了吗？"

"今天轮到车后门坏了。"贺钦面无表情地一边系安全带一边说。

薛恨忍不住又翻了个白眼："果然车子随主人。"

贺钦发动车子："什么？"

"哪儿哪儿都有病。"

"……"贺钦轻哼一声，把车开了出去，"地址。"

薛恨懒洋洋地打了个哈欠:"青骏源公寓。"

贺钦"嗯"了一声,专注地开起了车。

车内空调的热风吹在薛恨脸上,为他赶走了身上的冷意,也让他昏昏欲睡。身边坐着的闷葫芦一言不发,似乎也没有在车里放音乐的爱好,于是薛恨就这么靠着副驾驶座睡着了。

贺钦趁着红灯间隙转过来看一眼:"死猪。"算是把早上薛恨骂自己的话还了回去,之后贺钦又将空调开大了些,一路载着人去了薛恨的家,第一次给别人当司机的贺三少将车子开得分外平稳,途中薛恨一次都没有醒来过。

等到了小区门口,贺钦找到车位停好车,身边的薛恨还在歪着脑袋睡觉,脸刚好对着贺钦的方向。

安静,乖巧,睡着了的薛恨给贺钦这样的假象。可很快,贺钦就又自己甩开了这个念头——如果薛恨真的是这样的,他就不是贺钦认识的小土匪了。

贺钦很快从思绪里脱离出来,他坐正了身体,仿佛什么都没发生过,伸手拍了拍薛恨的肩膀:"小土匪,醒醒。"

"唔——"薛恨嘟囔一声,缓缓地睁开了眼,"到了?"

"嗯。"贺钦掐了掐自己的指尖。

薛恨揉了揉眼睛:"行,谢了。"说完他就解开安全带准备下车。

"不请我吃个饭?"贺钦看着薛恨问。

"嗯?"薛恨差点以为自己听错了,他疑惑地看向贺钦。贺钦倒是十分坦然:"我好歹送你到了家门口,将近二十公里的路。"

薛恨感觉贺钦被鬼上身了,只是贺钦说得也有道理,于是他一只脚下了车:"行,今晚请你。"

"不要,我要吃早餐。"贺钦说着就跟着下了车。

薛恨莫名其妙地看了贺钦一眼:"我说贺三少,您看看现在几点了,现在是吃早餐的时候吗?"

"那我要吃午饭。"贺钦顺着薛恨的话说。

薛恨终于明白了贺钦的意思——贺三少爷现在就要吃饭,并且似乎打算让薛恨请客。

薛恨嘟囔了一句："麻烦，"抬头倒是环顾了四周，小区对面的街边开着好几家饭店，他伸手指了指："火锅，炒菜，粉面，你看看想吃什么。"

"你想吃什么？"贺钦不答反问。

薛恨狐疑地看贺钦："你吃饭，问我想吃什么？"

"你不吃？"

"……我这会儿不饿，回家吃。"

"那我也去。"贺钦从善如流。

"你去？去哪儿？"跟讲话只爱说半句的贺三少沟通起来很费力。

"我去你家吃。"

"你有病吧？"薛恨下意识地脱口而出，刚说完，贺三少的脸就又拉了下来："二十公里。"

"……"不知道为什么，贺钦明明只说了四个字，薛恨却硬是从这几个字里听出了委屈控诉的意味。他暗叹自己果然不能跟贺钦走太近，脑子有问题这毛病可别传到自己身上来，"我家里没有吃的。"

"那你说你回家吃。"

"……你非要跟我找碴儿是不？"

"二十公里。"贺钦再次面无表情地重复。

薛恨揉了把脸："我真是服了你了。"

贺钦直接抬起了脚步："哪一栋？"

薛恨只好带着贺钦去了自己的家，路上他忍不住强调："我家里就只有面，你吃不吃？"

贺钦点头："我不挑食。"

"……"薛恨在电梯里拿脚尖踢了踢贺钦，"你个混蛋。"

贺三少终于登堂入室，心情很好，不跟薛恨计较。

等薛恨开了门后，贺钦站在玄关处看着薛恨："还有拖鞋吗？"

薛恨愣了愣，从鞋柜里拿出了一次性的："穿这个。"

贺钦点头换上，跟在薛恨后面堂而皇之地去了客厅里。之后贺钦才发觉这不大不小的公寓里分外简洁，装修简约得快赶上贺钦自己家了。

薛恨没理贺钦打量的目光，刚刚贺钦不提还好，一提薛恨就觉得自己也饿了，他叮嘱贺钦一句："要喝水自己倒。"之后就转身去了厨房。

贺钦四周都转了一圈，一个房门虚掩着的小次卧吸引了他的注意力，他走上前去，顺着半开的门看了看里面，居然是一个小型健身房，里面到处摆放着健身器材，最里面对着窗外的地方还有一个跑步机。

素质市民贺三少小小惊讶了一秒就走回了客厅，四平八稳地坐在了客厅沙发上。

眼前的茶几上摆着一堆A4纸，这大概是薛恨家里唯一凌乱的地方。纸上印着的字体有大有小，基本都是薛恨工作时需要用到的数据资料，好多地方还被薛恨用笔标记了出来。

不同于薛恨平时给贺钦的印象，薛恨的字写得很秀气，字体走的是楷书风，跟小土匪不像一个世界的。等薛恨端着一碗热汤面走出来的时候，就看见贺三少居然在为自己理资料，微微低着的头看上去十分认真："你干吗呢？"

"太乱了。"贺钦中肯评价。

"你懂什么！"薛恨将面端到餐桌上，"里边儿都是商业机密，你可别捣鬼。"

贺钦将最后一张纸放回了被他理好的资料中，才站直身体对着薛恨意味不明地笑了笑。

"……"薛恨分明从贺钦的眼神里看出了不屑，气得他想把面前的面扔到贺钦脸上去，烫死这个家伙最好。

贺钦看着薛恨面前的碗："我的呢？"

"没煮，滚。"薛恨说着开始吃面。

贺钦信了才怪，他自己走去了厨房，果然看见了另一碗。清水面里有一个鸡蛋和几片青菜，看着倒是挺像那么回事的。

他端起面走出去，坐在了薛恨的对面，开吃之前他还说："手艺不错。"

薛恨没理，他吃起饭的时候总是很认真，也总能让看见他吃饭的人充满食欲。

两人面对面吃完了面，中途没一人说话，气氛却似乎不怎么沉闷。

贺钦吃完后拿过纸巾擦了擦嘴角，主动把碗端回了厨房。薛恨倒是毫不客气："把碗刷了。"

"……行。"贺钦屈辱地答应。

薛恨勉强舒心，他在贺钦刷碗期间把食材放回了冰箱，又从里面拿了一瓶汽水大喝了一口。

余光目睹了这一切的贺钦蹙了蹙眉，却没说什么，只是提起另一件他感兴趣的事："你还健身？"

薛恨喝了汽水后舒了口气："阿澜弄的。"

"……"贺钦差点将手里的盘子扔到水池里去——他就不该问！

从厨房出来以后，时间已经接近一点了。薛恨看了看墙上的挂钟："你还不走？"

"郭寻不是让你去荣钦？"贺钦不答反问。薛恨瞪大了眼："你那什么耳朵，我隔这么远打电话你都能听见？"

专门指定要薛恨今天出席合作会议的贺钦伸手摸了摸鼻子："跟我一起过去。"

薛恨也没再纠结这事："这可是你说的，待会儿别又拿二十公里说事。"

"嗯。"贺钦应完后自己去给自己倒了杯水。

薛恨"嘿"了一声："贺三少真没拿自己当客人。"

"不会有客人吃完饭还需要刷碗的。"贺钦面无表情地说。

薛恨难得被呛得愣了愣："那我亲手做给你吃，你刷个碗怎么了？"

"越澜呢？"贺钦冷不防地提起方越澜，薛恨一时还没反应过来："什么？"

贺钦看薛恨不像故意的，有些赌气似的垂下眼睑："没什么。"

"神神道道的。"薛恨嘟囔一句后，扭头进了自己的房间。贺钦看着他的背影消失在自己的视线里，握在杯子上的手无意识地用了些力气——比起薛恨觉得莫名其妙，贺钦更怕薛恨说出什么自己不想听的话。贺钦不想承认自己分外嫉妒，他从小接受精英教育，包括但不限于贺家的很多长辈都对贺钦欣赏有加，肯定非常。贺钦骄傲，他有自己骄傲的资本，但这份骄傲在面对薛恨时似乎真的一文不值。

从房间里出来的薛恨打断了贺钦的思考："我有个问题想问你。"
"什么？"
"昨天我在发布会现场看见了好多大公司的人，你怎么会安排我们万寻今天就见面谈？"薛恨一边说着一边整理自己的袖扣。
贺钦站起来，走到薛恨面前，缓缓开口："大人物的事，你少问。"
"……"薛恨朝着贺钦翻了白眼，去书桌前抱上自己的电脑就准备带着贺钦出门。
贺钦看看薛恨怀里的电脑："拿这个干什么？"
"看资料啊，本来学长是让我昨晚就看的，结果我光顾着跟你打架了。"
贺钦扬了扬眉："我这个合作方就在你面前，你还有看文件的必要？"说点儿好听的，什么合同我不能签字？后半句话贺钦没说出来，这不符合贺三少沉稳的形象。
原本在换鞋的薛恨抬起头来："有点儿道理。"他把电脑放在了玄关处的桌台上，脚踩着皮鞋率先打开了门。
于是在回荣钦的路上，薛恨追着贺钦问了一路，就差让贺钦把资料里的内容全背下来了。
贺钦倒是十分耐心地回应，偶尔还加点补充条款："合作开始后，我需要你作为驻点乙方，每天到荣钦来。"
"我——"薛恨瞪向贺钦，"那我别的工作怎么办？"
"你现在最重要的工作就是配合荣钦将科技园建好做好。"贺钦目光直直地盯着正前方。
"那我还怎么打卡拿全勤和绩效？"
贺钦忍不住问："……你每个月全勤多少？"
"商业机密，无可奉告。"薛恨神神秘秘地说。贺钦不屑地"哼"了一声："只要你配合我把项目做好，我敢保证，你获得的收益是你全年全勤的二十倍不止。"
"嗯？"薛恨在脑子里算了算，"搭上年底的年终奖呢？"
"绰绰有余。"
"怎么证明你不是吹牛唬我？"薛恨心动之余还保留着点理性。

贺钦从后视镜里看了眼薛恨:"如果最后你没拿到这么多收益……"他顿了顿,故意吊薛恨的胃口。

"嗯?怎么样?"薛恨穷追不舍。

贺钦薄唇轻启,脸色平静:"我让你揍我一次,不还手。"

"成交!"被利益冲昏了头的薛恨答应得十分爽快,并准备从荣钦回去后就把这个决定告诉郭寻。

贺钦目的达成,嘴角不动声色地上扬了一个弧度。

到荣钦后,薛恨跟在贺钦身后去了会议室所在的十七楼。一路上他发现贺钦公司里的员工居然都不跟贺钦打招呼,视线也从来不多看,都只是自己忙着自己的事,纪律感十足。

薛恨出了电梯后告诉贺钦:"我想去个洗手间。"

贺钦指了指左前方:"在那边,出来直接进会议室,快去快回。"

"……哦。"薛恨说完就过去了,贺钦抬手看了看时间,迈步去了会议室门口。

门口站着的助理在看见贺钦后恭敬地叫了一声:"贺总。"

"嗯,"贺钦微微颔首,"人都到了?"

"除了万寻的负责人,都已经在会议室里了。"助理口齿清晰地说。

"好。"贺钦说完就准备推门进去,却在抬手之前想起什么似的,"去准备一杯热牛奶,晚点儿直接端到会议室里。"

助理的目光里飞快闪过一丝疑惑,不过幸好她足够专业,最终也没让这疑惑被贺钦注意到:"好的,我这就去。"

交代完后,贺钦才推开门走了进去。原本在会议室里坐着的几个人看见贺钦后准备站起身来迎接,贺钦抬手制止了他们的动作:"让诸位久等了,会议很快开始。"

等在会议室里的秘书也主动替贺钦调出了这次会议需要用到的演示文稿,四周突然变得静悄悄的:荣钦的执行董事兼首席不爱说话,也不喜欢虚与委蛇那一套,而他们作为有可能被贺钦选中的潜在乙方,也不好惹人家不悦。

贺钦坐在主位上,身后就是巨大清晰的显示屏。他闭着眼睛,手指放在桌上轻轻敲了敲,在他敲到第七下时,会议室的门终于再次被

打开。

"……"一推开门就感受到四面八方的目光都朝自己涌来的薛恨简直想转身跑路。

而贺钦如鹰一般的眼神成功阻止了薛恨的冲动。他清了清嗓子,硬着头皮走了进来:"不好意思,久等了……"

然后薛恨就低着脑袋走去了会议桌最末尾的位置上,是贺钦方位的正对面,也是离贺钦最远的地方。

贺钦不动声色地皱了皱眉,最后也没说什么,只是从位置上站起身来,开始主持所谓的会议:"感谢诸位亲临荣钦,在座的诸位,都是燕市极具实力与潜力的中小企业龙头,也都是我衷心想要合作的优质对象。"

贺钦的声色依然低沉悦耳,就算是说起这些真假参半的场面话来,也总能有种让人想认真听讲的魅力。原本陷入了无边尴尬的薛恨也逐渐忘记了刚才的事,认认真真地听贺钦说起了关于合作内容的各项细则事宜,以及合作之后的发展方向。听到后来,薛恨甚至拿起了手边的纸笔,低头认真地记录着贺钦话里的重点。贺钦每每将视线看向薛恨时,总能看见薛恨低着那颗毛茸茸的脑袋,分外乖巧。

他一心二用地陈述着会议的内容,直到会议室的门被轻轻推开,贺钦看见是刚刚被他叫去准备热牛奶的助理。

他目光不转地指了指薛恨的方向,悟性极高的助理轻手轻脚地走到薛恨身边,将牛奶放到了他手边不远处,然后就离开了会议室。

薛恨听见动静扭头,就看见一杯冒着热气的饮品,他吸了吸鼻子,好像是牛奶的味道,并且感觉这奶香闻着还挺高级。再环顾四周,每人的面前都有杯子,估计跟薛恨的一样,只是薛恨来迟了,所以后面才补了一杯。

薛恨心里也给荣钦的待客之道竖了个大拇指,端起牛奶喝了一口,入口香浓滑腻,跟薛恨以前喝过的所有牛奶的口感都不太一样。唯一的缺点是这种没有吸管的喝法,让薛恨的嘴唇上糊了一层奶渍,这种感觉实在不好形容,薛恨只好用舌头将奶渍舔干净。

于是会议室里所有人都发现,向来条理清晰、逻辑精准的荣钦贺总居然在开会时因为走神而停顿了十秒左右。他们抬起头来看贺钦，贺钦掐了掐自己的指尖逼自己回过神来，尽量表现得像无事发生过似的继续主持起了会议，眼睛却没有再看向薛恨的方向。

这场会议持续了一个下午，等到贺钦正式宣布会议结束的时候，时间已经接近六点半了。来参加会议的负责人们都站起来走了出去，薛恨看四周没人注意这边，忍不住伸了个懒腰。

才伸到一半，坐在他正对面的贺钦就目光定定地朝薛恨看过来，薛恨到嘴边的哈欠被他吞了回去："怎么了？"

贺钦朝薛恨招了招手："过来。"

"啊？"薛恨毫不客气地翻了个白眼，站起来准备拿着写满了自己记录的会议本从后门出去，贺钦却阴恻恻地开口："再不听话，信不信我把万寻踢出去？"

薛恨将手边的签字笔朝着贺钦扔了过去："大混蛋。"

"过不过来？"

薛恨只能拿着本子走过去，贺钦几乎说了一下午的话，说话的时候嗓子都有些扯着疼，他等待薛恨走近自己的途中拿过一边的水润了润嗓子。

刚刚走到贺钦身边的薛恨恶从心头起，对着贺钦的后背伸出了恶魔之手，结果恶作剧还没来得及成功，贺钦就好像背后长了眼睛似的回了头。

他放下水杯，目光淡淡地瞥了瞥薛恨的爪子："嗯？"

薛恨咬牙，只能象征性地拍了拍贺钦的后背，动作时还不忘记偷偷使劲儿："背上有灰，我给贺总拍拍。"

贺钦哼笑一声，伸手准备去拿薛恨另一只手里的本子，薛恨将本子藏到背后去："你干吗呢？"

"看看你记了些什么。"贺钦坦然地回答，打完又想去拿。

"商业机密，懂不懂啊？"薛恨背着手躲开。

贺钦的眼神沉了沉："这是我们公司的。"

"被我碰到了就是我的了，荣钦好歹这么大公司呢，不会连个本

子都舍不得给吧？"薛恨说着还朝贺钦吐了吐舌头，做了个鬼脸。

贺钦眉梢微微挑了挑，会议室的白炽灯质量很好，发出来的光虽然很亮，却不刺眼，照在薛恨脸上的时候，衬得这小子的脸更加精致明艳。

"不给？"贺钦低声问。

薛恨摇头："不给。"

"好。"贺钦轻轻点了点头，薛恨狐疑地看他："怎么着？你还想抢啊——"话还没说完，薛恨外套里的手机就突然响了起来。这是薛恨为郭寻的工作号码设置的专属铃声，倒不是有什么特别意义，只是薛恨担心错过工作上的重要消息。

他用另一只手掏出手机来："喂，学长，怎么了？"说话的时候呼吸有些不稳。

电话那端的声音被贺钦全部听到了耳朵里："我听他们说跟荣钦的合作研讨会开完了，打电话问问你。"

"嗯，开完了，我做好了会议记录，明天给你看看？"薛恨正说着，突然被贺钦拍了一下，让薛恨分了心，一时没听见电话里的内容，"你刚刚说什么来着，学长？"

郭寻顿了顿："我说现在正好是晚饭时间，不如我们一起吃个晚饭，边吃边聊？"

薛恨在心里琢磨了一下："行啊，我——"说到一半，又莫名其妙被贺钦给了一下。他正寻思着怎么教训贺钦这家伙，电话里就传来了疑惑的声音："怎么了小恨？"

薛恨眯着眼用力抓了把贺钦的脸，在贺三少的冷脸上留下了一个鲜明的指印："没事，有动物，吓我一跳。"

"动物？你已经从荣钦离开了？"

"嗯？马上了，学长把地点定好后发给我吧，我这就过去。"

郭寻的话里带着轻松笑意："不用，我直接去荣钦接你。"

"啊？"这回轮到薛恨语气疑惑了，"别了吧？这多远哪——"

"没事，我大概还有十分钟就到了，你下楼来，我在停车场等你。"郭寻说完就干脆利落地挂了电话，还真有点老板的意思。

"……"薛恨听着电话里的忙音,只好将手机收回兜里,虽然知道自己应该立刻下楼去等郭寻,但还是把收拾贺钦这件事排到了第一位,他不轻不重地给了贺钦一下,"你找打是不是?"

贺钦盯着薛恨看,原本就长得凌厉的眼睛带着凶意。薛恨却不怵贺三少的脾气:"我走了。"

"你要去跟他吃饭?"贺钦沉声问。

"啊,你不是都听见了吗?"薛恨说完就打算离开,结果贺钦回道:"不准去。"

"……"薛恨因为贺钦这类似于耍脾气的话而愣了愣神,"晚点儿我学长就到了。"

贺钦的脸绷得死紧:"那我也去。"

"……"薛恨将手放在贺钦的额头上,表情严肃地问,"贺老三,你脑子真的没有问题吗?"

"我也去。"贺钦面无表情地重复。

"不是,我跟我老板吃饭,讨论工作上的事,关你什么事?"

贺钦的脸色更难看了:"工作上的事,他亲自来接你?"

"我没开车,他来接我省时间。"

贺钦冷哼一声,态度依然不变:"我也去。"

"……我就不明白了,咱俩不过就是打了几架,你有必要这么死缠烂打吗?"薛恨烦躁地揉了把脸。

贺三少感觉自己的尊严被小土匪都踩进了泥里,他心里又气又难过,脸上还不能表现出来。做了所谓的死对头这么几年,贺钦比谁都清楚,现在要想扳回一城,他必须比薛恨更不讲道理。

于是以为贺三少沉默是因为自我反省的薛恨等了半分钟才听见贺三少开口,语调低沉:"昨天晚上你有一脚踹到了我身上,但是我没还手。"

薛恨额角的青筋突突跳了跳:"所以呢?"

"这是我第一次打架没有还手,你还把我踹伤了,所以你必须负责。"

薛恨脸上的表情像是吃了一只苍蝇:"你,你说什么?你再说一

遍？"

"我说，这是我第一次打架没有还手，你必须负——"

"我负个鬼！"薛恨直接打断了贺钦的话，反手还给了贺钦一巴掌，俊脸上又多出了一个巴掌印，"我说贺老三，你是不是失心疯了啊？

"打架的事我现在想起来都来气，你倒好，没事还老爱提是不是？咱俩到底是谁赢了谁？再说了，踹你一脚你就要讹人，真当自己镶钻了？"

贺钦沉沉地呼吸了几口，极力忍住了要当场和薛恨打一架的冲动：他到现在都还为和薛恨打一架这事懊悔和愧疚，他不能让薛恨心里更看不上自己。

薛恨感受着贺钦的怒气，心里想着自己说不定又要和贺钦解锁打架新场地了。

结果贺钦好半天都没什么动作，像是硬生生把脾气压了下去："薛恨。"

"嗯？"这好像还是贺钦第一次这么叫薛恨的名字。薛恨不说话，等着这混蛋再说点气人的，然后自己直接得理不饶人，把这小子按在地上使劲儿揍一顿解气。

而贺钦开口就给薛恨扔了个惊雷："那天晚上的事，是我不对，我给你道歉。"

"……"薛恨不可置信地瞪大了眼。

"但昨晚，我们是商量好了的。"

"……"薛恨张了张嘴，正准备破口大骂。结果贺钦在薛恨开口之前猛地把薛恨推开："滚吧。"

说完还特别拽地旋转着椅子背对着薛恨。

薛恨稳住身形，沉默着捡起了地上的会议记录本。

贺钦听着身后越来越远的脚步声，双拳都握得死紧，才极力忍住了追上去的念头。结果还不等他缓过神来，皮鞋踩在地上传来的响声又急促地响了起来。

贺钦还来不及转回椅子来，椅背就被人用力踹了一脚。出脚的人似乎还不觉得泄愤，他快速走到贺钦面前，精致的脸被怒火熏得发红。

薛恨重重地在贺钦手上掐了一把，脚也在贺钦小腿上留下了几个鞋印，就头也不回地离开了荣钦大楼最正式的会议室。

留下了一脸疑惑的荣钦贺总。

薛恨走到荣钦停车场的时候，就看见不远处的郭寻一个人站在车旁边。

灯光打在郭寻的身边，让他周身都多了些孤独感。薛恨突然意识到，自从他跟郭寻认识以来，郭寻似乎从来没有谈过恋爱。他比薛恨大两岁，近三十的人了，感情生活却出奇地空乏。

好歹也算个白手起家年少有为的小老板，长得也不差，怎么就找不到伴儿呢？

薛恨想不明白，毕竟他自己的感情也是稀里糊涂的。他甩了甩头走上去："学长。"

郭寻扭过头来看他，眼神柔和："终于来了？"

"嗯，我来开车吧。"薛恨说完就打算往驾驶座的方向走去，在走过郭寻身边的时候，郭寻突然开口："你的嘴巴怎么了？"

"啊？"薛恨没反应过来，"什么怎么了？"

"肿了。"郭寻看着薛恨说。薛恨伸手轻轻摸了摸嘴唇，还真摸到一处破皮的地方。估计是打架留下的伤口，薛恨没工夫管。这会儿摸到这嘴皮子上的伤口，薛恨才后知后觉地感受到痛来，他在心里骂贺钦，脸上却满不在乎地摇了摇头："可能是这段时间有些上火。"

"上火？"郭寻语气奇怪地问，眼神也有些细小的变化。薛恨点头，坐进了郭寻车子的驾驶座："学长，上车。"

郭寻定定地看了薛恨两眼，最后才若无其事地坐到了副驾驶上。他一边系安全带一边不动声色地试探："今天开会的感觉怎么样？"

薛恨发动车子，昂下巴指了指放在座位中间的会议记录本："重点我都写在里面了，学长看看。"

郭寻拿起本子，却没急着打开："这都什么年代了，人家都是用录音笔之类的电子设备，你倒好，不管做什么都爱写下来。"

薛恨轻笑一声："我这不是习惯了吗？写下来还能加深印象。"

郭寻从后视镜里看着薛恨："这么多年了，你真是一点儿都没有

变，小恨。"

"谁说没变？"薛恨开着玩笑说，"我这不是变老了吗？"

"毛头小子，这才二十几岁，就敢说自己老了？你让我这个快三十的怎么活？"

"男人三十一枝花啊，不是说很多女孩子喜欢大叔型的好男人吗？学长当仁不让。"薛恨说着，还趁着等红灯的时间对着郭寻竖了个大拇指。

郭寻摇头笑骂："臭小子，什么都有你说的，见客户的时候怎么就不敢拍马屁了？"

"那不是您给拍完了吗？我怎么也不能抢我老板的风头啊！"

"去你的吧！"

两人有说有笑地跟着导航去了吃饭的地点，这地方离薛恨家不远，反倒是离郭寻家有一段距离。薛恨问："怎么选这地方？"

"你晚点儿好回家。"郭寻语气自然地解释。薛恨愣了愣："多谢郭老板体恤！"

"走，进去吃饭去！"郭寻说着就哥儿俩好地伸手揽住了薛恨的肩膀。结果薛恨被拍得"嘶"了一声，还下意识地缩了缩肩膀。贺钦这个下手没轻重的，薛恨全身都是伤，让郭寻碰到都有些痛。

郭寻赶紧松开手："怎么了这是？"

薛恨摇头："没事，估计是不小心撞在哪里了。"

"撞着了？"郭寻皱眉，问完就打算凑过来看看。薛恨赶紧后退一步，他清了清嗓子："咳，一点小事。那什么，学长，咱进去吧，快饿死我了。"

郭寻习惯拿烟的手指放在一起捻磨了一下："没事就好。"说完就跟薛恨并肩进了餐厅，路上没有再伸手碰薛恨的肩膀。

等点好的菜上来以后，薛恨就低头认真吃起饭来。坐在他对面的郭寻将饭桌上的蒜泥上海青推到了薛恨面前："少吃点辛辣刺激的，不是说上火了吗？"

薛恨嚼着嘴里的饭抬起头来，两个腮帮子都因为嘴里的食物鼓了起来，像一只认真储粮的仓鼠。他含混不清地说了声："谢谢学长。"

说完就继续低头吃菜扒饭。

郭寻真想伸手摸摸薛恨的脑袋，从认识薛恨到现在，这个人是真的没有什么变化：他永远刚强坚忍，对待工作永远认真赤忱，努力挣钱，攒下的钱总是喜欢置办点儿合适的房产，二十五六了还改不掉听东西要拿纸笔记下重点的习惯。明明长了一张漂亮的脸蛋，感情世界却一直是一张白纸，空白单纯。

薛恨知道什么是喜欢吗？郭寻曾经认真思考过这个问题，但得不出答案。

薛恨凭自己的能力生存，他的世界只围绕着一群不会说谎的数据，他小时候没有人爱他，长大之后似乎也不需要任何人的爱。

可是郭寻还是很欣赏他。正是因为这份欣赏，所以他尽力保护着薛恨的单纯，他会让薛恨跟自己出去应酬，但从来不逼薛恨学会跟客户推杯换盏，不强迫薛恨去培养什么见人说人话见鬼说鬼话的本事。他只是想让薛恨明白：如果没有他郭寻，今天要赔笑的人就是他薛恨。郭寻承认自己这么做全是出自私心，他要通过这样的方式，让薛恨因为感恩而永远留在他的公司。

只是薛恨平静又单纯的生活里，最近多出了一个叫贺钦的人。郭寻不蠢，从那天约了赵天骐却意外发现贺钦这个老总居然也在场，这段时间以来荣钦的项目负责人对待万寻的态度，再到昨天发布会刚刚结束郭寻就收到的负责人传来的信息，这些事都能看出来，荣钦分外在意万寻这个工作室。

为什么呢？薛恨说那是因为贺钦知道郭寻有能力，愿意买郭寻面子。可郭寻并不这么认为，荣钦从来不是会因为看中某个所谓的发展潜力而去重点关注扶持的慈善企业。大家都是做生意的，利润最大化是所有商人的目标。

但荣钦还是给了万寻机会，或者说贺钦还是给了郭寻和薛恨一个机会，一个抓住就可以向上爬好多步的机会。究其原因，郭寻想来想去，居然只想得到薛恨。吃饭时贺钦故意驳薛恨面子的劝酒，薛恨拍桌而起对着贺钦说无礼的话，再到后来贺钦点名指定要薛恨来做负责人，并表示只要郭寻松口，跟万寻的合作就是板上钉钉的事。

他们之间究竟有什么渊源？薛恨和贺钦之间到底是什么关系？郭寻想不出头绪，而一直低头吃饭的薛恨突然抬起了头："学长，你不饿啊？"

"嗯？怎么了？"郭寻回过神来问。

"看你一直没动筷子。"

郭寻笑笑，拿过筷子当着薛恨的面吃了一块肉："吃吧，想事情去了。"

"想什么事？"薛恨已经吃了六分饱，现在也不急着吃饭了。

"我在想，我们小恨长得这么好看，怎么这么多年了，一点动静都没有？没想过找个伴儿？"

薛恨眨了眨眼，有些别扭地嘟囔："这不是没碰着合适的吗？"

"你觉得什么类型合适？你学长我别的本事没有，人脉倒是挺广的，喜欢哪一类的尽管说。"

"可别——"薛恨晃了晃脑袋瓜，"我现在一心只想着挣大钱，不能祸害人家好姑娘。"说完他拿过一边的水杯，仰头喝了口水。

结果喝到一半他就听见郭寻语气古怪地开口："啊……难道是心里有人了？"

"喀喀喀——"薛恨被呛得咳嗽，脸都咳红了，"什么玩意儿？"

郭寻有些怅然地在心里叹了口气："没事，开个玩笑，看把你吓的。"

薛恨狐疑地瞅了郭寻两眼，直觉他的学长绝对不只是随口开玩笑这么简单。他脑子里飞速转了转："学长你呢？你这都快三十了，怎么不操心操心自己的事？"

郭寻朝着薛恨的方向扔了只筷子，薛恨扭身躲开："臭小子，刚刚不是还说男人三十一枝花？你现在这嫌弃的语气是怎么回事？"

"哪能啊！"薛恨无辜瞪眼，"我这不就随口问问，也关心一下学长吗？"

"行了，吃你的饭吧！"

薛恨却摇了摇头："我吃饱了，等你。"

"今儿就吃一碗饭？"郭寻的眉梢挑了挑。

"准备控制饮食，好好健身。"薛恨解释说。

郭寻上下打量了薛恨一眼："你这么瘦还控制饮食？再说了，好端端的怎么突然想起要健身了？"

"为了打赢贺钦。"这是薛恨心里的话，这话当然不能跟郭寻说，他只好别扭地打马虎眼："我身体素质大不如前了，不想再生病挂水了。"

"那也要吃饱饭啊，再来一碗，想吃什么菜尽管叫。"

薛恨却坚定地摇头："不吃了不吃了。"

郭寻狐疑地眯眼："你小子，不会是真对哪家姑娘动心了，准备提升个人魅力了吧？"

"怎么可能！"薛恨想也不想地就否定了，"您看看我这工作性质，我哪有动心的机会啊？"

郭寻应了一声："行，那就不吃了。"

"不是，学长，你也不吃了？"

"我的员工都开始身材管理了，我这个当老板的能落后？"

"那行吧。"薛恨又往肚子里灌了点水后跟着郭寻结账出了餐厅。

郭寻正打算说送薛恨回家去，薛恨却拒绝了："我走回去，消消食。"

说完他打开车门，将郭寻推到了驾驶座上："倒是学长你，早点回去休息。"

郭寻笑骂一声"小混蛋"，倒是老老实实地系上了安全带："回去我会看完你写的东西，明天咱再好好聊。"

"没问题，你开车慢点儿。"

"嗯，你早点儿回去，晚上风很大。"

薛恨转身朝着自家的方向走去，背对着郭寻挥了挥手表示再见。

郭寻坐在车里，目睹着薛恨消失在了自己的视野。没人知道明天会变成什么样，但郭寻希望无论发生什么变化，他的小学弟都会一直跟在自己的公司。

而被郭寻想着的薛恨，在走了一段路后接到了贺钦的电话："干吗？"

"你在哪里?"贺钦在电话那头问,语气有些发沉。

薛恨将手机拿到眼前看了看,来电备注上是贺钦没错:"关你何事。"

贺钦听着电话里传来的风声:"到二环来。"

"啊?"薛恨皱了皱眉,"去干吗?"

"陪我吃晚——"贺钦的话还没来得及说完,电话就被薛恨挂了。

贺三少听着电话里的忙音,气得呼吸都不顺畅了。凭什么那姓郭的一个电话就能把薛恨叫走,他贺钦连话都不能说完?他忍不住又打了电话过去,打算兴师问罪。

薛恨不仅没接,还反手把贺钦的电话号码拉进了黑名单。他优哉游哉地迎着秋夜的晚风走在街道上,路过一个大型超市,想到自己家里快要吃空了的冰箱,又抬手看了看手表上的时间——超市正好打折。

想了想,薛恨踏进了超市,买了不少吃的喝的。与此同时,气不顺的贺三少沉着俊脸把车开了出去,豪车一路疾驰,车速都卡在了限速点上。

薛恨手里拎着一个购物袋,嘴里吃着棒棒糖走出电梯,一个身影猛地出现并拉住他的胳膊:"出去吃个饭,能吃这么久?"

"你脑子是不是被驴踢了?"薛恨一拳打在贺钦的背上,"放开!"

"被驴踢过脑子"的贺三少冷哼一声,不仅没有放开薛恨,反而仗着自己的蛮劲将薛恨扯过去,他瞪着薛恨这张讨厌的俊脸,伸出手去把薛恨嘴里的棒棒糖拿了出来。

"……"薛恨面无表情地给了贺钦一个白眼。贺钦偏头,将手里的棒棒糖准确无误地扔进了不远处的垃圾桶里。

薛恨扭头:"快放开我,我的冰激凌要化了!"

"冰激凌?"贺钦低头,终于将目光施舍给了薛恨手里提着的购物袋上,第一反应是薛恨刚才不光跟着郭寻去吃饭,两个人还去逛了超市!

这谁忍得了?反正小气鬼贺三少忍不了:"你还逛超市?"

薛恨"啧"了一声,贺老三的胡搅蛮缠他算是彻底领教了,他懒得和贺钦多说废话。

贺钦偏头拉着薛恨去了薛恨的门口，示意薛恨开门。

"以前我怎么不知道，你脸皮这么厚？"薛恨一边摸出钥匙开门一边吐槽着说，贺钦高傲地轻哼一声，跟在薛恨身后进了家门。

薛恨也懒得招呼他，拎着手里的购物袋去了厨房。贺钦想也不想地跟上去，靠在厨房门口看薛恨一样接一样地把食物放进冰箱，直到最后整个冰箱都被填满。其中有超过一半的东西都是零食，冰激凌和汽水更是占了大头。贺钦不赞同地皱眉："不健康。"

薛恨哼笑一声，没理贺三少的牢骚："看不顺眼滚出去，别碍眼。"

贺钦却不动："晚饭吃的什么？"

"炒菜呗。"薛恨关上冰箱门，去洗手池旁边洗了洗手，"累死我了。"

贺钦走上前去："陪我再吃点儿。"

薛恨伸手拍开贺钦的手，手上没有干的水都浸湿了贺钦的衣袖："我说你能别老这么无赖吗？"

"我没有。"贺钦脸色严肃地说，"我只是在等你拒绝我，然后我就直接把你拖出去。"

"……"薛恨为贺钦随口胡诌的本事啧啧称奇，"要不怎么说你们荣钦的股东都是你自己找的呢？就你这张嘴，十个股东有八个都是你忽悠来的。"

贺钦："我饿了，今天折腾了这么久，就中午吃了你煮的面。"

"怎么着？二环以内没有一家饭馆给我们家贺三少投食？"

贺钦听着薛恨的话，脸上带了点笑意："对。"

"对你个头！你这蹬鼻子上脸的本事连我都要自愧不如。"薛恨转身说，"走吧，下楼给饿死鬼找饭吃去。"

贺钦这时突然想到薛恨刚刚买来的食材："太晚了。"

薛恨夸张地"嚯"了一声："原来您老人家也知道太晚了？那你还找上门来干吗？"

"你做给我吃。"贺钦自然而然地说，特别理直气壮，也特别欠揍。

于是薛恨毫不留情地屈起手肘拐了拐贺钦："真把我当你的仆人了，三少爷？"

贺钦大概是被揍出免疫力了，反正现在他觉得薛恨这一拐也没什么杀伤力："做给我吃吧，你手艺特别好。"

"你少来，我还觉得你手艺好呢，你怎么不做？"

"你又没吃过我做的……"话音还没落到地上，贺钦就猛地意识到自己钻进了薛恨的圈套里。果然薛恨鼓了鼓掌："那你做来，咱俩比比，正好我刚才没吃太饱。"

"……不要。"贺钦十分冷酷地拒绝。

薛恨抬脚踹了踹贺钦："你个小气鬼，就这还想吃我做的饭？滚回你的富人堆里去。"

贺钦看薛恨转身就要离开厨房，忍不住又拉住了他："小土……薛恨。"

薛恨低着头憋笑："干吗？"

身后的贺钦沉默了半分钟左右，薛恨才终于听见外人眼里十全十美的贺三少小声开口："我不会。"

"什么？"薛恨不知道是不是真的没听懂贺钦的意思。

贺钦咬了咬牙，有些恼怒地把话说明白："我不会做饭。"

薛恨笑得很大声，如果不是他当时专门挑了个隔音效果特别好的公寓的话，楼上和楼下的邻居可能都会被惊扰到。

"不准笑了。"贺钦拽着薛恨说，还拉着他转过脸来，结果在看见薛恨灿烂明艳的笑容后，贺钦所有羞恼的情绪都发泄不出来了。

薛恨模样长得好，从在老院长办公室里看到的第一眼，贺钦就知道这件事。直到后来他目睹了薛恨打架的样子——青年身上洗得发黄的白衬衫因为厮打有些发皱，而那张漂亮的脸上充满着戾气、张狂、霸道，但是又隐隐透露着几分脆弱。

那时贺钦第一反应就是厌恶，厌恶这样张牙舞爪的小土匪。这对贺钦来说让他难以接受，所以后来他越看薛恨越不顺眼，薛恨也不让贺钦失望——他对贺钦的厌恶程度不比贺钦对他的低。跟贺钦的想法不同，薛恨就是厌恶贺钦，特别纯粹。所以贺钦总是会轻易被薛恨挑起怒火：凭什么薛恨对着方越澜就永远温柔永远和颜悦色，对着贺钦却从来连一个笑容都舍不得。

年少时的想法一直埋在贺钦的心里。可直到毕业,贺钦都没有想过,他会再次和薛恨有所交集。毕竟就算贺钦当时意识到了自己对薛恨是内心的偏见,他也不可能真的主动和薛恨重归于好,更别提会和薛恨关系更进一步——他们之间隔着的可不光是"不顺眼"这三个字这么简单。直到那天在酒吧里再次碰到薛恨之后,他们俩的关系都好像水到渠成般得到了改善。

薛恨不知道贺钦的想法,他以为贺钦气得脸都憋红了,才终于收敛一点儿:"没想到这世界上还有我们家贺三少不会做的事。不过想想也是,燕市首富贺家的三少爷,怎么可能需要学做饭?"

"需要的。"贺钦反驳着说,"初中阶段我父亲有安排人来教过我。"

薛恨挑了挑眉:"那你还说不会?"

贺钦顿了顿才窘迫地说:"我不喜欢,就没学。"

见惯了贺三少一副冷酷高深的样子,第一次见他这么明显地展露出孩子气来,薛恨莫名地觉得有些可爱。

贺钦愣了愣,却没动,只是又表达了一次自己的诉求:"你做给我吃。"

薛恨再次不给面子地拒绝:"不要。"

薛恨突然起了心思:"哎——不然这样,我教你做,刚好我今天买了菜来,当我请你吃了。"

贺钦摇头:"不要。"

"你说什么?"薛恨扬了扬眉。

贺钦的气焰彻底没了,声音特别小:"我不喜欢做饭。"

"那你饿着吧,我洗澡睡觉去。"薛恨说完就往外面走,脚步却放得很慢,还一边走一边在心里数数:5、4、3——

"等等。"果然,还没等薛恨数完五声,身后的贺钦就叫住了薛恨,"有没有什么,简单点儿的?"

"有。"薛恨扭过头来,脸上笑容灿烂,"早上我给你做的鸡蛋面就特别简单,我教你做这个,怎么样?"

贺钦因为薛恨的笑容愣怔了两秒才回神,他摇头:"不想吃面了。"

"不是,什么都不会还敢这么挑嘴?你怎么这么难伺候啊,我的大少爷?"薛恨毫不客气地翻了个白眼。

贺钦用沉默表达了反抗,薛恨只好问:"那你想吃什么?"

贺钦认真想了想:"你教我做你最拿手的。"

教贺钦做菜是薛恨做过最后悔的决定,如果给他重来一次的机会,他一定会毫不犹豫地把这个厨房白痴踢出家门:"小火小火!你要烧了我家吗!"

贺钦赶紧去关火,伸手的时候锅里烧热的油还溅到了他的手上,在这不沾阳春水的手背上留下了几个红印子。原本在清理厨房残局的薛恨看见了,无奈地摇了摇头后自己过来接替了炒菜的工作。

贺钦绷着脸沉默,耳朵却一直是红的——他似乎真的太蠢了,想做一个番茄炒蛋,结果浪费了薛恨家里的十来个鸡蛋;试图切个肉丝出来,差点切到手不说,还把肉丝切成了肉条;准备其他材料的过程也是手忙脚乱,总而言之就是毫无可取之处。

薛恨一边翻炒锅里沾水的番茄,一边指了指水池:"开冰水冲一下。"

"嗯?"贺三少的眼神里带了点儿茫然。

薛恨再次叹了口气,拽着贺钦到水池边打开了冷水:"被烫着了,没感觉啊?白痴。"

白痴贺三少十分乖顺,没有顶嘴。薛恨对贺钦配合的态度勉强满意:"乖乖冲着,晚点儿把桌子擦干净。"

"好。"贺钦答应得很爽快,薛恨挑了挑眉,忍不住调侃贺钦,"你怎么这么蠢啊,我的三少爷。"

"我有进步。"贺钦有些苍白地为自己辩解。薛恨耸了耸肩,回头给贺钦做好了菜,原本想炒的肉丝在贺钦犀利的刀工下最终被薛恨改造成了肉滑汤。

薛恨把菜装在盘子里:"差不多了,自己把饭盛了。"

"好。"贺钦拿着饭碗打开了电饭煲,在看见里面又稀又糊的白色食物后,顿时失去了吃主食的欲望,"我不吃饭了。"

薛恨狐疑地看了他一眼,又走过来看电饭煲里的东西,他摇头:

"浪费粮食,要遭天谴的。"

贺钦只好拿过薛恨橱柜里的饭勺,动作艰难地将饭勺放到了"饭"上。薛恨看他这憋屈的样子,忍不住笑出了声:"行了,我给你煮点面吧,你老老实实吃,行不行?"

贺钦立刻放下了勺子:"我吃。"已经忘记了自己刚才强调过的不想吃面。

薛恨心情很好地给贺钦下了点面,最后还是让贺三少填饱了肚子。贺钦主动承担了刷碗的任务,虽然在做菜上面毫无天赋,但他还是自信能把卫生打扫干净的。折腾了一整天的薛恨打了个哈欠,转身先去了浴室冲澡。

他出来后就看见贺钦坐在沙发里,低头看着自己的手,像是陷入了什么深刻的思考。

"发什么呆呢?还不回去啊?"薛恨穿着睡衣,双手环抱在胸前站着赶人。

贺钦站起来,却不是打算告别:"你白天答应我以后会去荣钦。"

"啊?"薛恨在脑子里过了过,"那也是我们签了合同之后的事啊,这不是还没开始吗?"

贺钦若有所思地沉默了两秒:"现在太晚了,开车很累。"

"所以呢?"

"我要留下来。"贺三少说,语气淡淡的。

薛恨连损贺钦的欲望都没有了:"留不了,我家次卧你看见了,阿澜装修成健身房了。"

"我睡主卧。"

"那我呢?"薛恨瞪大了眼,"我睡沙发?你脸皮怎么这么厚啊,贺钦?"

贺钦也不管薛恨说什么,特别自来熟地走去了薛恨的房间,他看了看薛恨的大床,勉强满意地点头:"不算小。"

"不是,你今天到底发什么疯呢?"薛恨追上来,才问完就听见贺三少说:"我想洗澡,借我一套睡衣。"

薛恨算是看出来了,贺钦这脸皮比城墙还厚,他揉了把脸,嫌弃

地瞪着贺钦："没有。"

　　贺钦理解地点了点头："明天我会让人送点儿我的衣服来。"说完就将外衣挂在薛恨房间里的晾衣竿上，转身进了浴室。

　　薛恨对着被关上的浴室门翻了个白眼，之后他认命般地从衣柜里又翻出了一个枕头。

　　坐在床上思来想去，薛恨还是觉得心里憋着气。最后在这股莫名情绪的驱使下，他居然莫名其妙地睡着了。

第四章 室友

第二天一早贺钦又被薛恨毫不客气地揍了一顿，之后两人一起吃了薛恨随便做的早餐，填饱了肚子后各自去了自己的公司。

午休时薛恨接到了一个陌生电话："你好。"

"您好，请问是薛恨薛先生吗？"电话那头传来一道礼貌的男声。

薛恨回答了一声："我是。"

"我是贺先生的生活助理，我按照他的吩咐把他的东西送到青骏源公寓了，请问您今天什么时候方便开门拿一下呢？"

"……"薛恨按了按太阳穴，"扔物业那里吧。"

助理愣了愣："可是……"

薛恨直接挂了电话，转头将电话拨给了贺钦："贺老三，你是不是失心疯了？"

原本正在开会的贺钦清了清嗓子，说了声"不好意思"后走出了会议室的门："你接到他打给你的电话了？"

"你怎么这么无耻啊？"

"是你说你那里没有我穿的衣服。"贺钦理直气壮地说。

"不是，我说你一少爷，放着二环大别墅不住，跑去我那郊区公寓安家？你脑子是不是进水了？"

贺钦在电话里沉默了两秒："那，你来二环住？"

"嗯？"薛恨脸上多出了几分真诚的疑惑，"为什么我一定要去二环住？"

"……我乐意。"贺三少冷酷地吐出这几个字，之后利落地挂了电话,不再给薛恨嘴欠的机会。

薛恨对着被挂断的电话骂了声,然后就毫不犹豫地将贺钦的号码拉进了黑名单。

想了想,薛恨又把贺钦的电话从黑名单里拉了出来,然后编辑了一条短信发了出去:得出房租水电,还有物业管理费。

贺钦在那边过了很久才回:"账户给我。"

薛恨挑了挑眉,将自己的账户号发了过去,三分钟之后,手机上多了一条银行发来的收账信息。薛恨点进去,在看见收到的金额后瞪大了眼。

而转账过来的贺三少再次发来了一条十分冷酷简洁的消息:多出来的算床位买断费。

薛恨哼笑一声,没有再回贺钦,只是抱着十分愉悦的心情开始了他下午的工作——天降横财的感觉,真是很难让人拒绝。

下班后薛恨按时离开办公室,刚推开门就碰上站在门口的郭寻:"学长?"

郭寻不动声色地打量了薛恨一眼:"下班一起吃饭吧,朋友新开了一家川菜馆,我想你应该会喜欢。"

薛恨本来想答应的,在即将开口时,脑海里突然闪过贺钦那张脸,以及今天中午收到的转账。他摇了摇头:"我还有点儿事,下次再跟学长去尝尝。"

"什么事?"

"……"薛恨没料到郭寻居然会这么问,他想了想还是扯了个谎,"家里多了只猫,我得回去喂食。"

郭寻不可置信地挑了挑眉:"你什么时候还养了猫?你不是不喜欢这些宠物吗?"

"……今儿才接来家的,主要是长得还行,我就养着了。"

郭寻了然地点了点头:"这样,有机会也带来给我看看。"

你已经见过了。薛恨在心里说,面上却是含糊地点头:"没问题,我先回家了,学长开车慢点儿啊!"

说完薛恨就离开了工作室,而背后的郭寻盯着薛恨渐行渐远的步

伐,总觉得薛恨今天的心情比以往都雀跃不少,是郭寻从来没有见过的雀跃。

家里多了个大活人的感觉跟过去其实差不多——薛恨和贺钦都有各自的工作要忙,贺钦来薛恨家里借住的频率其实也不算高,只是每次来了都会赖着留宿,到了周末更是变本加厉。

比如现在。

自从荣钦那边公示了合作企业名单后,薛恨这个负责人的工作量就足足比之前增加了一倍,上班"摸鱼"的时间没有了,偶尔还要在工作室加班到晚上。

好不容易熬到周末了,薛恨就想好好睡个懒觉,结果某贺姓少爷大清早就开始不消停,在薛恨床边走来走去。

薛恨闭着眼用力掐了把贺钦:"你有完没完?你要实在闲着没事,下楼去给我买早餐来,我懒得做。"薛恨闭着眼赶人,贺钦眨了眨眼:"点外卖不可以吗?"

薛恨:"你不是说外卖不健康吗?"

贺钦:"嗯,但我可以让人送健康的来。"

"……"薛恨在心里唾弃了一下万恶的资本家,最后还是从床上坐了起来,"那你快点儿,我饿了。"

贺钦点头,伸手拿过手机拨了一个电话,电话那边的餐厅经理接通了电话:"三少,有什么指示?"贺钦让他找餐厅的人送点吃的来,并且十分熟练地报了地址。餐厅经理顿了顿:"是……几个人吃?"

贺钦扭头看看薛恨:"三个,多送点儿。"

"好。"

听贺钦挂断电话后,薛恨狐疑地看着贺钦:"哪儿来的三个人?"

"你一个顶俩。"贺钦带着笑意,说完就被薛恨蹬了一脚:"去你的!我洗澡去了。"

等他们收拾好后,门口的门铃也被人按响了,贺钦主动去开了门,门口的人将吃的递到了贺钦手里:"三少爷。"

贺钦道了声谢,转身十分利落地关了门。站在门口的服务员立刻掏出手机,噼里啪啦地打了一段文字,发到了一个聊天窗口。

餐厅给贺钦送来的饭菜很丰盛，色香味俱全不说，分量给得也很足。薛恨毫不客气地低头大吃特吃起来，贺钦也跟着薛恨一起吃，不过他的吃相倒是斯文得多。

饭吃到一半，薛恨放在桌上的手机就振动了起来，他放下筷子拿过手机来看——居然是方越澜打来的。自从那天他喝得烂醉被自己的哥哥带回家后，他也没有再联络过薛恨。

薛恨第一反应是去看贺钦，贺三少仍然优雅地吃着饭，夹菜的动作都十分赏心悦目。薛恨没工夫欣赏，想了想，他一边朝房间走去一边接通了电话："喂，阿澜？"

贺钦握着筷子的手一紧，他在薛恨把门关上后立刻放下了筷子站起来，放轻脚步走到卧室的门口，毫不心虚地做出了偷听墙角的事。

"去你家试？"薛恨的声音模糊不清地传来，得益于贺钦非常出色的听力，他才分辨出了薛恨说话的内容。

电话那边不知道说了什么，贺钦又听见薛恨笑了笑："那行吧，你地址给我，我晚点儿就过去试试。"

"没问题！我和枝枝做了很多好吃的，今晚你可有口福了！"

"嗯？不是说你和她要等到结婚那天再见面了吗？"薛恨疑惑地问。方越澜在电话那头吐了吐舌头："我那天喝醉之后迷迷糊糊地给枝枝打了电话，她第二天就回来了，嘻嘻——"

"这样啊……那挺好。"薛恨将手放在半空中，盯着自己的手掌心愣神。

"对了，那天我哥把我接走之后，你跟贺钦怎么样了？"

"啊？"薛恨忍不住伸手摸了摸脑袋上的头发，"能怎么样，就……就那样呗——"

"没有再一言不合就打起来吧？"

"没有！怎么可能！"薛恨忍不住提高了声音，"我既然都答应你和他不计前嫌了，我肯定说到做到。"

"那就好，那既然这样的话，我先给他打个电话说一声，完了你下午看看顺路的话，带着他一起过来呗？"

"……"薛恨在心里叹了口气，"行，我知道了。"

"嗯，回头见，拜拜！"方越澜说完就心情特别好地挂了电话。

薛恨对着电话里的忙音茫然地眨了眨眼：究竟是怎么莫名其妙变成现在这个样子的？算了，想不明白，还是先吃饭吧。

贺钦在薛恨挂断电话后就折返回餐桌旁边，重新吃起了饭。

薛恨出来后看着贺钦的动作挑了挑眉："没见过吃饭这么磨叽的。"

"谁打的电话？"贺钦在将菜吞进肚子里后才问。

薛恨耸了耸肩："阿澜，让我下午去他家试伴郎服，他下周六就结婚了，我差点儿把这事给忘了。"

"试衣服还要专门去他家试？"贺钦轻轻蹙了蹙眉，语气里还带着不满。薛恨正准备跟贺钦呛上两句，就轮到贺钦的电话响起来了。

薛恨伸长脖子瞥了眼，来电人显示着"越澜"两个字，贺钦看薛恨，薛恨也对着贺钦耸了耸肩："喏——他又不是只叫我一个人，你酸个什么劲儿啊？"

"……"贺钦脸色不怎么好看地接起电话，"喂，越澜。"

方越澜把刚才对薛恨说的邀请重复了一遍，并强调薛恨已经答应会去叫上贺钦了。

贺钦原本有些难看的脸色很快恢复晴朗："好，我等他来接我。"

方越澜欢天喜地地挂了电话，却还是觉得哪里怪怪的。他看了眼在写请柬的赵枝玉："我觉得好奇怪。"

"哪里奇怪？"赵枝玉头也不抬地说，语气温柔。

"他们俩今天答应得太爽快了！"方越澜将自己觉得不对劲儿的点说了出来，"我不是说他们答应来我家这件事爽快，我是觉得，小恨答应会顺路接贺钦，贺钦也答应会和小恨一起来这里，有点儿太顺利了。"

赵枝玉的眼里闪过几分笑意，她抬起头来摸了摸自己未婚夫的脑袋："不是你说，他们已经答应和好了吗？所以现在答应也没什么不对吧？"

方越澜转了转眼珠子，仔细思考了一下："好像是这个道理，但是……"

"好了，你别多想，他们能答应得这么顺利，不正是说明了你让他们和好的决定下对了吗？以后你们之间彼此约出来见面什么的，也没那么多顾虑和避讳了，对不对？"

方越澜听着妻子温柔的话，深以为然地点了点头："果然还是老婆大人深谋远虑，要不是你那天建议我把两个人都邀请来做伴郎，我们的婚礼也许真的会留遗憾的。"

"嗯哼——"赵枝玉笑眯了眼，嘴角也向上翘着一个很可爱的弧度，"去厨房看看鹅肉腌制得怎么样了。"方越澜笑着应好，脚步轻快地去了厨房。

赵枝玉看着未婚夫的背影消失在视线，嘴里轻轻呢喃道："将来他们都是要感谢你的，笨蛋。"

薛恨和贺钦不知道方越澜和赵枝玉的对话，在贺钦挂断电话后，他们两个人坐着大眼瞪小眼，面前餐桌上的菜已经有些凉了，薛恨想了想，还是低头扒饭。

贺钦盯着薛恨头顶的发旋儿看，想了想，忍不住开口："你上次做的造型是在哪里做的？"

"什么？"薛恨不明就里地问。

"发布会上，你梳了个背头。"

"哦，那个啊，那是学长带我去兰新广场那边做的，怎么了，你想做？"薛恨问完后低头把最后几口饭吃完，又给自己盛了碗汤。

贺钦掐了掐自己的手指："你要不要再做一次？"

"啊？"薛恨将脑袋从汤碗里抬起来，"我做来干吗？"

"你不是要去试伴郎服？"贺钦将脸别开看向窗外，"梳个头再去不好吗？"

薛恨狐疑地看向贺钦，看不见贺钦完整的表情，但贺钦发红的耳朵尖却映在了薛恨眼里。他福至心灵："怎么着？觉得我梳背头很帅？"

"……对。"

"也不是不行……"薛恨故意顿了顿，"只是听说那家做造型很贵的，做一次抵得上我三天工资了。"

贺钦扭回头来："那你上次还去梳。"

薛恨龇牙一笑："上次是我学长出的钱。"

贺钦的脸瞬间就垮了下来:"我出。"

薛恨拍桌定音:"走,咱吃完饭就去!"

贺钦不屑地轻哼一声。

两人出门的时候,薛恨穿着一件米白色连帽卫衣,搭配着牛仔裤运动鞋,看上去比平时上班的时候多了点青春气息。至于贺钦,还是雷打不动的风衣皮鞋,逛个街都穿得特别正经。

薛恨问他怎么这么爱装,贺钦高深莫测地"哼"了一声,拉着薛恨出了门。到停车场后,贺钦准备去开自己的车,薛恨却拉着他:"没听阿澜说吗,是我去接你。"

"……"贺钦不满地拉下脸:阿澜阿澜,满脑子都是阿澜,什么时候也能这么听自己的话?薛恨倒是没注意贺钦的表情,何况就算注意到了,他也不会把这个当回事——反正贺钦常年都是这表情。

薛恨载着贺钦去了商业广场,中途贺钦还接到了贺父打来的电话:"父亲。"

薛恨从后视镜里看了贺钦一眼,车里比较安静,这让薛恨把贺父说的话也听了个大概:"你现在在哪里?"声音威严冷肃,薛恨隔着电话都能感受到这位叱咤风云的贺家掌权人给人带来的压迫感。

贺钦倒是没什么特别的反应,只是给了一个分外简洁的回答:"外面。"

"今晚回老宅来,谈谈你二哥的婚事。"贺父在电话那头简洁地交代。薛恨放在方向盘上的指尖跷了跷,刚好经过十字路口的红灯,他把车停下,侧头看贺钦。

贺钦还是那副冷淡的样子:"今天没空。"

"是吗?"贺父加重了语气,"有什么事比你兄长的婚事重要?"

"您也说了,是他的婚事,如果有需要我出力的地方,您直接告诉我。我还有事,再见父亲。"说完贺钦就挂了电话,丝毫不给贺父面子。

贺钦挂断电话后就注意到了薛恨看自己的眼神,他侧头也看薛恨:"看什么?"

薛恨侧回头去,重新发动了车子:"没什么,就是觉得你跟你老子挺像的。"

"我比他帅。"

"……"薛恨用看神经病的眼神看了眼贺钦。

贺钦高傲地"哼"了一声,十分不开心地跟着薛恨去了发廊。

跟上次一样,薛恨才走到发廊门口,里面的造型师就热情地迎了上来:"帅哥,洗头还是烫染?"

薛恨看这人不是上次那个造型师,抬头四处看了看后忍不住问:"小刘不在吗?"

造型师一听就知道薛恨不是第一次来这里,他脸上的笑容更灿烂了点儿:"在的在的,只是他去洗手间了,您坐着等会儿?"

薛恨点头,道了声谢后坐到了他们店里的沙发上,贺钦沉默着跟了上来,坐在薛恨身边。薛恨扭头看他:"哎——要不你也做一个?"

贺钦凉凉地扫薛恨一眼:"不要。"

贺钦越不配合,薛恨就越想跟他对着干:"做一个呗,小刘技术很好的,上次就是他帮我做的。"

"不要。"贺钦还是拒绝。

"啧——"薛恨转了转眼珠子,他凑近贺钦一些,还压低了点儿声音,"做一个,今晚我来做晚饭。"

"……"贺钦沉默,眼里却闪过一丝精光,薛恨看出了贺钦的动摇:"做一个呗,钦钦?"

"……行。"贺三少冷着脸答应,故意坐离薛恨远了一点儿,"以后不准这么叫我。"

薛恨笑开了花:"我就叫,你能拿我怎么着?钦钦,钦钦,贺钦钦唔——"

贺钦忍无可忍地伸出手捂住了薛恨的嘴,脸上也特别难得地出现了疑似不好意思的神情:"不准叫了。"

薛恨笑得眉眼都弯了弯,直到身边传来一道清脆的男声:"小帅哥,听说您找我?"

薛恨拽开贺钦的手,扭头看向小刘:"对,找你,给我梳个头。"

小刘给薛恨甩了一个俏皮的眼神:"来了帅哥,这边请!"

薛恨笑着站起来,指着身边的贺钦说:"晚点儿给他也做一个。"

小刘看向脸色突然阴沉的贺钦,脸上的笑意也没有散下去:"没问题,走,先给你洗头!"

洗头的时候小刘又和薛恨聊天:"这次换了个人一起来的呀?"

薛恨笑着骂他:"八卦啥呢?干你的活儿!"

"得。"小刘嘿嘿一笑,"不过我现在能理解你为什么是单身了。"

薛恨挑了挑眉:"为什么?"

"竞争太激烈呗!我也没想到,你身边的朋友全是你这种级别的大帅哥啊。我跟你说,你俩刚才坐一块儿的时候,特别养眼!"

薛恨睁开眼:"哪儿有你说得这么玄乎。"

"哎呀帅哥,你相信我嘛!"

"行了啊你,他脾气不好,你晚点儿给他洗头的时候可别乱说话。"也是跟小刘混熟了,薛恨也不怎么避讳,只是想着待会儿贺钦听见了这些不知道又要说什么,他干脆好言叮嘱。

"知道知道,我这不是看你好相处才跟你聊两句吗?这哥们儿刚才还瞪我呢,我可不想得罪他。"

薛恨忍不住轻笑一声:"他什么时候瞪你了,我怎么不知道?"

"在你说你找我的时候。"小刘一边给薛恨按摩脑袋一边说,"哎——这哥们儿是不是特别有钱?"

"这你都看得出来?"

"那当然了,他身上那件风衣可是今年才出的旗舰设计款。"

薛恨"嚯"了一声,对着小刘竖了个大拇指:"你这眼神真是顶呱呱。"

"是帅哥你工作忙没时间关注这些!"

两人说笑着结束了洗头程序,小刘领着薛恨坐到了镜子前:"今天想弄个什么造型?"

薛恨想了想:"他想看我梳背头。"

这个他指代的是谁,不言而喻。小刘打趣地冲薛恨眨了眨眼:"你们关系挺好呀。"

"有点儿关系,但是不多。"

小刘也不纠结这个,而是打量了一下薛恨今天的穿着:"背头跟你今天的穿着不搭，给你梳个中分怎么样？看着会特别乖。"

"乖？"薛恨的眼角抽了抽，"你看这个字适合用在我身上吗？"

"适合啊，你刚才坐他身边的时候我就觉得你挺乖的。"

"……"薛恨忍不住老脸一红。

"嗯嗯，我懂的，就梳中分呗？要不咱来个锡纸烫？"

薛恨想也想不出结果来："哎呀，反正你看着整吧，我相信你。"

小刘打了个响指："没问题！"

于是薛恨又在小刘的一番操作后换了一个造型。只是这次跟上次充满凌厉张扬感的背头不同，这次小刘将薛恨捯饬成了一个乖乖仔，头发蓬松又柔软，中间留出来的发缝都透露着少年气息。

"怎么样？"小刘笑着问薛恨，薛恨十分郑重地点头："我果然没看错你。"

"你等一下。"小刘拍了拍薛恨的肩膀，然后自己在镜子前的化妆台找了找，再回来的时候手上多了一支化妆笔。薛恨眨眨眼："干吗？"

小刘神秘兮兮地弯了弯膝盖："闭上眼睛。"

薛恨不知道这鬼灵精怪的小老弟又打什么主意，但他还是闭上了眼。闭眼之后，他的脸被小刘用手固定住，眼尾也似乎被什么东西点了点。

"好了！"小刘退开一点，示意薛恨照镜子。薛恨看向镜子，一眼就捕捉到了自己和刚才的区别——他的眼尾被小刘用化妆笔点出了一个小黑点，像是生在那里的一颗痣。

薛恨说不上来是什么感觉，总觉得这细微的一点让自己的气质变了变。

"我保证你这样更好看。"小刘笃定地打包票。

薛恨："这玩意儿会蹭花吧？"

"不会，只要你不用强劲卸妆棉，带三天都不会掉。"小刘吹了个口哨，"我去伺候另一位爷了！"

他话音刚落，远处坐在沙发上的贺钦不知道什么时候就走了上来，薛恨从镜子里看贺钦，贺钦也看着镜子里的薛恨。四目相对，空气中

仿佛蔓延着微妙的气氛。

还是薛恨先回过头来，对着贺钦张扬一笑："怎么样？帅不帅？"

贺钦目光定定地盯着薛恨看。小土匪第一次有这么乖的造型，可偏偏这么乖顺的脑袋下，本来就精致的眼尾还多出了一颗泪痣，带着别样的气质。

他抿了抿唇，用鼻音"嗯"了一声，薛恨对他这装的反应见怪不怪，他撇撇嘴，对着小刘说："你帮他也设计一个。"

小刘收起了那份对着薛恨时有的不正经："先生，跟我来吧，先洗个头。"

贺钦站着不动，眼睛还盯着薛恨看，薛恨伸手推了他一把："去呀，你答应我的！"

贺钦只好跟着小刘去洗头，薛恨看着他的背影笑了笑："二傻子。"他也懒得再去沙发里坐着，只是坐在原位跷着二郎腿玩起了单机小游戏。

在薛恨通了四关以后，贺钦冷着脸湿着头发出来了，小刘示意贺钦坐在薛恨身边的位置上："先生有什么想做的发型吗？"

"随便。"贺钦淡淡地说。

薛恨却关掉手机站起来，有模有样地摸了摸下巴："给他剃个光头吧。"

小刘忍俊不禁："那不至于，先生发质很好，剃了可惜。"

薛恨在心里骂小刘见人说人话见鬼说鬼话，伸手却薅了薅贺钦湿漉漉的头发："他也是个不懂行情的，你给他看着做就行。"

小刘点头，思考了一下，最终给贺钦梳了偏分。做好之后，贺钦周身的气质仿佛都因为造型的改变而显得温和了些。薛恨对着镜子里的贺钦吹了个口哨："看，我没吹牛吧，小刘很专业的。"

贺钦对自己的造型没什么想说的——贺三少的底子摆在那里，就算真的像薛恨说的剃个光头，估计也不会难看到哪里去。他站起来，又看了薛恨两眼才对着小刘说："在哪里结账？"

"这边请。"小刘带着贺钦去了收银台，薛恨跟了上去，只看见贺三少豪气地取出一张卡来递给小刘："支持会员储值吗？"

小刘眨了眨眼，点头："支持的，会员储值后消费都是八八折，您看要储值多少？"

财大气粗的贺三少没将这点折扣放在眼里："储值金额最大的，以后他来了直接刷我的卡。"

小刘眼睛都亮了，正准备照办，薛恨就开口阻拦："哎，等等——"小刘笑着停下，等着薛恨说话。

薛恨没和小刘说，而是一脚踹在了贺钦的小腿肚上："你脑子是不是有病？钱是让你这么花的？"

贺钦蹙了蹙眉："你不是喜欢这里？"

"我是喜欢啊，可万一以后人家倒闭了怎么办？"

小刘的眼角抽了抽，不带这么诅咒自家生意的，他清清嗓子圆场："喀——帅哥，这样吧，我给这位先生存个五千，以后有需要咱再续，怎么样？"

"不行，存两千就够了。"薛恨斩钉截铁地说。贺钦皱眉，正准备说什么，薛恨看着贺钦的脸，坚定地说："你听我的。"

小刘只好照做，刷完卡后，他目送着两个极品帅哥并肩走了出去，其中那个个子矮点儿的还一边走一边骂骂咧咧："你个败家玩意儿，会不会过日子啊你？我就没见过这么傻的富二代……"

小刘伸手托着下巴，目光带着羡慕地看他们越走越远，嘴里呢喃："多好的人啊，下次再多带几个客户来就更好了。"

离开发廊后，薛恨拽着贺钦又在商场里转了转，最终把目标定在了一家装潢低调、店里灯光却很高级的西装店——就是上次郭寻带薛恨来逛的那家。

贺钦跟薛恨并肩站好，问他："要买衣服？"

"给阿澜买。"薛恨说着就走了进去。

"……"贺钦气得牙痒痒，"他没衣服穿了？轮得到你来买？"

薛恨顿住了脚步，他回过头来看贺钦："登门做客空着手去啊？你以为谁都像你一样脸皮厚？"

脸皮极厚的贺三少冷哼一声："我付了房租的。"不是客人。

"行行行，你说的都对。"薛恨敷衍了一句后对着店里的导购小姐招了招手。导购赶紧走了过来，脸上也挂着灿烂的笑容："先生想看点儿什么？"

想着时间也差不多了，又担心一会儿去方越澜家的路上会堵车，薛恨也没了再纠结犹豫的想法："我朋友要结婚了，我想给他和他的妻子挑个礼物，你可以给我推荐推荐吗？"

导购了然地点头："新婚礼物的话能选择的东西非常多，既然先生选择了我们店，心里肯定也是想着往穿着上考虑的，请问先生知道他们二位的身材尺寸吗？"

"……"薛恨"咥"了一声，"我还真不知道，要不我打电话问问？不对，我也不好问人家女方的尺寸呀，有没有别的能送的？"

"那就送一条领带和一对胸针吧？对男士女士来说都很合适，也不会显得小气。"

薛恨冲导购竖了个大拇指："还是你想得周到,那你们这里有吗？"

导购脸上的笑容更灿烂了："有的，先生这边请，我带您看看。"她领着薛恨和贺钦去了专柜旁边，动作娴熟细心地取出了领带和一对胸针，"您看看这款怎么样？"

薛恨有模有样地摸了摸下巴，他其实也不怎么懂这些，本来朋友就没几个。

突然，薛恨的脑瓜子里闪过小刘对贺钦的评价："这哥们儿真有品位。"薛恨眼睛一亮，他扭头看向又黑着脸的贺钦："哎,你觉得呢？"

有品位的贺三少扭头轻哼一声："不知道。"

薛恨推了贺钦一把："你别闹脾气了行不行？我怕送错了惹人家不高兴。"

"……我没有闹脾气。"贺钦冷酷地说，脸上却写满了不高兴。薛恨暗骂自己拽了个少爷来："你就看看喜不喜欢，喜欢的话我也送你一条，行不行，贺少爷？"

贺钦的耳朵动了动。薛恨眯了眯眼："我警告你啊，我亲手掏钱的机会可不多，你过了这村没这店的啊！"

贺钦只好"被迫"转过脸来，目光瞥了瞥导购拿出来的东西："越澜气质干净，这么成熟厚重的领带不适合他，把领带换成白色的，赵枝玉五官明艳，气质也成熟，适合戴吸睛一点的，比如那一款。"

贺三少说着，还高傲地用下巴指了指专柜里没被导购推出来的胸针。

薛恨嘿嘿一笑："就听他的。"

"还是这位先生考虑周到。"导购小姐看着这两个男人的互动，眼里的笑容变得更真切更温暖了些。

她按照贺钦的指示将贺钦提到的东西都拿了出来，薛恨看见之后十分满意地点头："别说，好像还真是合适点儿。"

"你帮我装起来吧，礼盒包漂亮点儿。"薛恨说完就从裤兜里掏银行卡。贺钦却捏住了薛恨的手腕："你说你要送我的。"

"……行，这领带给我装两条。"

导购小姐眨了眨眼，却没有动，目光放在了眼光毒辣的贺钦身上。贺钦的脸色果然沉了沉："我不要和他一样。"

薛恨嘟囔了一句："真难伺候，"接着又挥了挥手，"行行行，你挑，你挑！"

贺三少将目光放在了专柜最角落的一对黑色胸针上，款式简约，设计却十分有层次感。他用指尖点了点那对胸针："把这对取出来。"

导购小姐脸上的笑容仿佛一朵春天里的花，她听话照做："先生实在太有眼光了，这是我们专柜上的限量新款，整个燕市只此一对。"

薛恨眨了眨眼："那为什么不放在中间显眼的位置？"

导购小姐并没有因为薛恨的问题表示出半点不屑，她对着薛恨笑笑，还没有张口，内心的想法就被贺钦简洁地说了出来："因为贵。"

"……"薛恨瞪了瞪眼，伸长脖子去看了看那对胸针的价格，在数清楚它的标价上有几位数后，薛恨一巴掌拍在了贺钦背上，"你想把我弄破产？"

"是你自己说要送我的。"贺钦理直气壮地说。

"我——"薛恨头一次恨自己这么意气用事——他不就是心血来潮想感受一下贺三少的品位，不就是看贺钦耍小脾气的样子吗，不就是想让贺三少爷笑一笑吗！为什么要付出这么昂贵的代价！

薛恨后悔了,他摇头:"没钱,给我滚。"

贺钦眯了眯眼:"你耍赖?"

薛恨十分拉得下面子,他双手环抱在胸前:"对,我就耍赖,要么你挑个便宜点儿的,要么我不送了。"

"不行,我就要这个,你答应给我的。"贺钦绷着脸和薛恨对峙。

薛恨朝他吐舌做鬼脸:"我偏不。"

"给方越澜买就舍得,给我买就不乐意了?"

"……"薛恨不知道贺钦是怎么有脸皮把这两件事扯到一起的——他贺三少想要的这玩意儿够买好几条领带了,"你狮子大开口还有理了?"

"真不给我买?"贺钦压低了声音问。

"不买,滚。"薛恨扬着下巴,十分利落。

"好,薛恨,好得很。"贺钦从牙缝里挤出来几个字,说完后就真的头也不回地滚了。

薛恨看着他的背影,"啧"了一声:"什么少爷,跟个小学生似的。"

他回过头来,认真地盯着贺钦挑中的东西看了好半天。导购小姐脸上的笑容有些尴尬:"先生,您还需要吗?"

"嗯,领带和那对金色的胸针包起来吧。"薛恨从裤兜里掏出卡来。导购小姐点头,先是将贺钦让拿出来的黑色胸针放回了专柜里,动作十分小心翼翼。

之后她给薛恨包好另外两件,还送了两个黑色的礼盒。

薛恨在她打包的时候一直盯着角落里的胸针看。直到导购将礼盒递给了薛恨:"感谢先生光临本店。如果先生实在喜欢那对胸针的话,我可以给先生打个折。"

薛恨眉头动了动,最后却也没有问能打几折,他深深看了那对胸针一眼,摇了摇头:"这话你应该对着那位少爷说,喜欢这东西的是他,不是我。"

薛恨说完就拎着两个礼袋离开了这家店。在走出店门后,薛恨下意识地环顾四周,周末的商场十分热闹,熙熙攘攘的人群里,却没有一个身影是贺钦。

薛恨嘟囔了一句:"混蛋。"持续了一整天的好心情一扫而光,薛恨也不知道自己心里那点儿莫名的失落是怎么回事。

他步子很慢地往升降梯走去,脑子里一直有个想法窜出来:其实那对胸针真的很好看,并且戴在贺钦身上的话真的会很顺眼,全燕市就这一对,非常能满足贺三少那颗骄傲又爱装的心。

而且这价格对现在的薛恨来说,似乎也并没有那么贵。更何况,那导购不是还说能打个折来着……

于是在升降梯停在薛恨所在的楼层,并冲着他打开了门时,薛恨没有选择进电梯,而是转身回了那家店。

他的脚步迈得很快,走到店里后导购正在接待别的客人。导购在看见薛恨后眼里闪过一丝惊讶,她冲着面前的客人笑了笑:"您先自己挑挑,有什么需要直接叫我。"

说完她就踩着小高跟走到了薛恨面前:"先生,是有东西忘了拿吗?"

薛恨抿了抿唇,有些不好意思地笑了笑:"那什么,我想买下那对胸针。"

导购小姐温柔地点头:"好,您跟我来。"

去取胸针的路上,薛恨坦然地问:"你刚才是不是说可以打折来着?"

"对,虽然您不是我们店里的会员,但我会给先生一个会员折扣。"导购一边取出胸针一边对着薛恨说,"要包装好吗?"

"好,谢谢你。"薛恨点头。

"不客气。"导购小姐将胸针放在了一个很漂亮的礼盒里,"为好朋友买东西,是值得高兴的一件事。"

"他不是……"薛恨说到一半,还是没再说下去——跟刚才面对小刘一样,薛恨自己都不知道该怎么解释他和贺钦的关系。

他和贺钦也不该有什么关系,但薛恨现在可是收了房租的,贺钦算是他的房客,总不好把人家赶出去。薛恨用这笔横财来给自己做开脱的理由,勉强说服了自己。

"抱歉,是我失言了。"导购小姐将礼盒送到薛恨手边,这礼盒

跟薛恨手里的有些细微区别,更精致更有设计感一些。

薛恨一边接过一边掏出了卡:"没事,还是谢谢你。"

"不客气。"导购小姐耐心地回,为薛恨刷卡划账后将卡递了回来,"给先生打了八五折,欢迎先生再次光临。"

薛恨点头,左手拎着方越澜夫妇的礼物,右手拿着贺三少的天价胸针走了出去。

也不知道贺钦这混蛋跑哪里去了,总不至于偷偷躲去洗手间里哭吧?薛恨想,眼睛却一直忍不住往手里的礼盒上瞟——我是不是太好说话了?

回过神来的薛恨叹了口气,那也没辙了,人家都打折了,可不支持退款。

东想西想地去了停车场,薛恨在自己的车旁边看见了一个穿着风衣的高大身影。

他就那么站在薛恨的车旁边,隔得有些远,让人看不清他脸上的表情,只看得见他指尖捏着一支燃到一半的香烟,烟雾缭绕着,遮住了那张五官完美凌厉的脸。

这是薛恨第一次知道,原来光风霁月的贺三少,居然还会抽烟。

他们隔着贺钦脸前的烟雾四目相对,最后还是薛恨迈动脚步走到贺钦身边:"我还以为多硬气呢,不还是在这里等着?"

贺钦没说话,而是走到不远处的垃圾桶旁边,将还剩下半根的香烟捻灭扔了进去。之后他回过头,再次走到薛恨的车门旁边:"走吧。"

薛恨却没有打开车门,而是将手里那个黑色的精致礼盒递到贺钦面前:"喏——给你的。"

贺钦先是看了看那个礼盒,之后又将目光放在了薛恨的脸上,漂亮精致的脸蛋上多了点儿局促和忸怩,像是想道歉又拉不下面子的小朋友。

"看什么看,没见过帅哥啊?"薛恨提高了点儿声音,试图通过这样的方式来让自己底气足一点儿,"拿着呗?"

小刘给薛恨点在眼尾的那颗痣还明晃晃地挂在薛恨的脸上,因为薛恨的表情而变得更加生动显眼了一些。

/117

"不要了。"贺钦违心地说,脸上仍然是一副冷酷的表情。薛恨"啧"一声:"你别蹬鼻子上脸啊,给你台阶你就下来,有没有点眼力见儿啊?"

他说完就把礼盒又往贺钦手边递了递:"接着。"贺钦低头看着眼前的礼盒,最终还是伸出手:"……嗯。"

"嗯什么嗯!"薛恨轻笑一声,"不说声谢谢啊?这么贵的东西,我还是第一次送呢,便宜你了。"

"……上车。"贺钦朝着薛恨扬了扬下巴,生硬地岔开了这个话题。薛恨对着贺钦翻了个白眼,心里更笃定地做出了要健身锻炼的打算——这辈子不打赢贺钦一次,小薛总的人生不可能圆满。

在去方越澜家的路上,贺钦拆开了他的专属礼物。两枚胸针平平地放在小盒子里,顶端还镶着一颗色泽醇厚的黑色宝石。

贺钦伸手轻轻抚摸上这块小小的宝石,眼里带着异样的光——贺三少生平收过不少贵重的礼物,但从来没有哪一份,像今天这份一样让他激动和开心。

"小土匪。"贺钦扭头叫薛恨,薛恨趁着红灯空隙转过头来瞪贺钦:"你能换个好听点儿的称呼不?"

贺钦嘴角轻轻勾了勾:"谢谢,我很喜欢。"贺钦语气郑重地说,薛恨愣了愣,将头扭了回去:"谢什么,多大点儿事……"

"你不想听我叫你小土匪?"贺钦一边将胸针拿出来扣在了自己的风衣上,一边问。

"废话。"

"我偏要叫。"贺钦含着笑意说,并在心里补了一句"看你能怎么办"。薛恨一边开车一边骂着贺钦。

就因为这胸针的折腾,薛恨和贺钦赶上了周末的车流高峰,路上还接到了方越澜打来的两通电话,薛恨被堵得没了脾气:"大概还要半个小时,要不你们先吃着?"

"那怎么行!没事,你们慢慢来,我和枝枝等你们到天荒地老。"

薛恨笑着挂了电话,趁着前面的车子还没动,他又扭头来看贺钦,并且眼尖地看见了贺钦风衣上多出来的胸针:"哟——这就戴上了?"

贺钦点了点头:"好看吗?"

"我买的,能不好看吗?"薛恨神气地说。贺钦再次点头表示肯定:"我也觉得好看。"

贺三少高傲地昂了昂下巴,心情很好的他决定暂时不跟薛恨计较。

等他们终于从高架桥上下来,到达方越澜家的时候,外面的天已经完全黑了。薛恨把车停在了方越澜婚房的车库里,出来后啧啧感叹:"我真不理解有钱人,两个人住这么大的房子,不嫌空的吗?"

贺钦十分赞同地点头:"我同意。"

薛恨笑骂:"你装什么大尾巴狼呢?论有钱谁比得上你这个含着金汤匙出生的贺三儿啊?"

贺钦伸出手指点了点薛恨的嘴唇:"说话注意点儿,我现在也是在郊区住公寓的人。"顿了顿,贺钦又补充,"还付了起码十年的房租。"

"得——"薛恨拽住贺钦的手指拧了拧,"给钱的都是大爷。"

他们说笑着离开了车库,方越澜在车库入口冲着贺钦和薛恨招手,薛恨也放开贺钦的手,加快步子走了过去。

"外面风大,在家里等着不就好了?"薛恨习惯性地对着方越澜关心地说,才说完,他似乎就听见了身边某人的一道冷哼,薛恨竖了竖耳朵,心想自己听错了。

"这不是怕你们不认识吗?跟我来,枝枝亲手做的烤鹅,你和贺钦今天必须吃光!"方越澜兴奋地走在前面,背后和薛恨并肩走着的贺钦想去抓薛恨的手,被薛恨推了一把,他低声警告:"你差不多行了啊?给你惯的。"

贺钦绷着脸,周身低气压蔓延。薛恨装作什么都没察觉:"对了阿澜,你们的婚礼在哪里举办?定下来了吗?"

方越澜放慢了脚步:"定下来了,就在三环那里的天海酒店,枝枝说他们家的菜做得不错。"

薛恨会意点头:"挺好。"

三人一起进了方越澜的家,宽阔的客厅里灯光明亮,空气里还弥漫着食物的香味。薛恨吸了吸鼻子:"做的什么,这么香?"

"烤鹅呀,枝枝之前去国外读书的时候学的!"方越澜说完兴冲冲地对着厨房说:"亲爱的,他们到了,我们可以准备吃饭了!"

"快带他们去洗个手,马上就好!"厨房里传来一道熟悉动听的女声——赵枝玉在里面忙活着什么。方越澜将"好幸福"这三个字表现得淋漓尽致。他带着薛恨贺钦去洗手,又在赵枝玉的叮嘱下找到了家里的红酒:"快过来坐!"

在薛恨和贺钦并肩坐下后,厨房里的赵枝玉也将她精心制作的美食端了上来:"担心烤鹅凉了影响口感,所以我就重新加工了一下。"

香味一直朝着薛恨的鼻子里钻,脑子都转不动了:"给你添麻烦了,怎么这么香?"

赵枝玉笑了笑,将被她拆解好的鹅肉放在餐桌上:"难得下厨,手艺都有些生疏了。"

方越澜按着赵枝玉坐在自己身边:"你休息着,我去把其他菜端来。"

薛恨良心未泯,他跟着站起身想去帮忙,方越澜却做了一个"打住"的手势:"哪有让客人帮忙的道理,你给我坐好。"

"哦。"薛恨摸了摸鼻子,再次坐了下来,而曾经被东道主要求吃完饭把碗刷干净的贺姓客人用一种诡异的眼神看向薛恨,眼里像是在说:看看人家的待客之道。

薛恨对着贺钦张了张嘴,做了一个要咬人的表情。贺钦不想承认自己很无语,他面无表情地扭开了头。坐在他们对面的赵枝玉看着两人的互动,笑眯了眼:"我听越澜说,我们的婚礼上会有两个伴郎。"

薛恨将目光转到盘里的烤鹅上:"我是没问题,就是不知道某些大忙人有没有时间。"

大忙人贺钦伸腿用皮鞋轻轻抵了抵薛恨的鞋尖:"我答应越澜的,不会食言。"

赵枝玉率先举起了手边的红酒:"那我先谢谢二位成全了。"

贺钦和薛恨还没来得及举酒相应,方越澜就端着菜走了出来:"哎哎哎——怎么不等我就先喝上了!"

赵枝玉笑看方越澜:"某些人那个酒量,今天还是适合喝果汁吧?"

"亲爱的!"方越澜将菜放在桌上,"你怎么能这么拆我的台!"

"好了,快,我们一起干一杯,庆祝我们的婚礼上会有两个最英俊的伴郎。"

四人的酒杯在空中相碰,杯子里的酒液微微荡漾。薛恨尝了尝这酒的味道,觉得还不错,但比起这酒,显然是桌上那一盘香味扑鼻的鹅肉更吸引他的注意力。

在方越澜一声"动筷子"说完,薛恨就目标明确地夹到了他盯紧的一块鹅肉。他将鹅肉夹起来,并塞进嘴里。入口滑嫩又鲜美的口感让薛恨眼睛都亮了。

这鹅肉腌制得恰到好处,酱香浓郁却又不至于掩盖了鹅肉本身的肉味,烤鹅的人更是牢牢把握住了火候,将鹅肉外皮烤得焦美,里面的肉却很鲜嫩。

薛恨一边吃一边冲赵枝玉竖了个大拇指:"好吃!"

赵枝玉笑着点头:"好吃你就多吃点儿,烤箱里还有很多,保温着的。"

薛恨狂点头,低头用鹅肉下起了饭来。大概在座的每个人都知道薛恨对待吃饭的认真态度,他们也没有打扰这位"饿死鬼"吃饭。

等薛恨吃完三碗饭,只觉得人生都圆满了。他放下筷子,用纸擦了擦嘴才再次对着赵枝玉竖起了大拇指:"好厉害!"

"谢谢小恨给我面子。"赵枝玉温柔地说,倒是坐在她身边的方越澜一脸神气,仿佛薛恨夸的是自己似的:"有句话怎么说来着?要想抓住一个男人的心,就必须抓住那个男人的胃!"

薛恨狐疑地看了眼方越澜:"可你不是说,是你的死缠烂打换来的枝玉回头吗?"

方越澜瞪大了眼:"我什么时候这么说了!"

"喝酒那天。"薛恨笃定地说,"你说这么多年了,你放不下枝玉,一想到枝玉以后会变成别人的老婆,比杀了你还难受。"

赵枝玉好笑地看向方越澜:"真这么说过?"

"没有!他胡说八道的!小恨,你怎么能,怎么能——"方越澜脸红耳赤。

薛恨笑得拍手:"怎么了,难道你不喜欢枝玉啊?"

"啊！"方越澜惶恐地瞪薛恨，"我对我老婆的心意，天地可鉴！"

"好了好了，我相信你。"赵枝玉在方越澜的侧脸上亲了一口，"小恨别逗我们家小气鬼了。"

薛恨点头，低头喝了碗汤。

四人当中，只有全程保持沉默的贺三少陷入了深刻严肃的思考。

这顿饭称得上宾主尽欢，饭后薛恨和贺钦去试了试方越澜找人定制的伴郎西装，确实十分合身，穿在两个帅哥身上，更是显得分外好看。

方越澜邀功般地看着赵枝玉："亲爱的，咱们的伴郎是不是更帅了点儿？"就差把"快夸我"三个字写在脸上了。

赵枝玉笑着揉了揉方越澜的脑袋，转头看着贺钦和薛恨："很适合你们。"

薛恨对着镜子点了点头："有心了。"说完他就转身准备去更衣室把衣服换了，方越澜却叫住他："就这么穿着呗，多帅啊！"

薛恨却像煞有介事地摇了摇头："还是换了吧，外面冷，何况这伴郎服，本来就该在你结婚的婚礼上才穿。"说完他就转身去了更衣室。

方越澜看着薛恨消失在眼里的背影，摇了摇头，转头对着贺钦开口："你们刚刚都沾了酒，我给你俩一人找一个司机？"

贺钦摇了摇头："找一个就行。"

"嗯？"方越澜也没有多想，"也是，反正你们顺路，看见你俩能和好，我特别高兴，谢谢你，贺钦。"

贺钦眉梢轻挑："没什么好谢的。"

等他们两人都换好衣服后，方越澜夫妻俩送他们去了车库，薛恨的车旁边果然已经有一个司机大哥等着了。

"想着你们明天可能都有事要忙，我们就不留你们啦，回去的路上小心。"方越澜一边打开车门一边对着贺钦和薛恨叮嘱。

薛恨点头，率先坐去了后座："外面风大，你俩赶紧回去。"

贺钦在薛恨准备关车门的时候伸出了手，拦住车门不由分说地坐了进去。

直到前面的司机开口："是先送三少回家吗？"

薛恨挑了挑眉，眼带笑意地看着贺钦："问你呢，贺三少？"

贺钦脸上依然是一副云淡风轻的表情:"直接去青骏源公寓。"

薛恨笑着将头靠在车窗上——在方越澜家里喝的酒后劲儿挺足,薛恨白皙的脸上也因为酒精的作用有些发红。

这个点的车流不多,司机的车速也拿捏得到位,很快就将他们送到了目的地。

薛恨准备开车门下车,身边的贺钦却拽住薛恨的手不让他动。薛恨挑了挑眉,前面的司机倒是动作麻利地下车:"我先回去了,三少,薛先生。"

第二天吃早餐的时候,贺钦再次接到了贺父的电话:"今天总该有空了?"

贺钦敷衍地应了一声后挂断了电话:"我今天要回老宅。"

正在认真吃早餐的薛恨头也不抬:"去呗。"

"⋯⋯"贺钦伸手摸了摸鼻子,"最晚后天正式合同就会出来。你让郭寻来荣钦签字,你跟着他来。"

"嗯。"薛恨点了点头。

贺钦有些不情愿地站起身来:"那我走了。"

"去吧。"薛恨低头继续认真吃早餐。

"⋯⋯"贺钦在心里骂薛恨没良心,他冷哼一声,缓步朝薛恨家里的玄关处走去,走到一半,他突然听见薛恨在背后叫自己:"哎——等一下。"

贺钦猛地顿住了脚步,他转过头来,脸上仍是那副冷酷神情。

"你着急走吗?"薛恨在餐桌那边问。

贺三少开口却十分冷静自持:"不是很急,怎么了?"

"那你等我,我很快吃完。"

"好。"贺三少凌厉的凤眼里闪过一丝精光。

在薛恨走过来之后,贺钦垂在身侧的手都浸出了汗。

薛恨总感觉贺钦怪怪的,不过这位少爷本来就不怎么正常,于是他也没放在心上,只是将手里的袋子递了出去:"喏——"

等待着薛恨说点儿什么的贺钦愣了愣:"这是什么?"

"垃圾呀,我懒得下楼,你顺路带着下去吧。"

"……嗯,然后呢?"贺钦盯着薛恨问。

薛恨不解地歪了歪脑袋:"什么然后?"

"你让我等着,就是为了说这个?"贺钦几乎是咬牙切齿地说。

"那不然还说什么?"薛恨蹙眉问。

"……"看着薛恨脸上不似作伪的迷惑不解,贺三少的心碎了,碎成了很多瓣。

周末过去之后,薛恨又投入了工作中。昨天贺钦去了贺家之后就没回来,薛恨一个人在床上翻来覆去,总觉得哪里怪怪的,但他又说不出来是哪里怪。

总而言之就是,薛恨昨晚没睡好,第二天去上班的时候,脸上挂着两个明显的黑眼圈。他皮肤白,这黑眼圈就更加明显。郭寻看见薛恨后都吓了一跳:"昨晚没睡好?"

薛恨捂嘴打了个哈欠,他将手里的文件递给郭寻:"嗯,这是上周的工作报告和这周的计划,学长看看。"

郭寻接过来,却没有打开来看,他将报告放在自己的办公桌上:"怎么会没睡好?有心事?"

薛恨愣了愣,摇头:"可能是周末白天睡多了,不是什么大事,我先出去了?"

郭寻定定看了薛恨两眼:"好,去吧,中午一起吃饭。"

"……"薛恨想了想,还是把到嘴边的拒绝给咽了下去。

工作内容比过去繁重,薛恨倒是挺乐在其中的——人不能闲下来,一闲下来脑子里就容易瞎想,比如昨天。

在贺钦没有出现的时候,薛恨的周末会过得很简单很枯燥,但他并不会觉得无聊:他会看看电视里的纪录片,会睡会儿午觉,在方越澜安排的小健身房建成之后,薛恨偶尔还会去锻炼锻炼身体。

而在昨天贺钦离开之后,薛恨失去了做这些事的兴趣。他坐在沙发里发呆,一会儿想他和贺钦之间是怎么变成现在这样,一会儿又想他们现在到底是什么情况。

这些问题想不出答案来，就像薛恨想不明白他那个混蛋老爹跑去了哪里，也想不明白他亲妈为什么这么恨自己。

现在终于有工作忙了，薛恨抛开了心里的疑惑，专注地和工作内容打交道。

一忙就是三个小时。要不是郭寻来叫薛恨，薛恨可能会忘记吃午饭。桌子被敲响后，薛恨才从文件里抬头："学长？"

"走吧，陪我吃个午饭，你也休息会儿。"

薛恨整理了一下，跟着郭寻去吃了午饭，中途贺钦给薛恨打了通电话来，结果专心吃饭的薛恨错过了这通电话。

吃完午饭回工位上后，薛恨才看见这个未接来电。他想了想，将电话拨了回去，却显示已经关机了。那之后的一整个下午，薛恨再也没有接到贺钦的电话，也没有收到短信。

下班之后，薛恨下意识先看了眼手机，依然没有收到什么信息。他烦躁地揉了把脸，在心里骂了一句自己"真没出息"后关上手机，头也不回地开车回了家。

傍晚，薛恨在家里随便煮了点儿东西吃，吃完又去找了本书，窝在角落里看了起来。手机的来电铃声和短信提示音都被薛恨打开，一旦有电话打进来，或者有短信发进来，薛恨都能第一时间听到。

晚上八点十五分，薛恨的手机铃声真的响了起来，他几乎是立刻就将手里的书放下，并迅速拿起了不远处的手机。在看见来电人显示的"学长"两个字后，薛恨心里的失望满得几乎快要溢出来。

在电话即将挂断之际，薛恨终于接通了电话："怎么了，学长？"

郭寻温和的声音从电话里传来："你在家里没？南郊这边新开了一个酒吧，要不要来放松一下？"

"不去了，明天还要上班。"薛恨拒绝了郭寻的好意。郭寻在电话那头抿了抿嘴："你今天很不对劲儿，到底出什么事了？"

"能有什么事啊？"薛恨伸手覆盖住自己的额头，"累了呗。"

"小恨，你以前从不对着学长撒谎的。"郭寻的声音里带了点儿失落，"怎么认识了这么多年，你心里有事，反倒不跟学长说了？"

薛恨张了张嘴，好半天才干巴巴地吐出一句："真的没什么。"

郭寻情商极高，话说到这里薛恨都不松口，他也识趣地不再追问："好吧，打起精神来，咱们跟荣钦的合作还指望着你。"

"嗯，我知道的。"挂断电话后，薛恨将手机扔到了一边，有些颓然地倒躺在沙发上，蹙着眉闭上了眼睛。

此时的贺三少正在贺家老宅里和自己的父亲面对面坐着，贺父脸上神情严肃："你大哥的儿子都上小学了，你二哥也马上结婚了。"

贺钦神色淡淡的："所以呢？"

贺父干脆把话说明白了点儿："所以你是不是也该考虑一下自己了？"

"考虑什么？"贺钦的脸上依然没什么波澜。

贺父愤怒地拍了拍桌子："你别给我装傻！二十五六岁了，连个对象的影子都没见着，你这是不打算管你的婚姻大事了？"

贺钦微微蹙了蹙眉："这跟您有什么关系？"

"我是你老子！"

"可您也说了，这是我的婚姻。"

向来威严沉稳的贺家掌权人在自己的小儿子面前碰着了铁钉子，脸色十分难看："我不和你说这些歪理，你母亲替你约了云天董事长的女儿吃饭，明天下午下班后你就去。"

"我为什么要去？"贺钦从椅子上站起来。

"是你的相亲宴！"

"是母亲约的。"贺钦的冷静和贺父的愤怒形成了鲜明的对比，但藏在贺钦冷静表皮下的，是贺三少深深的不耐烦：周一的工作很忙，贺钦也就中午吃饭的时候，才终于抽出空给薛恨打了个电话，结果这个没良心的小土匪根本不接。

之后荣钦又遇到了监管部门临时调查，贺钦忙得不可开交。好不容易松了口气，贺钦还没来得及给没电的手机充电，就又被贺父派来公司的司机接回了家里——说是有急事要商量。

到家后贺钦才发觉，贺父嘴里的急事，就是催婚。

贺三少隐忍了一整天的烦闷终于在贺父的施压下变成了近乎冷漠的敷衍，他整理了一下衣袖袖口："我还有事，先回去了，下次再来

/126

看您。"

说完贺钦就转身朝老宅门口走去,身后传来贺父的怒喊:"贺老三!"

贺钦充耳不闻,只是加快了离开家门的脚步。

贺父气得脸都绿了,他扬手推翻了手边的茶壶:"行啊,小兔崽子,翅膀硬了!"

一边的管家赶紧走上来给贺父宽心:"老爷,消消气,三少还年轻,您和夫人别太着急了。"

老管家在贺家待了三十多年了,贺钦是他看着长大的,这个三少爷作为贺家的老幺,不仅没像圈里其他子弟那样堕落任性,反而比谁都早慧,心里也比谁都有主意。

而且,贺钦还是长得最俊的,老管家对待贺钦总是要亲近一些。

"我像他这么大的时候,老大都会在地上爬了!"贺父沉着脸骂,老管家只好继续宽慰着气恼的贺父,中间还不忘明里暗里地夸夸贺钦。

贺钦不知道老宅里发生的事,他走出老宅后去了车库,正准备随便挑辆车开去找薛恨的,还没开车门,身后就响起了他二哥贺定的声音:"老三,来了怎么不多坐会儿?"

贺钦回头看向即将迎来新婚大喜的二哥:"还有事。"

"啧——你这小子,怎么一年到头都这么忙?"贺定走上前来,取出一支烟来递给贺钦。贺钦本来想接过来的,刚伸出手,脑子里却突然想起上次抽完烟被薛恨嫌弃的情景,于是又把手缩了回来:"不抽了。"

"哟——戒了啊?"贺定脸上闪过几分好奇,"我听说你最近老往郊区跑,去干吗呢?"

贺钦看向贺定的眼神瞬间变得锐利起来:"二哥。"

贺定被贺钦的眼神看得浑身都打了个激灵,他举起手做出了一个投降的手势:"我也就是听他们提了一嘴,有点儿好奇。"

贺钦没有问贺定是听谁说的。他们三兄弟本来就不是一个肚子里出来的,虽然表面上比较和平,但生在贺家,每个人心里藏着什么心思,私底下有多少暗流涌动,那都是再正常不过的事。

贺钦现在不打算和他们斗：贺父正值壮年，贺家还轮不到贺钦的两个兄长说了算，贺钦懂得爱惜自己的羽毛。更何况，他自己创办出来的荣钦势头正好，这是贺钦的筹码，也是贺钦的退路。

但井水不犯河水的前提是，贺钦的两个兄长管好自己。

"二哥最好不要好奇。"贺钦一边打开车门一边回，"对二哥没好处。"

贺钦坐进了车里，系上了安全带，留下一句："祝二哥新婚快乐。"就发动车子扬长而去。

贺定眯着眼看着贺钦的车消失在视线里，垂在两侧的手紧紧握成了拳头。

等贺钦开车赶到青骏源公寓小区时，已经接近晚上十一点了。小土匪有个早睡早起的好习惯，而今晚似乎也不例外，贺钦停好车出来后抬头看，属于薛恨家里的窗户一片黑暗。贺钦上楼后掏出在车上充满电的手机，一条未接来电或短信都没有。

他按了按门铃，内心怅然。

门铃响了很久，贺钦都没有等来薛恨开门。贺钦在心里骂了一句"没良心的猪"，最终又试探着拨通了薛恨的电话，心想：如果小土匪今晚把他关在外面的话，明天在荣钦见了面，他一定把人抓到办公室里好好揍一顿。

薛恨没让贺钦的办公室计划落实——他居然接通了电话："唔？"声音迷迷糊糊的，像是还没从梦里醒来。

贺钦把手机捏紧了一些，开口时嗓音发哑："开门。"

在沙发里睡过去的薛恨几乎是立刻就清醒了。他睁开眼将手机凑到眼前，黑漆漆的客厅衬得薛恨的手机更刺眼了点儿，他眯着眼睛压下这份不适，之后果然看见了"小气鬼贺老三"这个备注。

薛恨从沙发里爬起来，沙发太软了，导致薛恨睡醒之后觉得腰背都在酸痛，他"哒"了一声，迈向门边的步子却很大。

贺钦看到前来开门的薛恨，问他："没睡觉？"

薛恨"哼"了一声："还不是为了等某个混蛋！"

贺三少莫名其妙地挨了骂，却又从薛恨的语气里听出了点儿委屈

的意思。贺钦心里一软,生出了些许温暖的感觉

第二天就是万寻和荣钦的合作正式签字确认的日子。此刻薛恨和郭寻并肩坐在荣钦的会客室里,对面坐着的贺钦西装革履、脸色沉静。

上班的时候,贺钦又恢复了他浑然天成的那副爱装的范儿,跟郭寻商讨后续合作细节的时候逻辑缜密、语速适中。薛恨认真地听着贺钦说,脑子跟着贺钦的话飞快转动,生怕自己错过哪个不得了的细节。

薛恨听着听着,放在桌子下的小腿突然被什么东西碰了碰。这种似曾相识的场景让薛恨瞳孔微缩,他盯着面不改色的贺钦看,这人似乎在认真听着郭寻的反馈,桌子下的皮鞋却不安分。

薛恨心想这个家伙是真的欠揍,于是薛恨毫不留情地一脚踹了过去。

"……"被踹的贺钦立刻沉下了脸色。

正在总结自己想法的郭寻顿了顿:"贺总,有什么问题吗?"

"没问题。"贺钦绷着张臭脸说。

"……哦,那贺总觉得我提的方案怎么样?"

贺钦有模有样地沉思了几秒才开口:"郭老板考虑周全,我没有异议。"之后贺钦微妙地顿了顿,"只是贺某有个不情之请。"

"贺总你说。"

"这个项目工作量大,需要我们双方深度接洽,所以我希望,在这个合作进行期间,郭老板这边的负责人能来荣钦驻点工作。"

"……"郭寻的眼皮子跳了跳,贺钦这话说得滴水不漏,可翻译过来不就是"你得让薛恨以后跟着我干"吗?虽然只是一个项目,但这科技园才刚刚起步,未来起码两三年内都是重点关注对象。

这跟抢人有什么区别?郭寻的眉头微微皱起:"贺总,这不合适吧?"

"哦?有什么不妥?"贺钦平静地和郭寻对视,明明语气也没什么变化,但来参与这次洽谈的其他人都能感觉到贺钦周身多出来的冷意,压迫感也增强了不少。

郭寻压下心里的不痛快,尽量保持着冷静理智:"我们的负责人作为万寻的高层,贸然来荣钦驻点,不太方便。"

"没什么不方便的。"贺钦修长的食指轻轻敲了敲桌子,"我会专门为小薛总安排一个独立办公室,不会让他被其他事情打扰。"

郭寻的脸色变得有些难看,他依然不肯松口:"贺总,小恨是万寻的中流砥柱,你这么做,是不是太不厚道了?"

贺钦眯了眯眼,他没回答郭寻的话,只是视线转向薛恨:"小薛总怎么看?"郭寻也在贺钦说完后扭头看向薛恨。

"……"会客室的气氛变得剑拔弩张,薛恨看看贺钦,又看看眼神复杂的郭寻,一时间竟做不出决断来,他之前为了贺钦嘴里的高收益和赌约,毫不犹豫地答应了贺钦的要求。

可在他亲眼看着这两人争执不下时,薛恨才后知后觉地意识到,他的选择,或许真的能改变很多东西。

他张了张嘴,不知道该说什么:"我……"

贺钦被薛恨的反应气得不轻,这个家伙,明明一早就答应了自己的,现在却临阵动摇,他甚至怀疑,只要郭寻再卖卖惨或者打打感情牌,薛恨就会毫不犹豫地抛下和自己的约定。

贺钦无法忍受这样的事情发生,从选择万寻到今天坐在这里,贺钦做的所有准备都只有一个目的:那就是让薛恨每天待在自己的眼皮子底下,也让薛恨离这个搞道德绑架的学长远点儿。

于是在郭寻准备再和薛恨说点儿什么的时候,贺钦率先从椅子上站了起来:"贺某从不强人所难,既然这个合作让郭老板和小薛总这么纠结,我想我们也没有继续沟通下去的必要。"

郭寻气得想打贺钦,薛恨则更想——这个混蛋!说得再冠冕堂皇再滴水不漏,也无非是在逼自己做出他满意的反应罢了。

被贺钦当作谈判的筹码来利用这件事,让薛恨很不开心。但他知道郭寻为这个项目做了多少付出和努力,也真的很希望能好好地把这个合作做好,给自己和郭寻的付出一个交代。

于是薛恨忍住心里的气闷,对着贺钦开口:"我同意贺总的建议。"

郭寻不可置信地瞪大了眼:"小恨……"

薛恨没有看郭寻,只是不卑不亢地盯着贺钦看:"虽然现在是信息时代,但很多合作细节确实需要双方面对面沟通才能使效率最高,

所以，我赞成贺总的提议，也希望贺总，再好好考虑一下万寻。"

话说到这个份儿上，郭寻已经没了再说"不"的余地。原本站起来的贺钦和薛恨对视了很久，最终再次坐回了座椅上："还是小薛总识大体。"

在双方都签字盖章后，这次合作正式启动生效了。

只是一直盼着这一天的郭寻和薛恨似乎都没那么开心，和贺钦握手的时候脸上的表情也并没有管理得很好。贺钦面无表情地目送他们两人离开会客室，眼神犹如深邃汪洋，复杂汹涌。

出了荣钦大楼，郭寻直接拿出一支烟来点燃："小恨，你……"

薛恨的情绪也很低迷，他回头看向这栋高楼，眼神茫然极了。

可就在刚才，贺钦用自己的言行给了薛恨当头一棒：他贺三少众星拱月，天之骄子，决定一个人甚至小企业的生死也不过就是几句话的事。而他薛恨呢？他什么都不是，为了赚钱必须放低姿态。

潜藏在薛恨内心深处的自卑感再次充斥了他的大脑。这种感觉在和贺钦做死对头的时候还能被薛恨选择性忽略，可现在不同，他自诩现在和贺钦算得上朋友。薛恨突然觉得讽刺又可笑，也许正如贺钦那天晚上说的一样，他薛恨就是低贱，就是会为了点儿微不足道的温暖眼巴巴地奉上自己的感恩。

所以就算薛恨之前对贺钦没有承诺，他今天也一定会答应贺钦的要求。他不能辜负郭寻的期待，更不能真的把自己的尊严放在眼里。

薛恨鼻尖发酸。他深深吸了口气才回过头来："学长，我会处理好这个项目的，你放心吧。"

郭寻却将双手放在了薛恨的手臂之上："为什么要这么勉强自己？"

薛恨的脸上出现了些许不解："什么？"

郭寻看着薛恨微红的眼眶，心里仿佛被砸了一记重拳："我说，你既然不想来这边驻点，刚才为什么要答应？不过是个合作而已，整个燕市好项目多的是，你为什么要松口呢？"

"因为我不想学长失望。"薛恨垂下头，不想对上郭寻有些怜惜的眼神。

"……"郭寻有好多话想对薛恨说,可真正说出口来,却只剩下一句,"傻。"

薛恨将郭寻的手从自己肩上拉下来:"咱们回去吧。"

之后的一整个白天,薛恨的状态都很不好。郭寻将这个状态理解成了薛恨对自己原本工作地方的不舍,他在离下班半小时的时候来找薛恨,想约薛恨去吃晚餐,薛恨却再一次拒绝了:"我没什么胃口,先回家了。"

郭寻忍不住拉住了薛恨的手腕:"小恨,对不起。"

薛恨挣开郭寻的手,回头露出了一个笑容:"对不起什么,是学长说要带着我挣大钱的,我还等着这项目做完,把房子买在市中心呢!"

说完他抬手背对着郭寻故作潇洒地挥了挥,头也不回地离开了他跟郭寻一起打拼出来的工作室。

回到自己的家后,薛恨的肩膀却垮了下去。玄关处放着两双长度有细微差别的拖鞋,一双是薛恨的,一双是贺钦的。贺钦那双是他自己带来的,也不知道这位少爷是上哪儿找来的薛恨同款,因为薛恨自己都不记得他是在哪个超市特价的时候买的了。

薛恨将贺钦的拖鞋扔进了鞋柜——眼不见心不烦。之后他自己去浴室里洗了个澡,却发现家里到处都布满了贺钦的痕迹:洗漱台上的两把牙刷,挂在镜子上的一黑一白两张毛巾,再到晾衣架上的名贵衬衫,甚至是脏衣篓里杂乱的衣服。

每一样都足够薛恨心烦,但他现在不想收拾这些,或许是懒,也或许只是烦。总之就是,薛恨最后也没把贺钦的东西理出来,只是胡乱擦了擦头发后倒在了自己的大床上。

贺钦昨晚没有过来。薛恨睁眼的第一件事就是拿过床头柜上的手机打开,上面没有一条关于贺钦的通话记录,从昨天到现在。

薛恨觉得有一块石头压在他的心里,让他有些喘不上气来。但同时他又无比庆幸,庆幸贺钦做出这种决定,让他们之间还给彼此留一些颜面。

薛恨揉了把脸,整理了一下自己的心情后起床洗澡,出门上班——今天下班之后再把贺钦的东西扔出去,薛恨临出门的时候想。

开车的时候,薛恨却又觉得扔了不划算,不如挂在二手网站上卖了,说不定还能卖个好价钱。惜财的小薛总做出这个决定后,觉得心情都好了不少。在荣钦那边没有正式下达通知之前,薛恨会在万寻先待一段时间。到了办公室门口,薛恨就碰到了准备敲门的郭寻:"学长?"

郭寻回过头来,仔细观察了一下薛恨的状态后,轻轻松了口气,他拎起手里的早餐对薛恨说:"买了早餐,一起吃点儿?"

薛恨也没有拒绝郭寻的好意,两人进了薛恨的办公室,面对面坐着吃起了郭寻买来的粥和小笼包。昨晚本来就没吃晚饭,现在有了早餐,薛恨觉得心情又好了几个度。

郭寻看着认真吃饭的薛恨,心里也终于舒了口气:"看见你开心,学长也开心。"

"啊?"薛恨从小笼包里抬头,"什么?"

"没什么。"郭寻伸手想拍拍薛恨的肩,薛恨却下意识向后退避开来。看着郭寻落空了的手,薛恨也意识到了自己带来的尴尬,他抿了抿唇:"抱歉学长……"

郭寻倒是自然而然地收回手:"是学长的问题。"他说完站起来,说了一句,"好好上班。"就离开了薛恨工作的地方。

薛恨看着被郭寻关闭的房门,很久之后才对着空气自嘲一笑:薛恨啊薛恨,你这是什么人生。

跟平常一样下班后,薛恨真的如他所说,回家就把所有关于贺钦的东西都收了起来,包括但不限于贺三少的衣服皮鞋。为了能卖个好价钱,薛恨还专门拍照去互联网上找论坛问价,不问不知道,一问才发现贺钦最便宜的皮鞋都能抵他两个月的工资。

就算他折价挂在二手平台上,也能卖出不错的价格,来问价的人还挺多。

另一边的贺钦并不知道自己的东西已经被小土匪收拾着倒卖了。昨天签下那个合同后,贺钦猜想薛恨大概是生气了,虽然不知道小土匪在气什么。

于是他找人订了餐厅,打算下班后叫上薛恨赔礼道歉。结果贺钦还没有付诸行动,贺家那边就打来电话,说他的爷爷从海市过来了,老爷子想见见贺钦这个宝贝老幺,让他下班后尽快回去。

贺老爷子的思想守旧得很,明明是在燕市发家的,人到老年反而想回祖籍海市养老了,老人家来来去去折腾得很,一年也见不着孙子几次。而老爷子在贺家的众多小辈中,最器重的就是贺钦。没办法,这个老幺心气高、野心大,还有一个好脑子,用老爷子的话来说:"我这些孙子外孙中,就老幺最像我!"

吃饭的计划暂时搁浅了,贺钦下班后只能先折腾着回家去。结果回家才知道,这尊大神是贺父亲自请来的。老宅的车库里停满了车,贺钦把车停好后皱了皱眉,有些车牌不像是他们家的。他不疑有他地进了家门,刚刚走到客厅门口就听见他爷爷爽朗的笑声:"说得对!先成家再立业!"

贺钦转身就想离开,客厅里的贺父眼尖地看见了贺钦:"贺老三!不来跟你爷爷打个招呼?"

"……"贺钦拉着脸走进客厅,这才发现家里真的多了好些客人,而坐在贺老爷子对面的,正是云天地产的董事长,以及董事长的千金。

贺钦的视线没在他们那里驻留多久,而是看着贺老爷子颔首:"爷爷。"

贺老爷子站起来,拄着拐杖走到贺钦身边,苍老有劲的手拍打在贺钦肩膀上:"嗯,小伙子,越长越俊了!"

然后就是贺钦预想中的一番介绍和互吹,吃饭的时候贺父还试图撺掇贺钦坐到云小姐的身边。贺钦假装听不懂他爹的暗示,只是挨着贺老爷子坐了下来:"奔波这么久,爷爷多吃点儿。"

贺老爷子朝自己的儿子使眼色,别再给贺钦压力。贺父只能住嘴,反正老爷子请来了,贺钦总要想办法给老爷子一个交代的。

跟云家的人吃了晚餐,贺父安排了司机亲自送云家的人回了家,而贺老爷子则是把贺钦叫去了书房里。

爷孙俩面对面坐着,面前摆着一盘围棋。贺钦拿着白棋,让了老爷子好几步。下到一半,老爷子端过茶喝了一口:"快二十六了吧?"

贺钦眼神专注地盯着棋盘:"嗯。"

"这么多年,就没碰着个合适的?"老爷子说话也不绕弯,他跟贺钦爷孙俩之间有种难言的默契,他也知道贺钦不喜欢贺父那种旁敲侧击和拐弯抹角。

贺钦捏着白棋的手顿了顿:"依您看,什么才叫合适的?"

"嘿——"老爷子察觉到了贺钦话里的不对劲儿,"这么说来,你已经有想法了?"

贺钦却冲着老头儿扬了扬下巴:"轮到您了。"

老爷子将黑子随便下到一个位置,也不管那个地方下下去是不是死路:"对方多大年纪了,做什么的?"

贺钦深深看了老爷子一眼:"我就是随便一说。"

老爷子差点儿被喝进嘴里的茶呛到:"你说什么?"

贺钦垂下眼,用白棋堵死了老爷子的退路:"我说,我就是随便说说。"

老爷子狐疑地打量了贺钦好几眼,见贺钦半点儿不肯透露风声也不再勉强:"你心里既然打好了主意,我也不劝你什么了。只是劲峰好歹是你老子,你跟他亲一点儿不吃亏。"

贺钦的脸色沉静下来:"我没有不亲近他。"

"哼!真当你爷爷我不知道?自从你自己折腾公司之后,你一年回家几次,你自己数过没有?"

"我每个月都会回来一趟。"贺钦不赞成老爷子的指控,"但他和母亲一直逼我相亲,我很困扰。"

老爷子对着棋局摇了摇头:"这个我会跟他说,你自己以后也注意一点儿。"

"我知道了。"贺钦将黑白棋分类收了起来,老爷子知道贺钦把话听进去了,也不再多说什么,只是又下了个软命令:"今晚就留在这里睡吧。"

贺钦张了张嘴,还是把拒绝的话咽了回去,扶着老爷子回了房间。临别时老爷子又对贺钦说:"等遇到喜欢的姑娘了,带来找我,让爷爷我看看。"

"……再说吧。"贺钦给了个模棱两可的答案。

应付完贺老爷子,贺父又把贺钦叫去聊了会儿天,贺钦对待自己的老爹依然是那副不冷不热的态度。在贺父问他对云小姐的看法时,贺钦也没打算说点儿什么场面话:"我昨天已经把话说得很明白了。"

"你就算不顾我们的意愿,你也应该考虑考虑你爷爷吧!他老人家这么疼你,你就不能让他安心点儿?"

贺钦无法理解自己结不结婚和他们到底有什么关系,更何况贺老爷子都表了态,他微微蹙眉:"我现在也没有让你们操心。"

"你一定要这么冥顽不灵?"

贺钦疲惫地按了按眉心:"您非要这么想,我也没办法。"说完他转头看向一边的管家,"劳烦您帮我收拾一下房间吧,我明天还要上班。"

贺父怒极拍桌:"这就是你对待父亲该有的态度吗?你到底有什么好神气的,啊?没有老子你什么都不是!"

贺钦还没来得及说什么,老爷子房间的门就被打开了,老头儿脸

色凝重地看着争执的父子俩:"吵什么呢?"

贺钦站起来:"不是睡了吗?"老爷子冲着贺钦摆了摆手,扭头却看向贺父:"劲峰,儿孙自有儿孙福,这道理还用你老子我教你?"

"可他都二十六岁了,爸,您疼孙子也不是这么个疼法啊!"

"二十六岁怎么了?"老爷子绷起脸来时,比贺父更威严,"我们家老幺长这么帅,还怕以后找不到对象是怎么着?"

贺父不可置信地瞪着前后态度成两个极端的亲爹:"您刚才还说男人应该先成家后立业!"

贺老爷子心虚地扭头看贺钦,见这孙子还是一脸的平静,干脆清了清嗓子:"那是别人家的男人,我们家老幺这么优质,与众不同点儿怎么了?"

"可是——"

老爷子直接打断了贺父的话:"别可是了!老幺难得在家里留宿,你就不能让他轻松点吗?"

贺父脸都气成了猪肝色,这爷孙俩,一早就商量好了来气自己的吧?折腾来折腾去,等到贺钦真的睡在自己的房间里时,已经接近十二点了。

他本来想着给薛恨发个信息的,但想着薛恨的作息时间,薛恨现在应该已经睡熟了。对着薛恨的聊天窗口,贺钦最终也没发出消息,只是在入睡之前想:明天见到薛恨他能别那么生气——虽然他仍然不知道薛恨在气什么。

贺钦发现自己被薛恨拉黑了,这一发现着实把贺三少气得不轻——发脾气就发脾气,怎么还拉黑人呢?于是他推掉了下午贺老爷子让他回家吃饭的提议,提前二十分钟下班就开车去了薛恨家里。

彼时薛恨正在和买家沟通——他刚刚把东西挂在二手网站上,没多久就来了一个购买意向很高的买家,出价特别大方,并表示今天就想拿到东西,愿意自己上门来拿。

薛恨爽快地给了买家自己的地址,并表示得等他下班。买方那边说自己没问题,还说自己会在薛恨的公寓楼下等着。薛恨也不好意思让人家等很久，踩着下班时间点离开了工作室。

五六点钟的车流确实堵得有些过分。薛恨紧赶慢赶，到家的时候天还是黑了。他才将车停好下车，不远处就有一个青年朝自己招手："薛先生！"

薛恨快步走过去："不好意思，路上车多，久等了。"

青年嘴角向上扬起一个灿烂的弧度："没关系！"

薛恨忍不住多看了青年一眼：五官清秀，穿着也讲究，但不像是会喜欢贺钦那些东西的人。不过人家肯出钱买，薛恨也没有八卦好奇的必要。他对着青年做了个"请"的手势："上楼吧，我把东西给你。"

"好！谢谢薛先生！"

两人一前一后地坐电梯上了楼，在电梯门开之后，薛恨就撞进了贺钦幽深的眼神里。

"……"四目相对的瞬间，气氛突然有些微妙。

就在贺钦准备伸手牵薛恨的时候，跟着薛恨上来的另一个人惊喜地开口："贺三哥？"

薛恨猛地回头看青年，眼神惊讶。而贺钦则是轻飘飘地扫了青年一眼，心里对他多少有点儿印象，不过这显然没有薛恨重要，于是他微微颔首："你好。"

然后就把薛恨从电梯里拽了出来："慢走。"说完还好心为青年按上了电梯门——贺钦以为这人只是碰巧路过，要去其他楼层而已。

薛恨从惊疑里回过神来，他拍了贺钦的手臂一巴掌，转头再次按开了电梯："抱歉抱歉，他脑子有问题，你先出来。"

脑子有问题的贺钦再次将眼神放在了电梯里的青年身上：眉清目秀，眼神带光，一看就不是什么好东西！一种让他怒火中烧的猜想在贺钦心里升腾，他扭头瞪着薛恨，眼神仿佛要把薛恨吃了。

这一副表情是怎么回事？薛恨对着贺钦翻了个白眼，他推开贺钦，转头看向青年，却发现青年目不转睛地盯着贺钦看。

"……"薛恨强压下心里那份不快，"你跟我来。"

"薛恨！"被无视得彻底的贺钦语气更冷了点儿："我还没死呢！"

"啧——"薛恨只能面向贺钦，"说什么话呢？给我滚，别耽误

我做生意。"

"做什么生意？"贺钦狐疑地在薛恨和青年身上来回打量，他跟在薛恨身边去开了门，一边等待一边问。

这一问差点儿把薛恨手里的钥匙给吓掉了。他压下心虚清清嗓子："卖点儿闲置物品……"顿了顿，薛恨也不开门了，"哎，我说，你来我这儿干吗？"

"我不能来？"贺钦夺过薛恨手里的钥匙，自顾开了薛恨家的门。然后正准备问薛恨卖什么闲置物品的贺三少就看见了薛恨放在玄关处的收纳箱，敞开的箱子里放着不少贺钦眼熟的衣服。

"这是什么意思？"贺钦侧头和薛恨对视，眼神里满是困惑，像是在问这是在干什么。

薛恨心虚地避开视线："那什么，家里太挤了，卖点儿，腾腾空间。"

贺钦沉着脸去翻了翻箱子，发现箱子里全是自己的东西，衣服鞋子还都专门套了防尘袋隔好："薛——恨——"

薛恨伸手揉了把耳朵，正准备说点儿什么，身后却传来了青年弱弱的声音："那个……这东西还卖吗？"

"卖啊——"

"不卖。"

贺钦和薛恨同时出声，给出的却是截然相反的答案。

薛恨正准备和贺钦理论，贺钦却已经走到青年面前："我记得你是许叔叔的儿子。"

青年圆圆的杏眼因为贺钦的话而又增添了点儿光亮："贺三哥还记得我！"

"嗯，这些东西是我的。"

青年瞬间就又苦了脸："对不起三哥，我不知道……"

"没关系，回去路上小心。"贺钦说完就以主人的姿态关上了门。

薛恨骂道："你发什么疯呢？"

"你凭什么卖我的东西？"贺钦的脸阴沉沉的，在撞见这一幕之前，他还在脑子里计划着抽空带薛恨出去吃个饭赔礼道歉什么的，结果现在才发现薛恨不仅把自己的联络方式拉黑了,还打算把自己赶出家门。

薛恨:"什么你的东西,搁我家里就是我的。"

"你到底在跟我闹什么脾气?"贺钦皱紧了眉头,"当初明明是你亲口答应会来荣钦的,你闹什么?"

薛恨愣住了,他觉得贺钦说得不对,他不是在闹脾气,只是想和贺钦保持距离,可这话光是徘徊在喉咙里,薛恨都觉得连自己都说服不了。

他像是失去了和贺钦吵架争辩的力气,所幸贺钦的东西还好端端地放在家里。薛恨肩膀垮了些:"行,不卖了,你自己拿走。"

没料到薛恨会是这样的回应,贺钦却主动放柔了语气:"别闹了,一起吃个饭。"

薛恨却避开了和贺钦的目光,垂下眼眸:"我没闹,你收拾收拾走吧,咱俩别来往了。"

薛恨总是有能让贺钦情绪大起大伏的本事:"你什么意思?"

"我说,我不想跟你有什么关系了,你回去。"

贺钦的瞳孔微微缩了缩:"就为了那个姓郭的,你这么对我?他给了你多少好处?比方越澜给的还要多吗?"

薛恨不知道贺钦是怎么把这件事扯到无关的郭寻身上的,甚至还加了个方越澜进来:"跟他们有什么关系?"

"跟他们无关?要不是那个郭寻,你那天怎么会临阵倒戈?"

"倒什么,我后来不是同意了吗?!"

"那你现在到底在闹什么!"两人的沟通像是陷入了一个死局,聊不下去,说不顺畅。

薛恨烦躁至极地揉了把脸:"我闹什么了?啊?我说得还不够清楚吗?我不想跟你有来往,不想你住我家。"

贺钦的语气缓和下来:"虽然我还是不知道你在气什么,但我给你道歉,行不行?"

"……"薛恨冲贺钦翻了个白眼,转身背对着贺钦。

贺钦的声音从后面响起来:"小土匪,跟我说话。"

薛恨扭头看贺钦："你去给我做饭。"

"什么？"贺钦觉得薛恨现在像一只猫，而这种高傲并不为贺钦所讨厌，但贺钦讨厌下厨。于是他试图让薛恨改口，"你说我做菜很难吃。"

"嗯哼——"薛恨不置可否，"但我就想让你去做。"

"我做菜很慢，要等很久。"

"没事，我等。"

"……"看薛恨态度这么坚决，贺钦只能讨价还价，"那你来教我做。"

薛恨转回头去："自己查菜谱。"

贺三少最后一点不情愿都烟消云散："好，我这就去做饭。"

薛恨的回应是一脚踢在贺钦的大腿上，脚上力道很足。

贺钦最终心甘情愿地去了薛恨家的厨房。

薛恨在贺钦离开后闭上了眼睛，卧室的门没有关上，他能听到厨房里时不时传来的乒乓响声，不用脑子想，薛恨都知道贺钦这是又陷入了和厨房各种器材的斗争中。

"二傻子。"薛恨对着空气呢喃，不知道是在说贺钦还是在说自己。

于是这次莫名其妙的矛盾，就这么被两个连话都说不开的傻瓜以莫名其妙的方式结束了。

而结束之后，薛恨还吃到了贺三少精心制作的晚饭——是一份除了难看难吃之外挑不出什么错处的食物。

贺三少最后还是准备了一份大礼作为他惹薛恨生气的补偿。接到派送小哥的电话时，薛恨刚刚给郭寻汇报完工作："你好？"

派送小哥在电话那边中气十足："你好薛先生！你定制的浴缸已经做好了，你现在方便拿吗？"

"什么？"薛恨狐疑地皱眉，"浴缸？"

"对啊，浴缸。"派送小哥语气带了点儿调侃意味，"可大了！"

"……"薛恨用脚趾想想都知道是谁的主意。他皮笑肉不笑地扯了扯嘴角："我下午六点半左右回去，麻烦你那时候再给我送过来吧。"

"好！"小哥答应得爽快。

挂断电话后，薛恨转头给贺钦发了条信息：贺老三，你脑子被驴踢了吧？

贺钦直接回了个电话："礼物收到了？"

"礼物？"薛恨快被贺钦的话气笑了，"老子就没见过谁把浴缸当礼物送的，你是不是傻啊？"

"那是我找人定制的。"贺钦无视薛恨骂自己的话，"大小刚好，你的浴室也摆得下，不满意？"

"……"薛恨的回应是直接挂断了电话，并再次把贺三少好不容易才从黑名单里拽出来的电话号码重新拉黑。

贺钦对着被挂断的电话轻轻扬了扬唇角，他伸手扯了扯领带，最后把自己的助理叫了进来："明天之前给万寻发消息，让他们的负责人下周一就过来。"

"好的贺总。"助理答应后就准备离开，临行时却又被贺钦叫住了："等等。"

助理顿住脚步，等待着贺钦继续命令。

贺钦伸手敲了敲实木办公桌："给他们的负责人安排一个独立的办公室，离我这里近的。"

助理愣了愣，再次点头应好。

"再另外给他准备一套茶水设备，并且保证他的办公室里每天都有牛奶。"

"……"助理忍不住抬眼看贺钦，这个素来手腕强势、波澜不惊的上司脸上，居然出现了类似期待和兴奋的神情。专业素养让她迅速整理好自己的思绪："好的贺总，我这就去安排。"

想了想，她又忍不住试探着问："需要安排个大一点儿的办公室吗？可以做出一个休息室隔间来。"

贺钦却并没有采纳助理的提议："不用准备休息室，你按我说的办好就行。"

"好。"助理答应完迅速走了出去，脚步倒是十分稳当。

于是这天薛恨下班回家时，就喜提了一个巨大的浴缸。派送小哥

/142

是个实诚人，没为难薛恨，而是找了个同行哥们儿来帮着，一起把浴缸搬到了楼上，还亲自给薛恨安装好，服务十分体贴。

薛恨扯着笑送走了两位小哥，关上门后对着门板骂了句："无耻。"是骂贺钦的。之后就头也不回地进了浴室冲澡——洗澡，做饭，准备揍贺钦。

远处开着车往薛恨家里赶的贺钦突然觉得鼻子发痒。于是贺三少面无表情地提升了车速，终于赶在天黑之前到了青骏源公寓。

物业处的保安都眼熟贺钦了，放行的时候还和贺钦打招呼："下班了？"

贺钦点头："您辛苦。"说完就把车开到停车场停好，迈着大步进了电梯，到了薛恨家所在的楼层更是直接从衣服包里拿出一把钥匙自顾开了门——

这是他昨天伸手朝薛恨要的："我交了房租，你应该给我钥匙。"

薛恨磨不过贺钦，最终还是将备用钥匙扔给了贺钦："保管好啊，要是哪天我家里遭贼了，看我揍不死你！"

现在贺钦站在玄关处换鞋，公寓的厨房里传来锅勺相撞的声音——是薛恨在做菜。

这一刻，贺钦无比清晰地认识到，比起在贺家和两个兄长以及其他叔伯长辈明争暗斗，贺钦更渴望更向往现在这种简单的生活。

他快速换好拖鞋就去了厨房里。

薛恨被突然出现的贺钦吓了一跳，他回过头来瞪一眼："出去出去，没看见我在炒菜吗？"

贺钦忍不住笑："看见了，需要帮忙吗？"

"帮倒忙，你只会添乱，快出去！"薛恨毫不客气地赶人。

贺钦："好的。"说完就转身离开了厨房，去客厅里脱下了自己的外套。

薛恨在厨房里骂贺钦有毛病。

薛恨简单地做了两菜一汤，做好后他冲着外面喊："吃饭了，贺老三。"

贺钦主动来厨房洗手端菜，薛恨这才发现他身上还穿着衬衫西裤：

"没洗澡啊？"

贺三少亲手为薛恨盛了碗饭："你没试试我给你的礼物吗？"

"……"薛恨从桌子底下给了贺钦一脚，"你脑子里还有没有点儿正经事，啊？"

"食不言。"贺钦道貌岸然地说。

薛恨瞪了贺钦一眼，夹了一块肉吃进了嘴里："你不装会死是不是？"

贺钦一脸高深莫测，眼里却染上了笑意："我没装，酷是天生的。"

"有毛病。"薛恨笑着骂。

这天晚上吃完饭，薛恨支使贺钦去刷碗，贺钦点头答应，心里盘算着明天再叫人送个洗碗机来。薛恨却像是猜到了贺钦的心声似的："我好吃好喝供着你，你刷个碗怎么了？"

贺三少立即挺直腰背，十分赞许地点头："你说得对，我应得的。"

薛恨这才满意："乖乖刷碗吧。"说完潇洒地离开了厨房，去客厅沙发里玩手机，结果小游戏第三关还没过，贺钦就已经从厨房里走了出来。

薛恨专注地对付着手机里的小怪兽，正准备捡个道具把这个怪兽炸掉，手机就被贺钦抢走了。

"你干吗？手机给我，我游戏还没通关。"薛恨语气凶蛮地说。

贺三少轻哼一声："什么破游戏，晚点儿我帮你打。"

转眼就到了方越澜婚礼的前一天。方越澜在这天中午就给薛恨打电话："小恨小恨，我给你订好酒店了，你下班后就过来可以吗？"

薛恨揉了揉因为长时间低头而有些发酸的颈子："怎么还给我订了酒店？"

"为了你明天来帮忙的时候方便呀！我和枝枝邀请了很多客人，你明天可得在场欢迎！"方越澜解释说，"本来想让你直接住我家的，但是枝枝说怕你不习惯，不如直接给你订在天海那里。"

"这样啊，有心了，我下了班就过去。"薛恨说完又补了句，"新婚快乐，阿澜。"

"谢谢！晚上见！"

挂断电话后，薛恨去找郭寻打了声招呼，打算提前一个小时下班。在他说完转身准备离开时，郭寻在身后叫住了他："小恨。"

薛恨停下脚步，回头看郭寻："怎么了？"

"我这边接到荣钦发来的通知了。"郭寻表情凝重地从座位上起身，走到薛恨身边，"他们让你周一就过去。"

薛恨顿了顿，没什么波澜地点了点头："我知道了，学长。"

郭寻看着薛恨，最终只是伸手拍了拍薛恨的肩膀："有多久没有陪学长吃饭了？"

"……"薛恨的眼里闪过一丝不自然，"最近家里有点忙。"

"忙着照顾你养的猫？"郭寻试探着问。

薛恨的眼角抽了抽，违心地点头："对，那猫难伺候。"

"什么时候带我去家里看看？我也想养猫。"

"……改天吧。"

郭寻深深叹了口气："小恨，我不会伤害你。"

薛恨一直保持着低头的姿势："对不起，学长。"

郭寻勉强将自己心里的难过压下去："去吧，替我给你的好朋友也说声新婚快乐。"

从郭寻的办公室出来，薛恨深深吸了一口气。

下午的工作变成了收拾整理自己的办公室。得益于平时跟郭寻的沟通及时又充满效率，薛恨在临走时倒是没了太多要交代的东西。方越澜的婚礼肯定是要一天忙到晚的，剩下一天周末，薛恨也只想好好休息。

于是他最后也没有提前下班，反而比平时晚了半个多小时。

把一切该收拾整理的都准备完，薛恨用档案袋装着些必要的文件离开了工作的地方。也许下一次再回来，他心里又是另一番感受了。

停车场外的天已经黑了，薛恨给方越澜打了个电话，说自己有事需要耽误一会儿，方越澜也表示理解："没关系！我让酒店这边给你准备晚餐！"

薛恨道了声谢，将车开回了自己家，到家才发现客厅的灯是开着的——贺钦居然过来了。

薛恨带着惊讶换了鞋,走到客厅却没看见贺钦的人影,反倒是厨房传来切东西的响声。薛恨走进去,发现贺钦系着围裙站在流理台旁边,手里拿着刀,面前的案板上是一堆形状不规则的水果。

"你干吗呢?"薛恨走到贺钦旁边问。

贺钦扭头说:"切水果。"

"我问你来我家干吗?"

贺钦莫名其妙地看了薛恨一眼。

薛恨:"明天阿澜办婚礼,他没给你打电话啊?"

贺钦点头:"打了。"他一边回答着问题一边切下一块蜜瓜递给薛恨。

薛恨接过吃下:"也是,他又不知道你住在这里。"

"什么意思?"

"唔——"薛恨将嘴里的水果咀嚼吞咽之后才说,"我家这边离他那里远,他让我今晚去住他订好的酒店,明天方便一点儿。"

贺钦:"好吃吗?"

"你有没有听我说话啊?"薛恨用穿着拖鞋的脚踢了踢贺钦的鞋尖。

"不去住酒店。"贺钦又将水果递给薛恨,"再吃点儿。"

"那住哪里?"薛恨眨眨眼。

"带你去我家,我家很大。"

薛恨答应了方越澜,不好放鸽子,于是他摇了摇头:"还是算了,我去阿澜那里,顺便看看有什么能帮上忙的。"

被拒绝的贺钦蹙了蹙眉:"他家亲戚很多,哪里轮得到你帮?"

薛恨发现贺三少的情商真的很低,如果以数轴来衡量情商度的话,贺钦的情商应该能低到负数去,所以这人到底是怎么把公司做大的?

薛恨想不通:"这你别管,总之就是我今晚不在家里,你也回你家去。"

贺钦:"不要,你跟我去。"

低情商的贺三少胡搅蛮缠,薛恨无奈:"我都答应人家了,他还让人给我准备了晚餐。"

"……"贺钦想说他也可以给薛恨准备晚餐,但他对自己做饭的水平实在太有自知之明,"我家里有阿姨,我可以让她给你做。"

"重点是我答应了他,不能爽约。"

贺钦只能咬牙,极其不情愿地说了声:"行。"

薛恨忍不住笑了笑,他拿水果刀叉起一块蜜瓜:"这蜜瓜真甜,谁买的?"

贺三少俊逸冷漠的脸上出现了几分不易察觉的得意和骄傲:"除了我,还有谁?"

"行行行,有眼光。我出门了。"

"我送你。"贺钦整理了一下厨房的残局,将蜜瓜放进冰箱里,顿了顿,他又拿出来,"冻两天还能吃吗?"

薛恨笑着摇头:"你要是没切,估计还能。"

贺钦的脸拉得老长:"我怎么知道你今天不在家。"

"行了。"薛恨伸手接过果盘,"我拿着在车上吃,行了吧?"

贺三少高傲地扬了扬下巴:"等我换衣服。"

两人出门的时候,薛恨又接到了方越澜的电话,倒不是打来催他的:"我听说高架桥那边出了连环追尾事故,小恨,你没事吧?"

刚刚坐到贺钦爱车的副驾驶座上的薛恨回答:"我才从家里出来,没事。"

"那就好,你绕个路慢慢来,开车慢点儿。"

挂断电话后,薛恨对贺钦说:"听见没,让你开慢点儿。"

贺钦应了一声,换条主干道往方越澜说的酒店开去。

到达酒店的时候已经九点半了,薛恨问贺钦要不要下车去打声招呼。贺钦皱眉摇头,他不太喜欢这种热闹的场合。

薛恨大概也懂贺钦的脾气,他将吃得只剩下三五块蜜瓜的果盘放在座椅中间的置物台上就准备下车。贺钦却说:"吃完。"

薛恨用看神经病的眼神看贺钦。贺钦不为所动,也不开车门。

"……难伺候。"薛恨吐槽了一句,几下将蜜瓜吃进嘴里,"喏——"

贺钦等着薛恨的身影彻底消失在视线里才掉转车头回了自己很久

没回的家。

市中心的房子离这个酒店不远,加上已经避开高峰期,贺钦没花多久就到了家。在薛恨那个不大不小的公寓里住了这么久,再回来时,贺钦突然觉得自己的房子真的又大又空,用薛恨的话来说就是很没有必要。

贺钦坐在沙发里打开电视,并将电视声音开得很大。即使这样,贺钦还是觉得家里太安静了。

许久之后,空荡荡的客厅里传来一声轻叹,随着这声轻叹落地,贺钦像是认命般地从沙发里站了起来,越想越不得劲儿。

远处的薛恨不知道贺钦居然还会跑回来找自己。

他被方越澜和赵枝玉迎接着进了酒店,方家大手笔,整个酒店大厅里四处挂着"方越澜先生与赵枝玉女士永结同心"之类的横幅,其他细节装饰也特别隆重。

方越澜这个新郎脸上全是喜气:"给你安排的房间就在六楼,我先送你过去,晚点儿让人给你把晚餐送进来,不对,不是晚餐,是夜宵!"

吃了几乎一整个蜜瓜的薛恨扯了扯嘴角:"我其实不是很饿……"

"饿的饿的!"方越澜挥挥手,"虽然我感觉你最近气色好了不少,也稍微圆了一点,但你还是偏瘦了,多吃点儿!"

"什么?"薛恨瞪大眼看向方越澜,"你说,我长圆了?"

方越澜无辜地眨了眨眼:"对,但感觉更帅了。"

"……"薛恨的心灵受到了重创,他可是立志要英俊到死的男人,怎么可以现在就开始横着长!

收到贺钦消息的时候,薛恨正坐在酒店房间的椅子里,跟面前桌上的精美夜宵大眼瞪小眼。

不得不说,方越澜应该是十分了解薛恨的饮食习惯的,让酒店为薛恨准备的食物都特别符合薛恨的口味。如果没有刚才和方越澜的那一场对话的话,薛恨应该已经在认真吃饭了。

一个连自己的身材都管理不好的男人算什么帅哥!薛恨忍不住掀开自己的衣摆低头看,肚子上本来就薄薄的腹肌现在已经有了"九九

归一"的趋势，这已经足以证明方越澜说话的真实性了。

就在薛恨惆怅地和馋虫做斗争时，桌上的手机显示收到了"小气鬼"发来的消息：下来。消息内容十分符合贺三少一贯的作风，简洁明了，十分装模作样。薛恨皱了皱眉，给贺钦回了一个问号。将车停好的贺钦以为薛恨这是不愿意的意思，于是他放出诱饵：下来，请你吃夜宵。

"……"薛恨快步走到窗前拉开窗帘往下看，他所在的楼层不高不低，是刚好可以看到楼下街边的高度，路边昏黄的路灯下，果然看见一辆眼熟的名贵的车——不正是刚才送他来的那一辆吗？

薛恨再次拿起手机，给出了十分理智且有素质的回答：你有毛病吧？

贺三少被气得不轻，并决定亲自上楼去逮人。

于是忙活完一切准备回家的方越澜夫妻俩就和冷着俊脸的贺钦打了个照面。方越澜眼里闪过几分惊讶："贺钦？"

贺钦顿住脚步，镇定地解释："我来看看有没有什么我能帮忙的。"

喜事当头的方越澜没有察觉到贺钦的不对劲儿，他哥儿俩好地拍拍贺钦的肩膀："有心了！事情已经忙完了，你明天记得早点儿过来就可以！"

贺钦微微颔首，他侧身给方越澜和赵枝玉让路："你们辛苦了，新婚快乐。"

这回是赵枝玉温婉一笑，她牵着方越澜的手道谢，并自然而然地说："那我们先回去了，这家酒店六楼的采景不错，尤其最里面的609号房间，你有机会可以来试试。"

贺钦目光幽深地看了眼赵枝玉，最后扬了扬嘴角："谢谢，我会考虑。"

于是赵枝玉就拽着自家丈夫走了。离开酒店的时候方越澜皱着眉头："枝枝，你……"

赵枝玉解释着说："你让小恨住那个房间，不就是因为那个房间有这个优点吗？"

方越澜眨了眨眼："是呀，可是——"

/149

"都是你的好朋友,你怎么能厚此薄彼呢?"

方越澜把赵枝玉的话理解成了:虽然贺钦不缺这点观光的机会,但贺钦缺不缺推荐是贺钦的事,给不给贺钦推荐就是方越澜的事了。一个是至交好友,一个是发小,确实都应该认真对待!

于是他恍然大悟般地拍了拍手:"果然还是老婆大人想得周到!"

赵枝玉女士满意地揉了把自己丈夫的头发:"走吧,回家。"

贺钦不知道这对新婚夫妻的对话,他在目送他们离开之后,就顺着赵枝玉的话去了609房间,并按响了609的门铃。

房间里的薛恨听到门铃声后眼皮子跳了跳,他不用脑子想都知道,来的人应该是贺钦,怎么这么快就找到自己住哪儿了?

烦躁地抓了把头发,薛恨在又一阵急促的门铃声响后还是去开了门:"催命呢?"

催命狂魔贺三少堂而皇之地进了酒店房间。

薛恨:"你怎么上来了?"

贺钦轻哼一声:"让你下楼你又不下。"

"大半夜的,下楼干吗?"薛恨转身往房间里走。

贺钦:"饿了,一起吃夜宵。"

薛恨"嘿"了一声,他指了指摆在桌子上的东西:"这不巧了吗?桌上有,我还没吃呢,便宜你了。"

贺钦抬眼看了看,果然没有被动过,但看着也不像是刚刚端上来的:"你怎么不吃?"

提起这个薛恨就惆怅,他一头栽进酒店大床上:"我不想吃。"语气十分违心。

贺钦也听出了不对:"怎么了?"

薛恨瞪他:"你哪儿来这么多问题要问啊?"

贺钦蹙着眉说:"不舒服?"

薛恨:"我不想长胖了!"

"胖?"贺钦上下打量薛恨一眼,眉头皱得更紧了:"哪里胖?"

薛恨又翻身趴回去,脸埋在床上瓮声瓮气地开口:"滚滚滚,聊不来。"

贺三少那颗智商极高的大脑隐约意识到了不对，潜意识告诉他，他现在应该安慰一下似乎陷入了身材焦虑的朋友，于是他几经斟酌后才开口："胖点儿有什么不好？"

"什么？"薛恨猛地抬起头来看贺钦，眼里充满了不可置信与敌意，"你说什么？"

"……"意识到自己似乎说错话的贺三少聪明地只重复了前半句话，"我说，胖点儿没什么不好。"

薛恨咋呼起来："要真好你怎么不胖，啊？不对，这都是你害的！"

"我？"

"就是你！谁允许你把我冰箱里的汽水全部换成牛奶的？谁让你三天两头打电话订餐厅晚饭的？又是谁让你周末事情那么多，耽误我去健身房锻炼身体的？我腹肌都没了，全是你的错。贺老三！"

面对薛恨的控诉，贺钦内心没觉得惭愧："我问你，牛奶好不好喝？餐厅的饭好不好吃？"

"……"薛恨被反问得哑口无言。

其实贺钦一直都觉得薛恨太瘦了，他不知道薛恨童年经历了些什么，也不太敢专门去查，他要是真的查到什么，他肯定也会像方越澜一样去心疼这个朋友。

贺钦对待薛恨虽然很复杂，两人从以前的水火不容，到现在言归于好，贺钦也想过要弥补薛恨些什么，但薛恨似乎什么都不缺了。他凭着自己的本事奋力从云城小镇里挣扎着脱颖而出，在大学里遇到了愿意和他来往的方越澜，在工作里又碰到了郭寻。比起这些，现在的贺钦能弥补他的，似乎就只剩下陪伴了。

两人的夜宵最后也没有吃成，薛恨忙活了一天，早早就睡着了，连贺钦什么时候走的都不清楚。

第二天，薛恨被方越澜很早就打来的电话吵醒，方越澜在电话那边兴奋极了："小恨小恨！你起床了吗？造型师很快就到，你配合他做个超级帅的造型！"

"……"薛恨对着空荡荡的房间愣了愣神，"嗯，我这就起床。"

方越澜这个新郎大概真的很忙，他甚至没有时间问薛恨昨晚睡得怎么样，在薛恨答应之后就直接挂断了电话。

薛恨揉了把脸对着空气嘟囔："什么时候走的。"

想到今天还有正事，薛恨压下了心里淡淡的失落感，起床去了酒店浴室。

造型师是带着方越澜定制的伴郎服来的，他巨大的手提袋里装满了各种可能用到的工具材料。时间紧迫，薛恨才和他打了个招呼就被他按着坐在了酒店配备的化妆台前。

之后造型师对着薛恨打了个响指："方先生要求我把你打扮成最英俊的伴郎。"

"……也不用太夸张，别抢了新郎的风头。"

造型师笑了笑："你讲话真有意思。"

薛恨摸了摸鼻子："有劳了。"

这是薛恨第一次做伴郎，也是薛恨第一次这么煎熬地做造型——果然还是小刘好啊……

正在给方越澜这个新郎收拾造型的小刘突然觉得鼻子发痒，哪个客户在想他？

折腾了一段时间后，薛恨换好量身定制的伴郎服坐电梯下了楼，下楼之后他眼尖地发现酒店大厅的角落里坐了一个人，薛恨定睛看过去，不正是半夜造访又在天亮前就跑路的贺三少吗？

贺钦也看到了薛恨，他远远地冲薛恨招了招手，无声传递了一个两字命令：过来。

薛恨翻了个白眼，脚下却老实迈动了步子。他走到贺钦身边，发现这人面前放了一些早餐，热气腾腾的。薛恨用皮鞋尖轻轻踢了一下贺钦的鞋："你在这里干吗？"

贺钦挪了挪位置，示意薛恨坐在自己身边。薛恨冲贺钦扮了个鬼脸，一屁股坐在贺钦旁边。

"吃吧。"贺三少十分高傲地用下巴指了指桌上的东西，脸上明明没有邀功的神情，但薛恨就是觉得贺钦在等着自己发现点儿什么。

薛恨："谢谢钦钦。"

贺钦冷哼一声，耳朵却又红又烫。薛恨笑着拿过贺三少专门叫给自己的早餐吃了起来。吃着吃着，他像是想起什么似的："你什么时候走的？"

"六点。"贺钦说着话，上下打量了薛恨一眼，对小土匪的伴郎造型勉强满意。

薛恨点了点头，泛着热气的食物吃进肚子里，让薛恨舒服不少，他余光瞥见贺钦眼底有些明显的黑眼圈，心里说不上是什么滋味。

填饱肚子后，薛恨拿过纸巾擦了擦嘴："阿澜没让造型师来找你？"

贺钦摇头："我已经够帅了。"

"嗯？"薛恨用看神经病的眼神看贺钦，"你的意思是我不够帅，所以才找人收拾我呗？"

"你帅。"贺钦中肯地说，"他或许是故意找人隐藏你的帅气。"

薛恨笑着踹贺钦："去你的吧！"

他们坐着等待方越澜他们过来，中途薛恨打了个哈欠。

贺钦看他犯困："回去睡会儿？"

薛恨摇了摇头，他举起手看自己的手表："差不多了。"垂下手时薛恨突然注意到贺钦西服上的不同。

他看了看贺钦衣服上戴着的自己送出去的胸针："还戴着呢？"

贺钦莫名其妙地看了眼薛恨，用眼神说"不然呢"。

十多分钟后，方越澜他们终于来了。薛恨和贺钦并肩迎了上去，送出了新婚祝福。方越澜的眼神在贺钦和薛恨之间盘旋几秒，心里还是觉得有些魔幻，这俩大学四年的死对头，现在居然融洽成这程度了？

这份疑惑很快就被他作为新郎的喜悦压了下去——陆续有宾客从酒店大厅进来，方越澜和赵枝玉的婚礼也要倒计时了。

作为方少爷的伴郎，贺钦和薛恨需要忙碌的地方其实不多，也就是迎接一下宾客，和他们寒暄两句——后面的任务大多数都是贺钦来做的，毕竟就算不是婚礼，这些人碰到贺钦都是要给几分面子的。

薛恨落得清闲，在没有人的时候掏出手机打起了单机小游戏，就在他快要通过第五关时，耳边突然响起了一道有些熟悉的嗓音："贺三哥！"

薛恨手指一抖，他的人物角色就掉进了悬崖，游戏结束。薛恨抬起头来，发现是那天来买贺钦衣服的青年。他瞪着圆圆的杏眼看向贺钦，眼神依然充斥着崇拜。

贺钦却没什么反应，那张脸依旧没什么表情："你好。"

青年没有被贺钦的冷漠劝退——在他眼里，贺钦从小到大都是这样的。

他眼里印着贺钦的倒影，这双眼里除了贺钦似乎再也装不下别的："贺三哥是今天的伴郎吗？有没有吃早餐？我想请三哥吃个早餐可以吗？"

面对青年抛出的一堆问题，贺钦只是微微蹙了蹙眉："我很忙。"

青年噘了噘嘴，脸上写满了失落："我们这么多年不见了，你不能和我叙叙旧吗？"

"……"被当成透明人的薛恨眼皮子跳了跳，他觉得自己出现在这里十分尴尬，扭头看见酒店里似乎在忙活什么。于是薛恨转身就想跑，脚下才迈出去，就被贺三少拦住了。

"干什么？"薛恨眼神疑惑地瞪贺钦。而将贺钦的动作看在眼里的青年像是突然发现贺钦身边站着的人似的："我记得你，薛先生，这么巧！"

薛恨有些尴尬地摸了摸鼻子："是挺巧的……"

话音刚落，青年就冲着薛恨伸出了手："你好薛先生，我叫许嘉懿，嘉言懿行的嘉懿。"

"……"薛恨硬着头皮伸出手跟青年交握，"我叫薛恨。"

"恨？哪个恨啊？"

"仇恨的恨。"薛恨只好解释。

"怎么会取这样的名字——"许嘉懿才说完，一边站着的贺钦面露不善地看向许嘉懿，眼神也发冷："进去。"

贺钦这突然转变的态度和隐隐护着薛恨的动作让许嘉懿脸上的纯真出现了一丝裂缝："贺三哥，我只是想……"

"进去。"贺钦打断许嘉懿还没说完的辩解，语气也越发森冷，许嘉懿的身体都抖了抖，他低下头，有些难堪地走去了婚礼现场的酒

店里。

薛恨扭头看着他远离,却因为这一看,而接收到了许嘉懿看向自己时冰冷阴毒的眼神,跟在面对贺钦时表现出来的乖巧纯真有着天壤之别。

"……"薛恨的嘴角抽了抽。

等到许嘉懿从两人的视线里消失之后,薛恨回头来看贺钦:"他刚才好像在瞪我,你看见了吗?"

贺钦:"不要理他。"

薛恨:"他很崇拜你吧?"

贺钦蹙了蹙眉说:"不知道。"

薛恨:"你会不知道?"

贺钦在心里叹了口气。

薛恨不知道贺钦在想什么,其实他心里很不舒服,因为被许嘉懿临走时瞪的那一眼。薛恨劝自己知足常乐,心里却总是觉得堵得慌。迎宾的后半程,薛恨的情绪一直不怎么高。

就在贺钦准备带薛恨解释点儿什么的时候,新的宾客就过来了:"贺三儿!"

贺钦抬眼看去,来人是贺钦的朋友之一王颂,穿着得体的西装皮鞋,一开口却暴露了他吊儿郎当的属性:"你可以啊!还做起迎宾伴郎来了!"

贺钦点头:"好久不见。"

"可不嘛?哎——"王颂的视线放在贺钦侧后方的薛恨身上,两眼瞪圆,"这……这……这不是——"

"他是伴郎之一。"贺钦直接解释。

王颂眨巴眨巴眼,视线在贺钦和薛恨之间来回盘旋:"你俩这是和好了?"

薛恨龇牙对着王颂笑了笑:"哥们儿说笑了,我跟贺三儿什么时候不好过?"说完还伸手搭在贺钦的肩膀上,一副哥儿俩好的样子。

"……"要不是当年听过不少他俩打架不合的传闻,王颂差点儿就信了。不过今天是人家方越澜的大好日子,加上薛恨这么给面子,王颂也没刁难他,他拿出烟盒,给薛恨递出一支烟。

"说得对,说得对,瞧我这破嘴,今儿出门没开光!"

贺钦蹙眉,正准备说"他不抽烟",薛恨就已经率先将烟接了过来:"幸会,外面风大,哥们儿先进去坐。"

王颂吹了个口哨,跟薛恨握了握手就走进了酒店。贺钦看向反应不对劲儿的薛恨:"不是不抽烟?"

薛恨扬了扬下巴:"谁说的?"

贺钦的眼里带上了些许茫然。薛恨拿着烟叼在嘴里,他咬着烟嘴时说话有些含混不清:"阿澜让我做伴郎,就是想让我多交几个朋友,我怎么能辜负他的好意?"

贺钦目光一滞,原来只是因为方越澜。

薛恨没觉察到贺钦的不对,只是继续解释:"更何况,那哥们儿是你朋友吧?"

"嗯。"贺钦垂着眼回答。

"既然是你的朋友,我肯定要给个面子的呀!"薛恨自然而然地说,"又不是谁都跟那姓许的一样不安好心。"

贺钦没回答,薛恨又自顾"啧"了一声:"就是没个打火机。"

他扭头想问贺钦有没有带,却发现贺钦正看着自己,眼神深邃,不知道在想什么。

"……你干吗这么看着我?"薛恨侧了侧身体问。

薛恨看着呆呆的贺钦,伸手在他眼前晃了晃:"贺老三——"

贺钦伸手拽住薛恨的手,拉着他转身朝右后方走去。薛恨被贺钦牵着走,云里雾里的:"你干吗?"

贺钦没回答,只是加快了脚步,最终绕着路带薛恨来到酒店大堂。里面已经坐满了人,随着主持人上台开了场,这场婚礼就正式开始了。

薛恨站在一边,看着方越澜眼中带泪地说:"我愿意。"看着他和赵枝玉给彼此戴上了设计得特别的婚戒,看着他们在众多宾客的鼓掌下互相亲吻。

薛恨伸手为他们鼓掌,并在心里真心实意地给出了祝福——赵枝玉是个值得方越澜深爱的人,方越澜也理应获得这样一个合拍完美的

另一半,他们一定会长长久久。

突然,薛恨扭头看向贺钦,想知道贺钦是什么反应。

结果扭头却发现贺钦根本没看方越澜和赵枝玉,而是看着自己。

"……"薛恨在其他人注意不到的视角里用手拐了拐贺钦,"愣着干吗?鼓掌!"

贺三少十分听话地伸出手来,敷衍地拍了两下。

等到新婚仪式结束后,薛恨终于迎来了方越澜一直夸赞表扬的酒店大餐。只是身为伴郎,薛恨不仅不能像普通宾客那样坐着吃饭,还要跟着新婚夫妻到处敬酒喝酒。

老一辈的宾客给方越澜面子,不怎么折腾人。年轻的就不这样了,难得有机会灌方少爷和贺三少,还是这样大喜的日子,他们没少拐着弯儿劝他们喝酒,而薛恨也因此成了间接受害者。

酒量再好也抵不住红的白的混着喝,跟着他们晃到最后几桌时,薛恨的脑子已经开始发晕了。

他听着方越澜向好友们介绍自己:"他叫薛恨,是我最好的朋友!"然后薛恨就被这群人举着杯子干杯,一杯又一杯地喝进肚子里。

到最后,要不是贺钦扶着薛恨,薛恨说不定已经腿软倒在地上了。充斥着谈笑声的餐桌前,突然站起来一个人:"薛先生真是一表人才,不愧是贺三哥和越澜哥哥共同的好友!"

薛恨定了定神往那个人看去——好家伙,不就是早上瞪自己的许嘉懿吗?

薛恨还没来得及扯出一个笑来,许嘉懿就已经举起了手里的杯子:"这杯,我敬薛先生的择友眼光!"

"……"敬你才怪。薛恨在心里骂,但不管是方越澜还是贺钦,薛恨都不想因为自己而折了他们的面子。于是他回头拿着服务员端着的酒,动作有些迟缓地给自己倒上了酒。就在他准备仰头喝下这杯阴阳怪气的敬酒时,一边的贺钦突然伸出手,将薛恨手里的杯子夺了过去。

众人只听见这个性格近乎冷漠、向来最注重君子之交淡如水的贺三少目光平平地扫了许家少爷一眼,之后就仰头将原本应该由薛恨喝的酒一饮而尽,全程一句话都没有说。

但许嘉懿分明从贺钦的眼神里读出了慎重冷冽的警告——不要再不自量力地刁难薛恨。

酒店的恒温空调温度适中,许嘉懿却还是感觉到了冷,这股冷意从贺钦的眼神一直传到许嘉懿的心里,让他整个人仿佛都置身在寒气逼人的严冬里。

餐桌前的氛围变得有些古怪,还是新娘子赵枝玉打了圆场:"你们真是的,看两位伴郎长得帅,就只顾围着他俩转了,明明我丈夫才是全世界最英俊的人,你们也敬敬他嘛!"

赵枝玉说话时的表情生动娇俏,同座的王颂率先站起身来举起酒杯:"还是弟妹会说话,来,颂哥我先敬你一杯!"

赵枝玉与他碰杯后干脆地将酒喝了下去,换来了整桌人的拍手叫好。人们的视线不再看向许嘉懿,也不再看向贺钦薛恨,这个不尴不尬的小插曲也终于消停。

处在尴尬旋涡中心的许嘉懿低着头坐在位置上,再也没有将头抬起来。

薛恨大脑的反应比平时都要慢上好几拍,贺钦看薛恨,听见薛恨小声嘟囔:"钦钦……"

"……"贺钦被喊得眉心跳了跳,他看四周的人都忙着和新郎新娘聊天干杯,扶着薛恨离开了晚宴现场。

薛恨的嘴里一直叫着自己的名字,偶尔是"钦钦",偶尔是"贺老三",偶尔是"贺三儿"。

贺钦带着薛恨出了酒店的门,晚风吹得薛恨浑身打了个哆嗦:"小土匪,我带你回家。"

薛恨不知道听懂没有,他被灌了太多酒,比哪一次都多,品种还混杂着。现在酒精在大脑里作用不止,让薛恨的大脑迟滞思考,脑子里也只剩下贺钦冷着脸不由分说地为自己挡酒那一幕——

就是在那一刻,薛恨第一次发现,原来自己也会有被人维护的那一天,而维护他的那个人,是过去和他最互相看不上眼的天之骄子——贺钦。

贺钦也喝了不少酒,为了他和薛恨的生命安全,贺钦选择去路边

拦了辆出租车。

他将薛恨塞进车后座里,自己也紧跟着坐了进去,对司机报了自己家的地址。

薛恨闭着眼睛,眉头紧皱,应该是醉得头疼难受。

到家后,贺钦稳稳地扶着薛恨去了房间。

薛恨突然睁开眼看着贺钦:"贺钦。"这是极少有的,薛恨直呼贺钦名字的时候。贺钦看薛恨,小土匪眼睛比平时都要亮,看向贺钦的眼神却似乎带着一层薄薄的水光。

薛恨再说话时的语气带着纯真和茫然:"你为什么……为什么要为我挡酒?"薛恨大概是真的醉得不轻,甚至比贺钦上次在酒吧救下他时还要不清醒,否则他绝对不会用这种脆弱小心的语气问贺钦这种问题。

就在这一瞬间,贺钦意识到:他窥探到了藏在薛恨内心深处的敏感和不安。这些不安的源头,是薛恨的成长环境带来的。这一刻贺钦无法找到合适的言语来描述和表达。

而薛恨没等来贺钦的答案,再次作祟的困意就又席卷了他,让他闭上了双眼。

薛恨是被脑袋里一阵又一阵的闷痛感痛醒的。他睁眼,发现自己处在一个陌生的环境里——不是他家,也不像酒店。他缓缓从床上坐起来,发现自己身上穿着一套偏宽大的睡衣,面料非常舒适。

薛恨大概猜到了这是哪里——这应该是贺钦家。他坐在床上,伸手按着自己发痛的太阳穴,酒真不是人喝的!

开门声打断了薛恨的愣神,他扭头看去,门口的贺钦端着一个玻璃杯,脸上依旧没什么表情:"醒了?"

薛恨点了点头:"脑袋疼。"

贺钦没说什么,只是快步走到床前,将装着水的玻璃杯递给薛恨。薛恨也不多问,接过水喝了一口,才发现这居然不是纯净水:"你还会做蜂蜜水?"

"……我有那么蠢吗?"贺钦不满地反问。

薛恨仰头将温热的蜂蜜水喝进肚子里，感觉身体好受不少："谢了。"

"起来吃饭。"贺钦扬了扬下巴。

薛恨狐疑地眯眼："也是你做的？"

"什么意思？"

薛恨灿烂一笑："如果是你做的，那我还是选择回家吃。"

"……我有进步。"贺钦极力为自己争取话语权。

薛恨无辜地耸肩："你那进步空间还有一个银河系那么大。"

贺钦："……"

等薛恨洗了个澡出去后，才发现他所住的主卧是在别墅的二楼，楼下的客厅视野开阔，灯光明亮。他看向身边的贺钦："你一个人住这么大的房子，不觉得浪费？"

如果是在过去，贺钦大概会用一种"你懂什么"的眼神扫薛恨。但现在的贺钦可是跟薛恨同住郊区的人，他的思考方式也稍微发生了点儿变化："你说得对。"

他们一起下楼，餐桌上果然摆好了早餐。

但薛恨一眼就看出来这些绝不是出自贺钦的手："又叫人送了？"

贺钦轻哼一声："阿姨做的。"

薛恨放心地坐在餐桌前吃起了早餐，途中薛恨接到了方越澜的电话，新郎在电话那边一个劲儿地道歉："你别跟那个许嘉懿置气，我们平时根本不来往的！"

薛恨觉得方越澜还是小瞧了自己的气量："我跟个小屁孩较什么劲啊！"

"那就好！昨天那群人太胡来了，喝到后来我都不知道我是怎么和枝枝回去的。"方越澜遗憾地说，"都怪许嘉懿！"

"……"薛恨忍俊不禁，"行了，看你结婚他们高兴嘛，这辈子就这么一次，开开心心的。"

"等你结婚的时候，我也要当你最称职的伴郎！"

薛恨听了这话，微微一笑。此时，贺三少依然优雅地吃着早餐，没什么反应。薛恨将目光收回来，用勺子盛起一勺鸡蛋羹塞进嘴里："好吧。"

挂断电话之后,薛恨又将碗里的汤喝得干干净净,吃饱喝足了他就想走人,贺钦却不让走:"你去哪里?"

薛恨莫名其妙地看贺钦:"回家啊。"

贺钦捏了捏薛恨的手臂:"住这里,明天一起去上班。"

贺钦这一提,倒是让薛恨想起来明天自己就要去荣钦驻点这回事了。

他打了个哈欠:"我还有东西在家里,得过去拿。"

贺钦抿了抿唇,思考两秒后说:"等我换衣服。"说完就快步上了楼。

薛恨看着贺钦的背影消失后,对着空气笑着骂了句:"傻。"之后他就主动将餐桌上的碗筷收到了厨房里。

贺钦下来的时候就发现薛恨没了影子,还没等他在心里骂薛恨跑得真快,他就听见厨房里传来隐隐约约的对话声。

"您是贺先生的好朋友吗?"贺钦听见家里的阿姨对着薛恨问。他停下了往厨房走的脚步,静静地听他们说话。

"是的吧?"薛恨有些不确定地回答。他刚才才将碗筷放到厨房里,门口就传来一道中年女嗓音:"先生!快放着我来!"

是贺钦家里的阿姨,薛恨和她打了个招呼,站在厨房和她聊起天来。

"我来这里帮贺先生家这么久,第一次见他带朋友回来。"阿姨一边将手里的盘子清洗干净一边说。

薛恨不知道是想到了什么,他十分理解地点头:"确实。"就贺钦那个脾气,能交到几个登堂入室的好朋友?

阿姨讶异地扬了扬眉,她继续说:"今天早上贺先生专门来问我,蜂蜜水怎样冲泡才好喝。"

"真是他泡的啊?"薛恨问。

阿姨瞬间眼睛一亮,她用力点头,添油加醋:"是的,这还是我第一次看见贺先生下厨房,研究得可认真了!"

"原来如此……"薛恨摸了摸下巴,阿姨还没有来得及喜悦,就听见薛恨继续开口,"我说也是,这么难喝的东西,怎么可能是您帮忙泡的?"

"……"阿姨手里的盘子差点滑落在洗手池里,她有些勉强地扯了扯嘴角,"先生真会说话。"

在薛恨准备说点儿什么的时候,身后听了完整对话内容的贺钦发出了灵魂质问:"难喝?"

薛恨回头看去,就看见贺三少沉着张脸瞪着自己,眼神带刀。

薛恨眨了眨眼:"换好衣服了?"

贺钦的回应是冷哼一声,转身快步朝着楼上走去了,亏他今早还专门为薛恨泡温度适中的蜂蜜水,亏他刚刚还打算带着薛恨出去兜风!

兜风?兜什么兜!

薛恨哪里还看不出来贺钦生气了?他回头和阿姨打了声招呼,之后就迈着大步追了上去:"哎——你等等,等等我!"

贺钦充耳不闻,上楼的脚步迈得飞快。薛恨在心里暗骂这房子大了追个人都费劲儿,脚下上楼的速度却也不含糊。

在贺钦即将大力关上卧室房门的时候,薛恨适时将手放在了门板之间:"有种你关门!"

"……"贺钦咬牙,最后还是没关,只是坐到了自己主卧里的单人沙发上,不看薛恨。

薛恨走到贺钦身边,用拖鞋蹭了蹭贺钦的鞋尖:"你不是吧?我说个实话都要生气?"

贺钦扭头,消极回应。薛恨干脆双手扳着贺钦的脸逼他转过头来:"喂——我还没气你偷听我说话呢,你发什么脾气?"

"再说了,再难喝我不是也喝完了?多给你面子啊!"

贺钦又重重"哼"了一声,薄唇紧抿。

薛恨:"别生气了,行不行?"

贺钦不为所动,薛恨却吸了吸鼻子:"好香啊,什么味儿?"

薛恨上下打量贺钦一眼,这才发现这位少爷居然难得地穿了一身不那么正经的衣服:"你喷香水了?你不会是想和我出去兜风吧?"

"……"贺钦的耳朵动了动。

下一秒,薛恨接着说:"不生气了,贺钦钦,钦钦,咱出门兜风去。"

"……"

为了彻底哄好贺三少,两人出了门后薛恨主动包揽了司机的活。他载着贺钦先是去了自己家,把需要拿的东西都带上后,才问贺钦想去哪里玩。

贺钦的大脑飞速思考之后,给出了一个十分简洁的答案:"电影院。"

"啊?"薛恨眼神讶异地看向贺钦,"你还喜欢看电影?"

"……"贺三少高傲地别过头去不想多解释。薛恨撇了撇嘴,还是在手机上看了看最近上映的影片,找了半天却也没找合适的。他只好问贺钦喜欢什么类型的,贺三少依然惜字如金:"随便。"

薛恨咬了咬牙:"我说你能别这么装吗?"

贺钦扭回头来看薛恨,明明面无表情,薛恨却还是感觉自己看见了贺三少眼里的委屈。

"……"薛恨叹了口气,"真是服了你了。"之后他就随便选了一部评分高热度高的商业片订了票,达到目的的贺钦不动声色地勾了勾唇角。

周末的电影院十分热闹,他们两人的出现引来不少侧目——一个帅哥就足够吸引人了,更何况这一来就是俩,还各自帅得很有特色。

薛恨有些不自在地拽着贺钦加快了去取票的脚步,之后他就想进放映厅,走到一半,身边的贺三少却拽也拽不动。薛恨回过头来看贺钦:"又怎么了,我的三少爷?"

贺钦指了指影厅柜台的方向:"我要那个。"

"什么?"薛恨顺着贺钦的目光看去,那里有个面带微笑的售卖员,面前放着个巨大的烤箱,里面满满的爆米花。薛恨眼神困惑:"你不是不爱吃甜食吗?"

"我没这么说。"贺钦说完就朝着爆米花的方向走去,薛恨无奈扶额,最后也只能跟上去。走近之后扑鼻而来的奶香味也吸引了薛恨的注意力,他忍不住吸了吸鼻子,就听见不食人间烟火的贺三少对着售卖员说:"一份爆米花,谢谢。"

薛恨突然觉得这一幕有些滑稽又有些可爱。

这份感觉持续到贺钦接过爆米花,并转头看向薛恨,眼神显示着一个信息——付钱。

薛恨在心里"呸"了一声,认命地掏腰包替贺三少付了钱:"满意了?"

"一般。"贺钦高傲地说。

两人并肩去了放映厅,薛恨选的位置在倒数第三排。

这一排的观影视角不错,在电影开始之前已经坐满了一整排的人。薛恨和贺钦坐在稍微靠边点儿的位置,没那么引人注目。

电影刚开始,薛恨就懒洋洋地打了个哈欠,他扭头看贺钦,发现他手里拿着爆米花,却压根一粒都没有吃——果然只是没事找事干!

鼻间总是传来甜蜜的奶香气,薛恨心想也不能浪费粮食,于是他将手伸到贺钦手中的爆米花里,拿起几粒就塞进嘴里。贺钦扭头,借着大屏幕投过来的细微光线看薛恨。

薛恨将爆米花吞进肚子里,对着贺钦挑衅一笑。

贺钦也不计较,只是回过头继续有模有样地看起电影来。薛恨对看电影这种事情实在不感兴趣,但在放映厅里玩手机会把眼睛弄得很痛。于是他只能打起精神,盯着电影走神,手却一个劲儿地拿着爆米花往自己嘴里塞。

贺三少非常大方地将桶口对着薛恨的方向,直到后来,薛恨困得倒在了座椅上,这电影太无聊了,不如睡觉。

身后传来的微弱快门声吸引了贺钦的注意,他回头看去,身后是一个还来不及收起手机的女孩。女孩看上去十八九岁,五官清秀,表

情却难掩心虚。

电影放映着,贺钦不好说话。于是他掏出手机,调出了自己的名片给女孩子。女孩反应很快,扫了贺钦的名片加了贺钦的好友。

贺钦同意之后还没说话,女孩子就率先发来了消息:抱歉先生!我没有恶意的,您要是介意的话我这就删除照片!

贺钦想了想才回复:照片发给我看看。女孩迅速把照片发了过来。也不知道她是怎么找的角度,反正这张照片拍得很不错:黑压压的座椅里,薛恨放松地靠在座椅上,而贺钦在镜头里露出了半个侧脸,神色分外柔和。

贺钦用手指碰了碰屏幕上薛恨的头发,指尖在手机上操作几下后,这张照片变成了贺钦最新的手机屏保。

之后他才将女孩的对话窗口打开,上面显示着女孩最新发来的消息:不管怎么样,我都没有恶意的。

原本想叫她删掉照片的贺钦换了个主意:谢谢,但不要传播出去。

女孩高兴得差点从座椅里站起来,她伸手拍了拍自己的脸:不会的!谢谢先生!

在电影还有半个多小时结束的时候,薛恨终于睡醒了。他才抬头,脖子上就瞬间传来深深的酸痛感,酸得薛恨都忍不住"嘶"了一声。

贺钦抬手替薛恨捏了捏脖子,用眼神问薛恨"想不想走"。薛恨诚实地点头——他是真的不爱看这些。

贺钦顺了薛恨的意,准备起身走人。结果还没动作,薛恨扯扯贺钦的衣角,又伸手指了指贺钦右手边还剩下半份的爆米花——这么好吃的零食怎么可以浪费!

贺钦会意,伸手拿过爆米花后低调地跟在薛恨身后走出了放映厅。

到停车场后薛恨晃了晃脖子,觉得总算不那么疼了。他拿过贺钦手里的爆米花,边吃边问贺钦现在去哪里。

贺三少陷入了沉思,在薛恨准备打开驾驶座车门的时候,贺钦拦住了他:"我来。"

薛恨狐疑地看了贺钦一眼——怎么看个电影,还把人看懂事了?不过他也乐意清闲,将车钥匙甩给贺钦,自己上了副驾驶的座位里。

由贺钦开车的话，去哪儿自然就是贺钦说了算了。薛恨揉了揉眼睛，掏出手机来看，却发现多了个未接来电，来电人是个陌生号码。

薛恨将电话拨了回去，却很久都没有被接听。

他蹙了蹙眉，又打了一通，仍然是无人接听——大概是别人打错了。这么想着，薛恨又把手机收了起来，转头问贺钦："贺三儿，电影说了什么？"

"……"全程都只顾着看薛恨睡觉的贺钦抿了抿唇角，"大概是一男一女谈恋爱的故事。"

薛恨点头，想起了另一件事："咱们晚饭吃什么？"

贺钦从后视镜里看了薛恨一眼："真能吃。"

"我今天就吃了早餐。"薛恨辩驳。

"可你十一点才起的床。"

"……那也是早餐！"

"你还吃完了一整桶爆米花。"贺钦目光专注地盯着前方说。

薛恨提高了声音："那玩意儿能抵饿吗？再说了，那不是你非得闹着要买，买了不吃不是浪费粮食吗？我吃点儿怎么了？"

贺钦："你也知道玉米是粮食。"

嘴上说薛恨能吃，贺钦却还是载着薛恨去了一家合薛恨口味的川菜馆，解决了薛恨的饿肚子问题。

想揍贺钦和吃贺钦买单的饭并不冲突。薛恨十分认真地填饱了自己的肚子，吃完后嘴巴都肿了一圈——被辣的。贺钦吃辣没有薛恨这么厉害，但他喜欢看薛恨被辣得鼻头都发红的样子，他冲喝完柠檬水的薛恨招手："过来。"

薛恨翻了个白眼，懒得理他："再嫌我吃得多，我非得揍上你！"

贺钦闷声笑了笑："我是夸你能吃是福。"

"呸！"薛恨对着贺钦做了个鬼脸。

贺钦："走吧。"

走出雅间之后，薛恨问："回去？"

"再带你去个地方。"贺钦回答道。薛恨挑了挑眉："去哪儿？"

贺钦故意卖了个关子："到了你就知道了。"

薛恨不屑地"切"了一声:"先说好,什么游乐园摩天轮的我不去啊,无聊死了!"

贺钦点头:"好。"

"酒吧也不去,我头疼,不想喝酒。"

"嗯。"

"那你带我去哪儿?"薛恨忍不住又问。

贺钦发动车子,语气严肃,脸上的表情也十分正经:"带你去看朕打下的江山。"

"……"薛恨看贺钦的眼神仿佛是在看一个神经病。

等真正看见贺钦嘴里所谓的"江山"后,薛恨坚定了"贺钦的脑子果然有问题"的想法。

贺钦的车子停在西郊的荒地上,他们光是开车过来就花了一个多小时——中途没怎么堵车。此刻他们并肩站在车边,贺钦像是看出了薛恨脑子里在想什么似的。

他伸手指着这片荒地:"下个月开始,科技园就会在这里动工。"

薛恨愣了愣,这才反应过来,他顺着贺钦的指向看过去:"这里离主城区好远。"

"确实。"贺钦微微颔首,"现在确实偏,不过最多五年之后,这里会变成新城区。"

贺钦笃定的话让薛恨忍不住侧目看他,贺钦说话时脸上依然没什么表情,但借着今晚十分明亮的月光,薛恨还是能在贺钦的眼里看见幽深的倨傲。贺钦确实有骄傲的资本,天之骄子,人中龙凤,这些词像是为贺钦量身打造的。

"贺三儿。"薛恨张嘴叫了贺钦一声。贺钦转过头来和薛恨对视,在薛恨准备开口时,裤兜里的手机响了。

薛恨只好把到嘴边的话咽了回去,伸手掏出手机来。来电人又是下午那个未接来电的号码,薛恨抿了抿唇角,接通:"你好。"

电话那边安静了两秒才开口:"我警告你,不准再接近贺三哥。"

薛恨几乎是瞬间就猜出了来电人是许嘉懿——除了他还有谁会这么叫贺钦?

薛恨简直快被许嘉懿气笑了，他毫不客气地开了免提，让贺钦跟自己一起听着电话："你是谁啊？"

许嘉懿在电话那边沉沉呼吸了两下："我是许嘉懿，我告诉你，不准你再接近他。"

薛恨冲着贺钦扬了扬眉。贺钦眉心紧蹙，正准备直接挂断这个神经病的电话，薛恨却避开了贺钦的手，再次对着电话说："我就是接近他，你能拿我怎么着啊，许少爷？"

许嘉懿被薛恨气得不轻，捏着手机的手用力到指尖都发白："你如果再执迷不悟，我一定让你后悔。"

薛恨觉得这句话特别熟悉，似乎贺钦当年也是这么说的。就是许嘉懿的语气没有贺钦当年那么有压迫感，反倒充满了气急败坏的味道。

一边的贺钦大概也想起了什么，他动作迅速地接过手机，沉着嗓音对许嘉懿开口："许嘉懿，你再敢威胁他，我会通知许叔叔。"说完，贺钦就不由分说地挂了电话。

好好的休闲时光就这么被许嘉懿搅乱，贺钦脸都绷得死紧。他看向薛恨，发现薛恨正脸上带笑地看着自己，只是那双漂亮的桃花眼里没有半点儿笑意。

"你们有钱人是不是就喜欢把让别人后悔挂在嘴边？"薛恨双手环抱在胸前问，语气似乎带着点儿隐约莫名的怒气。

贺钦抿紧嘴唇："不要拿我和他比。"

薛恨耸了耸肩，也不打算再在这件事上多浪费时间。荒郊野岭的，薛恨觉得冷，于是他转身就想走去车上。

"你不要理他，不要生气。"贺钦轻声说，低沉和缓的嗓音响起，和着冬夜里的冷风，居然显得分外温柔。

薛恨口不对心地问："我为什么要生气？"

贺钦没想到薛恨会这么回答："我会解决好这件事。"

"那必须的啊！"薛恨转过身来看贺钦，"这小崽子虽然是冲我来的，但事是因你而起的，你不解决难道我解决啊？"

贺钦眨了眨眼。

"不过他眼睛是瞎的吗？死皮赖脸地待在我家的是你，他居然说

/168

是我接近你的,没见过这么傻的人。"

死皮赖脸的贺三少有点儿伤心:"那你刚才怎么不反驳他?"

"我跟他废什么话呢?他爱怎么想怎么想,他还能把我弄死啊?他有那本事吗?"

贺钦:"不会的。"

薛恨一拳揍在贺钦背上:"还贺三哥呢,叫这么亲热,不知道的还以为你跟他是多好的兄弟呢!"

贺钦被打之后却闷闷地笑了两声:"以后你也可以这么叫。"

薛恨:"我叫什么,谁要跟他叫一样的,恶心。"

贺钦:"那你想叫什么?"

"叫贺老三啊,多顺口多好听。"骂了一通后,薛恨的心情终于畅快了点儿,语气也轻松不少。

"……"贺钦的眼神变得危险起来。

薛恨给了贺钦一闷拳:"我说错了!"

"嗯?"

"以后就叫你贺疯子了。"

第二天薛恨就跟着贺钦去了荣钦。

遗憾的是贺三少以为薛恨到荣钦来他俩能有更多的接触,但两人每天见面的时间其实也不算多。先不说这个项目正式开启之后有多少合作企业需要接洽,就算没有这个项目,作为荣钦的最高决策层,贺钦的工作内容本来也不少。不过比之从前贺钦需要下班后才能见到薛恨的情况,现在的贺钦倒是在中午就能见到薛恨了。

为了照顾贺总的行程安排,薛恨今天的午饭时间又被推迟了。

他现在坐在贺钦为自己准备的办公室里,电脑上显示着一排接一排的数据文件。薛恨盯着他们看了一早上,现在他终于歇了口气,伸了个懒腰。

接近下午一点了,贺钦的会议还没有结束。

薛恨百无聊赖地在办公室里晃了晃,早上和贺钦一起吃的早餐还能顶会儿饿。他坐在办公桌前托腮走神,直到他手边的手机振动起来。

薛恨眯眼看了看，发现又是个陌生号码。他伸手敲了敲桌子，在手机振动到第五次之前接通了电话，并且在有了许嘉懿那一挂后，薛恨已经不打算先说"你好"了。

他接通电话后抿唇沉默，等着电话那头的人先开口。来电的人不是许嘉懿，但在听见对面的声音时，薛恨觉得这人或许还不如许嘉懿。

"薛先生。"电话那端的人用沙哑失真的声音开口，一听就知道是故意用变声器处理过的，声音粗粝刺耳。

薛恨伸舌头顶了顶嘴里的腮帮子，眼睛微微眯了起来，却依然没出声。

那人似乎没想到薛恨是这种反应，他压下心里的惊讶，继续对着薛恨说："我想和薛先生谈个合——"

话还没说出来，薛恨就直接挂断了电话——跟一个不敢以真面目示人的厌货，有什么合作好谈的？

被挂断电话的中年男人气急败坏地骂了一声脏话，他扭头看向身后的人："徐先生，现在怎么办？"

被称为徐先生的男人背对着中年男子坐在沙发里，让人看不清他的脸色，他伸手摩挲着自己拇指上戴着的玉扳指："想办法给他添点儿麻烦。"

中年男人眼里闪过一丝精光："明白！"

薛恨不知道这些，他才将这个电话拉进黑名单，门口就响起了敲门声，薛恨说了声："请进。"

贺钦的助理站在门口，脸带微笑，语气却难掩疲惫："薛先生，我们贺总邀请您去他的办公室谈事。"

薛恨道谢起身，脸色平静地去了贺钦的办公室。

所谓的谈事，其实就是一起吃饭。贺钦之前并没有在办公室里吃饭的习惯，但他担心薛恨等太久了会饿，干脆叫人把吃的送了上来，还专门配了一张餐桌。薛恨进去的时候，贺钦坐在小餐桌旁边，对着薛恨招了招手。

贺钦的体力很好，薛恨不是第一天知道。饶是如此，薛恨还是忍不住对贺钦刮目相看——大半个月以来的连轴转，忙的时候甚至不知

道周末是什么东西。晚上最晚甚至到凌晨才赶回家里,但第二天他还是会雷打不动地早起回公司,腰背挺直,不露半分疲态,像是一个没有感情的工作机器。

薛恨有时候也有些猜不透贺钦,明明是个人人艳羡的三少爷,贺家最受夸赞肯定的老幺,却跟别的"富二代"完全不像。把自己折腾得比薛恨这个打工人还要累,真的会乐在其中吗?

猜不透,就不猜。诚如贺钦所说,薛恨现在要做的,就是按照贺钦这个甲方的指示,尽全力搭建数据平台加深荣钦和万寻的合作,以及在贺钦加班的时候回家为他做顿好吃的,或者直接等着贺钦一起回家。

眼下,薛恨站在门口愣了愣后,迈着大步去了贺钦身边:"开完会了?"

"嗯。"贺钦用鼻音应了一声,指了指面前的食物,"吃饭。"

薛恨点头,拿着筷子却夹了第一块肉放到贺钦的碗里:"大公司事真多。"

贺钦嘴角轻轻勾起了一个上扬的弧度,他将薛恨夹来的菜吃进嘴里,总觉得今天的菜味道更美味了点儿。

"明天要加班吗?"薛恨在正式开动之前忍不住问——明天又是周末,贺钦再加班的话就真的全月没有休息了。

贺钦抿唇,想了想后摇头:"不确定,怎么了?"

"也没什么,就是觉得你挺不容易的,吃饭。"薛恨这话说得无意,听在贺钦心里,却清空了贺总大半个月的疲惫,他在心里欣慰地感叹——缺心眼的小土匪终于也懂得心疼人了。

于是薛恨就发现,这位把自己当驴使的贺三少吃着吃着饭,居然笑得越来越灿烂了。

薛恨莫名其妙地看贺钦一眼:"有这么好吃?"

"嗯?"贺钦抬眼,撞进了薛恨狐疑的眼睛里。他定了定心神才说:"明天不加班了。"

"为什么?"薛恨不解地问。

贺钦高深莫测地开口:"大人物的事,你少问。"

"……神经病。"薛恨骂了一句。

午休结束后,贺钦又投身到了忙碌的工作之中。薛恨也回到自己该待的地方去,干会儿活就把下午的工时混了过去。

而承诺了明天不会加班的贺钦,今天就有多加会儿班的必要了。薛恨等了贺钦个把小时,都没见人得空,干脆给他发了条短信,告诉贺钦自己先下班回去了,就离开了荣钦大楼。

避开了平常下班的点,停车场里四处静悄悄的,来来往往的没几个人。薛恨在离自己的车还有一点儿距离的时候,眼尖地发现自己的车一边高一边矮,左后方的车尾矮得分外明显。

薛恨沉了沉脸色,快步走到自己的车边——果然,车的左后轮爆了胎,一点气都没剩,很瘪。

薛恨的车虽然不贵,但加保险之类的算在一起也不便宜,部件更是专门找人加固过的,没这么容易爆胎。薛恨唯一能想到的可能性,就是他的车胎是被人故意扎了。

他抬起头环顾四周,空荡荡的停车场里除了车什么都没有。薛恨沉沉呼了口气,正准备去停车场门口找保安看监控,身后却突然响起一阵急促的脚步声。

薛恨猛地回头,迎面而来的就是一根直直打来的棒球棍。就在棒球棍即将砸在薛恨的脑袋上时,薛恨终于回过神来,他反应迅速地侧开身体,避开了这一次几乎致命的击打。只是他的反应再快,也还是被这根棍子打在了肩膀上。

薛恨痛得闷哼一声,他看向拿着棒球棍的人,这人头顶戴着个鸭舌帽,脸上也被口罩严严实实地遮盖着。薛恨只看得见他污浊的眼睛,以及眼神里毫不掩饰的恶意。

来不及多思考利弊权衡,肩膀上传来的痛感让薛恨内心的戾气再也止不住。在这个人又准备抡着棒球棍行动时,薛恨手疾眼快地挡住了棒球棍,并硬生生凭着蛮力控制着这根棍子,让这个歹徒进退不得。

"你找死。"薛恨说完就夺过了棒球棍,反客为主地击打在歹徒身上。

歹徒没有想到薛恨瘦削的身体居然藏着这么大的威力。原本的袭

击变成了薛恨单方面的反击,最后歹徒甚至只能双手抱着头,避免薛恨把自己打晕。

又是一脚踹在歹徒的小腿上,腿上力气极大,直接把这人踹得跪在了地上。薛恨还是觉得不解气,在他扬起手中的棒球棍,打算再给这个歹徒一棍子时,身后突然响起了熟悉的声音:"薛恨。"

手里的棍子愣在半空,薛恨的身体也僵硬了几秒。

他回头看过去——是贺钦。他站在不远不近的地方,目光幽深地看着薛恨和薛恨手里的棍子。不知道为什么,薛恨的心里突然涌上来一股心虚和难过。他现在对着人拳打脚踢、满嘴脏话的样子,不正是贺钦嘴里最厌恶的土匪行径吗?

就在这一刻,薛恨的脑海里突然闪现出大学时期的某个片段。那时他将人拦在巷子里揍,嘴里也放着狠话。而在这个过程中,巷口总是有一道冰冷森然的目光传来,存在感极强。

可惜当时的薛恨并没有腾出工夫去看究竟是谁,只是在结束战斗后看见了一个熟悉又陌生的背影。

那个人会不会就是贺钦?

如果他真的就是贺钦的话,后来贺钦"劝"他离开方越澜的行为,似乎也有了更加合理的解释——你一个从泥土里爬出来的小人物,身份卑微满身污点,有什么资格在方越澜面前谄媚讨好?

薛恨思绪纷乱地看着贺钦缓缓走到自己面前,手里的棍子落在了地上,响声砸进了薛恨自卑感无处遁形的内心,让他身体微微发抖。

直到贺钦在薛恨面前站定,薛恨都没有回过神来。然后他就听见贺钦沉着嗓子问他:"有没有受伤?"

很多年后,当薛恨想起这一幕,想起贺钦问的这句话时,他都会在心里感谢上苍——感谢它终于舍得开眼,感谢它慷慨地将这样的温暖送到自己身边,让自己之前遭遇的所有不幸与苦难都变得不值一提。

许久,贺钦都没有听见薛恨的回答。他将声音又放轻柔了一点儿:"跟我说话,薛恨。"

薛恨像是终于回过神来似的,他看向贺钦的眼神复杂极了,开口时语气不自觉地带上了委屈:"他扎了我的轮胎,还打我。"

贺钦顿了顿，然后他转过身去看那个准备从地上爬起来逃跑的歹徒，二话不说地抬脚用力踢在他的屁股上，又将他踢倒在地上。他缓着脚步走到歹徒的面前，目光阴恻恻的："你哪只手打的他？"

歹徒嘴唇颤抖着，满脸都是因为害怕和疼痛而流出来的冷汗，眼神也带着恐惧，他竟然恶人先告状："是他，是他要下狠手！三少！"

贺钦却眯了眯眼："你认识我？"

歹徒的身体都僵硬了一瞬，他心虚地摇头，但贺钦已经能够从他的表现里获得答案："我问，你是哪只手打的他？"

歹徒咬牙不说话，贺钦也失去了耐性。他伸出手强硬又迅速地摁住男人的肩膀，另一只手讲究又精准地勒着男人的手臂用力往后一掰。

"啊——"惨烈的尖叫声从歹徒嘴里发出来，贺钦脸上依然是一副云淡风轻的表情，但眼神里带着绝对的冷漠。

歹徒脸色已经苍白不已，剧烈的疼痛也让他的身体止不住地颤抖。

贺钦置若罔闻，只是亲手将男人的骨头接好，之后再次阴沉着脸色问："哪只手爆的胎？"

歹徒嘴里喊着："三少饶命！"疼痛感让他很难听清贺钦问的问题，就算听清了他也答不上来。哪有一只手能爆胎的？他没那个本事，有就不会被收拾得这么惨了。

贺钦正准备动手，衣角却被薛恨拉住了。

贺钦扭头，眼里的阴翳被他迅速收了回去。薛恨对着贺钦摇了摇头："你别脏了手。"

贺钦说："好。"伸手搭在薛恨的肩头，却看见薛恨像是被摸痛了似的，身体下意识抖了抖。贺钦立刻就反应过来，眉头微蹙："伤到肩膀了？"

"唔——"薛恨低头看着自己的鞋尖，"他想打我的脑袋来着，来不及完全躲开。"

贺钦心里好不容易收起来的戾气再次冲上心头。他再次走到那个瘫倒在地上的歹徒面前，鞋尖用力踩在了他的肩膀上："你活腻了？"

钻心的疼痛让歹徒又发出了一声惨叫，薛恨觉得刺耳，他又一次拉了贺钦："好了，贺钦。"

贺钦深深呼了口气，才终于省下了脚下的力道。他拿出手机拨通了一个电话："王颂，是我，贺钦，我要报警。"

薛恨听着贺钦三两句话把事情交代完后，忍不住眨了眨眼："是那天阿澜婚礼上的那哥们儿？"

贺钦应了一声，和薛恨去找了物业的人，让他们调取了监控。

他们在物业处等了会儿，就看见王颂穿着制服带着人赶来了。三人打了个招呼，薛恨想伸手去和王颂握手，贺钦却横过来握住了薛恨的手："他受伤了。"

"……"王颂扬了扬眉，"行，我把人先带过去，回头可能要薛先生跟我去做个记录。"

薛恨摸了摸鼻子："谢了。"

"客气！"王颂说完，几人一起去找了歹徒。

做完笔录出来后薛恨心情好了很多。

薛恨坐在副驾驶上，眼睛时不时瞅贺钦一眼，这人脸上没什么表情，却还是能让薛恨感受到他的不开心。

转了转眼珠子，薛恨没话找话聊："这哥们儿穿起制服的样子，还挺像那么回事的。"

"你感兴趣？"贺钦趁着红灯间隙瞥薛恨，问完也不等薛恨回答，"等你伤好了，我带你去他家，让你看个够。"

薛恨的眼皮子跳了跳："看什么？"

贺钦的眼里闪过一丝精光："看他的制服。"

薛恨："……"回神却发现贺钦没把车子开往回家的方向，薛恨忍不住问，"去哪儿？"

"医院。"贺钦淡淡地回答。

"医院？"薛恨瞪大了眼，"去医院干什么？"

贺钦斜睨了薛恨一眼，眼睛里写着"你说呢"三个字。

"又不是什么大事，至于这么小题大做吗？你当我是纸糊的还是怎么着？"

贺钦置之不理，目的明确地将车开到了一家私人医院的停车场里，并在停好车后不由分说地下车逮住了人。

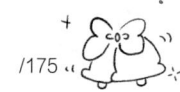

薛恨咬着嘴唇，屁股一动不动，消极反抗的意思非常明显——他不爱去医院！

贺钦威胁着眯了眯眼。

"……"薛恨无声地和贺钦对视着抗议，终于还是败下阵来，"去就去！"

贺钦满意："走。"

也许是贺三少这个名头太好用了，贺钦在傍晚时分还是给薛恨挂到了一个专家号，并拽着人去了问诊室。

老专家戴着一副厚厚的眼镜，他问两人是谁有病要看。本来就不情愿的薛恨嘟囔："你才有病！"

"哟！就是你有病要治啊？"老头儿大概是听到了薛恨的话，说话的声音提高了一些。

薛恨冲老专家扮了个鬼脸。

贺钦对着老专家开口："周叔叔，他肩膀受伤了，您帮他看看。"

"这都认识？"薛恨撇了撇嘴，认命地低下了头。

被贺钦唤作周叔叔的老专家目光放在贺钦的手上顿了顿，却没多问，只是笑眯眯地对着薛恨说："小孩儿，骂人被打了吧？"

"明明是您先骂的！"薛恨辩解着说，却因为贺钦刚才叫过的周叔叔而下意识换了尊称。老头儿嘿嘿一笑："我骂什么了？我不得问问病人是谁？"

"……"薛恨难得被堵得吃瘪，还是一边的贺钦适时开了口："周叔叔，他是为我受的伤，您别逗他。"

周老医生清了清嗓子，让薛恨脱了上衣。

入眼的瘦削肩膀上确实多了一条瘀青到泛紫的伤痕，看着就触目惊心。

贺钦定定地盯着这道伤痕看，垂在身侧的手无声握成了拳头。

老医生也收起了那副开玩笑的模样，认真专注地检查了一下薛恨的伤处，还上手摸了摸薛恨的骨头。

薛恨疼得"嗞"了一声，贺钦眉头紧锁："周叔叔，您轻点儿，他疼。"

老医生挑了挑眉:"疼说明骨头没伤到,伤到了就不只是疼了,年轻人,忍着点儿!"

"……"薛恨扭头发誓不会再发出声音。

贺钦也没办法。

老医生觉得这俩小子真碍眼,给薛恨四处检查确认了伤势后拍了拍手:"行了,没伤到根本,拿点儿药去抹几天,别抬重物。"

贺钦点了点头:"谢谢周叔叔。"

周医生点头,提笔洋洋洒洒地写了一个药单子,然后他提高嗓门:"小陈!"

问诊室的隔间里走出来一个穿着护士服的女孩:"周老,我在的!"

周医生将药单子递给小陈,之后对着薛恨挥了挥手:"去,跟着小陈自己拿药去!"

"……哦。"薛恨点了点头,拿过单子跟着小陈离开了问诊室。

贺钦对周医生说:"您辛苦。"

周医生没管贺钦的恭维:"贺老知道你们打架这事吗?"

贺钦抿了抿唇:"还没告诉他们。"

"那你怎么放心把他带来我这里,就不怕我说漏嘴?"老医生说着还收起了戴在鼻子上的眼镜。

"事发突然,没想那么多。"贺钦淡然又坦诚地说,说完又补了一句,"您不会说的。"

老头儿哼笑一声:"你可真看得起你叔叔我。"

"说了也没关系。"贺钦摊开自己的掌心,看了看手掌心的纹路,"我早晚也要让他们知道的。只是现在时机还不到。"

周老医生满眼好奇:"什么时机?"

贺钦合起掌心,话说得很小声,小声到不知道是回答问题还是在对自己说:"还不够。"

周老医生的老脸上闪过几分茫然。

贺钦却不打算为他继续解答疑惑:"我先走了,过几天带他来找您复查,谢谢周叔叔。"

说完后,贺钦也不管身后的周老说了什么,大步流星地离开了问诊室。

夜里,贺钦让薛恨趴在沙发上,方便自己为他擦药。肩膀上的青紫伤痕依然刺眼,贺钦在擦药时忍不住问:"痛不痛?"

薛恨摇了摇头:"我没那么娇气,你别太当回事。"

贺钦抿唇,拧开药瓶为薛恨擦药,擦药时他问:"之前也会吗?"

"什么?"薛恨没反应过来。贺钦想了想,还是问:"我说,以前,也会因为这种事受伤吗?"

薛恨含糊地应了一声:"还行吧,我可不会让别人占便宜,不然也对不起贺三少亲赐的小土匪称号不是?"他语气轻松地说着,末了还不忘开个玩笑。

这个玩笑却开得贺钦心里发颤,他擦药的力道越来越轻柔:"是我不好。"

"什么玩意儿?"薛恨回过头来看贺钦,他对贺钦的话做了错误的理解,"不是,这人应该不是冲你来的。"

"中午我接到一个电话,有个神经病戴着变声器说想和我合作,我没理,还把他拉黑了,估计就是这事完了,他故意让人来找碴儿来着。"薛恨解释着说。

贺钦也微微蹙起了眉头:"合作?你没有问他的身份吗?"

"他都戴着变声器了,肯定就是不想让我认出来呗,神神秘秘的,能是什么好人啊?"薛恨不以为意地说,"这家伙要是被我逮着了,我肯定得想办法揍回来。"

贺钦将化瘀的药推散开后才说:"这件事交给我。"

薛恨摇头:"说了跟你没关系了,你别惹一身腥。"

贺钦却没回,只是将药收好后去洗了个手,薛恨却一脸嫌弃:"一身药味儿,臭死了。"

贺钦:"这药味儿是我身上的?我还没嫌弃你,老实点儿。"

薛恨扬了扬嘴角:"我说真的,这事你别管,我以后会多个心眼的。"

"我管。"贺钦语气带了些强硬,"薛恨,你应该试着相信我。"

薛恨:"相信你什么?我可以自己解决。"

/178

"不是这回事。"贺钦蹙眉，解释的话却很耐心，"我之前看见你书柜里摆着好几本经济类书籍。"

薛恨眨了眨眼："然后呢？"

"我不知道你看过这些书没有，它们很新。"

"看过一点儿，看不进去，字太多了。"

贺钦的眼里闪过一丝笑意："为什么对着你那些密密麻麻的数据链就看得下去？"

"我也不知道。"薛恨老实回答，"你突然说这个干吗？"

"经济学研究有一个最基本的目的，就是达成资源的最优配置和利用。"

薛恨"唔"了一声："然后呢？"

"我想告诉你的是——"贺钦顿了顿，"相信我不会折损你的男子气概。相反，聪明人会利用他身边所有能获取到的资源，不管是人力、物力，或者你这个财迷最喜欢的钱财，去达到他想达到的目的，去做成他想做的事。"

贺钦是个寡言的人，尤其是在薛恨之外的人面前，他总是沉默到显得有些刻薄和不近人情。然而在今夜，贺钦用他低沉和缓的嗓音，和薛恨诉说着一个简单的道理，并希望薛恨能理解接受这个道理。

薛恨："你是想夸我聪明，还是想让我真的利用你呀？"

贺钦："都有，我是希望你能把我当成你手里最有效最可靠的资源。"

薛恨转了转眼珠子："没见过你这样的，上赶着给自己找事情做，还嫌自己的工作不够忙啊？"

贺钦现在不打算和薛恨呛声："听我的，这件事交给我来处理。"

"以后等我一起下班，有我在，没人敢动你。"

薛恨伸舌头舔了舔嘴角："行，我明天早上想吃蟹黄包。"

"嗯。"贺钦应下。

第二天，警方找到了背后主使，那人是之前被荣钦淘汰掉的一个中小企业法人代表，叫徐玉强。得到结果之后，贺钦也不想猜他打着什么主意,只是先直接动用了荣钦的律师团队,以恶意竞争和扰乱市场秩序的罪名起诉了他。

同时,王颂那边也没掉链子,那个歹徒在他的手下顺顺利利交代了事情的始末,徐玉强这下又多了一条罪名。

贺钦顺顺利利地给薛恨肩上挨的那一棍报了仇,并为薛恨索求了数额巨大的赔偿——这下不光是医药费和补胎费,薛恨就是再买辆好点儿的新车也都是眨眨眼的事了。

薛恨发现自己的账户上多了这么多钱后,做的第一件事就是查清楚那笔钱的来历,在查询时顺便了解了事情的始末。

午休时薛恨提前跑去了贺钦的办公室。彼时贺钦还在开会,薛恨进去了也不乱跑,就站在门口等贺钦。

贺钦开完会回到办公室就看到了薛恨,薛恨有些兴奋,看着贺钦中肯地评价:"贺老三,你真行,直接给人告上商事法庭了!"

贺钦先是惊讶,回过神来后眼里带着真切的笑意:"他应得的。"

"损,实在忒损了。"薛恨说着,还有模有样地给贺钦竖了个大拇指。

贺钦闷声笑了笑:"解气了吗?"

薛恨:"当然了,不仅解气还发了笔小财。"

十二月的最后一个星期五,燕市迎来了冬天的第一场雪。

雪是在夜里下的,第二天,窗外的世界就被皑皑白雪彻底覆盖了。薛恨起床看见窗外特别兴奋,也不管窗外是不是寒风凛冽就下床去开窗,呼啸而过的北风也没吹散薛恨看见雪后的好心情。

他用手抓起一捧雪,关上窗子后去找贺钦。

听到动静贺钦回头看,薛恨正笑盈盈地看着他:"贺老三,下雪了!"

贺钦:"嗯。"

两人吃了个早餐后一起去了荣钦。年底公司事情多,贺钦去了公司就没腾出空来,薛恨倒是闲得发慌,将手里该做的事情处理完后,窗外的雪仍然没有停下的趋势。

薛恨站在办公室里看了很久的雪，最终没有忍住，溜去了荣钦大楼后面的草地上，这里很少有人来，雪也铺盖了厚厚一层。薛恨玩心大起，挑了个顺眼的地方开始捧雪堆起了雪人。

于是贺钦开完会让助理去叫薛恨来时，就得知薛恨现在没有在办公室里，助理还猜测："薛先生大概是去洗手间了。"

贺钦伸手敲了敲桌子，让助理去午休，自己则是坐在办公室里的餐桌前等待了十多分钟，结果还是没等到人。贺钦干脆起身亲自去抓人，去了才发现薛恨的办公室里空空荡荡的，没个人影。

他皱了皱眉，拿出手机来打算给薛恨打电话，却在拨通电话之前接到了监控室的来电："贺总，公司后门有个人鬼鬼祟祟的。"

"……"贺钦应了一声，快步走到薛恨办公室的窗前往下看。得益于贺三少良好的视力，隔着十几楼，贺钦还是看见了那个"鬼鬼祟祟"的人影。

只是他看不太清楚薛恨在忙什么，他对着监控室的技术人员说："他是你们的小老板。"

"啊？"技术人员抠了抠脑门，还没弄明白，贺钦就挂断了电话。

想到这里，贺钦扬了扬嘴角，收起手机快步下楼去，感冒了怎么办。贺钦想着，第一次觉得他们公司大楼的电梯居然这么难等，下移的速度也有待提高。

等贺钦赶到后门的时候，薛恨正在忙活着给他亲手堆的第二个雪人做脑袋。他的手掌因为一直接触冰雪而冻得通红，指甲都泛了红。

薛恨却像是感觉不到似的，一边揉着雪团一边观察多大的脑袋才配得上他的雪球二号。

下一秒，薛恨的面前出现了一双锃亮名贵的黑色皮鞋。

薛恨抬头，看见了贺三少高大的身体和主体的五官，还有他那双凌厉的眼睛。

薛恨眨了眨眼，又吸了吸冻得通红的鼻子："你把我的雪踩脏了，贺老三。"

贺钦："怎么还跟个小孩似的？"

薛恨转了转眼珠子："你才是小孩。"薛恨说完笑嘻嘻的。

反应过来薛恨才发现自己的脸似乎都被冻僵了。他又吸了吸鼻子,鼻头红红的。

贺钦笑了笑说:"只有小孩才爱堆雪人。"

"云城很少下雪,"薛恨解释着说,"前几年燕市下雪的时候都接近过年了,那会儿太冷了,我都没工夫玩。"

其实这话后面还有一个原因,那就是今年有贺钦在,薛恨就算真的感冒了,也不怕自己会孤独地死在那个公寓里。不过这话他没打算给贺钦说,否则一定会被贺钦骂小孩子脾气。

薛恨难得跟贺钦提起他在云城的过去,贺钦心里多了些好奇,最后却又被他藏进了心里。他问:"饿不饿?"

薛恨摇头,用下巴指了指他亲手堆的雪人:"看,两个,这个还差个脑袋,都快堆好了你就来了。"

贺钦将视线放过去,发现雪人还真堆得有模有样的,圆滚滚的肚子,率先堆好的那个脸上还有鼻子有眼睛的。

贺钦私心想拽薛恨回去,薛恨却不动:"我很快就堆好了,你怕冷你就先回去!"

贺钦认命地叹了口气:"我来。"

薛恨狐疑地看贺钦:"你?你行吗?"

被质疑能力的贺钦危险地眯了眯眼,最终松开薛恨,脱下自己的风衣外套搭在薛恨身上:"等着。"

之后贺三少就蹲下身,捡起刚才薛恨堆到一半的雪人脑袋,四处找雪滚球去了。

薛恨紧紧地跟着,身上的外套还带着残留的温度,他问贺钦冷不冷。

"穿你的。"贺三少淡淡地说,面不改色。

薛恨"哦"了一声,老老实实将贺钦罩在自己身上的外套扣子扣好,在确认它不会滑下来后,在贺钦身后说:"你不冷我冷。"

贺钦滚雪球的态度端正,动作也越来越认真。圆润的雪人脑袋在他手下从雏形到完整。

贺钦在确认好大小后回头:"看看合不合适。"

"唔——"薛恨应了一声,从贺钦背后探头来看,又和雪人的身体做了对比,之后他点了点头,"差不多。"

贺钦得到肯定后转身将雪人脑袋安在了身体上,果然刚好合适。

薛恨却被雪人吸引了注意力,贺钦堆的果然比他堆的漂亮。

他对着贺钦竖了个大拇指:"可以啊你,揉得跟面团似的!"

贺钦拍了拍手上的碎雪:"以前堆过。"

薛恨了然,脚步轻快地去找了两粒石子来做雪人的眼睛,鼻子则是地上的树枝,有模有样的。

他对着完工的雪人说:"我宣布,这个高的名字叫薛小恨,虎头虎脑这个,名字叫贺钦钦。有意见吗,贺总?"

贺钦:"上楼冲澡,别真的感冒了。"

薛恨冲着贺钦做了个鬼脸,老老实实地上了楼。路上他还对雪人念念不忘:"不会被别人踹碎吧?"

贺钦摇头,内心郑重思考找人在这俩雪人周围拉一层警戒线的可行性。

薛恨想了想又说:"下班后我去趟商场,给咱俩雪人一人买一条围巾,戴着好看,像电视里那些似的。"

发了横财的小薛果然财大气粗,连雪人的装饰品都惦记上了。给小薛总带来财运的贺三少却不乐意了,他蹙了蹙眉:"怎么不给我买?"

"你跟雪人……"能比吗?薛恨下意识地想说这话,到嘴边却又硬生生转了个弯:"你跟个雪人都能计较,你就这么小心眼啊?"

贺三少冷哼一声:"给我买。"

薛恨踢了踢贺钦的鞋尖:"你一个贺家三少爷,缺这条围巾是怎么着?"

"缺。"贺钦掷地有声地说,"给我买。"

"……下班了再说!"薛恨说完,他走到了自己的办公室门口,推开门进去就想把门关上。贺钦却紧随其后地跟了进来,他语气严肃地说:"给我买。"

"……行行行!买买买!"薛恨松口答应,却又在答应之后忍不住警告,"话说在前头,你要是敢像那胸针一样专门挑贵的,我就是把你赶出家门也不会给你买的啊!"

贺钦点头,答应得分外爽快。

薛恨狐疑地看贺钦一眼,接着像突然想起什么似的:"哎——等等,凭什么都是我给你买礼物!这不公平!"

贺三少茫然地蹙了蹙眉:"谁说的?"

"我说错了?你除了往我卡里转钱,还送过什么?"

贺钦认真思索了两秒:"你难道不喜欢我给你转钱吗?"

"……"有一点儿喜欢。薛恨却不愿落了下风:"士可杀不可辱!你这礼物很敷衍,也很侮辱人!"

"是吗?"贺三少又陷入了沉思,五秒之后,他的眼睛里闪过几分犀利的精光,"谁说我没有给你送过钱以外的礼物?"

"你有?"

"你家的浴缸不是我送的?"贺三少笃定又自满地说,"你很喜欢它不是吗?"

小薛总愣怔很久,才从嘴里艰难地回答:"哦……"

圣诞节这天,贺钦惦记着薛恨抱怨自己没送他礼物这件事,趁着薛恨周末睡懒觉的工夫,起床打电话让人送了一棵不大不小的圣诞树来。

树上装点着不少礼盒,贺钦随便打开来一个礼盒看了看,发现这盒子里装的都是糖果,没什么可送性。

贺三少坐在圣诞树旁边的地毯上,在一番深刻的思考之后,贺钦拨通了贺家名下一个家具城的电话。

"三少,有什么指示?"

贺钦用指尖敲了敲地毯:"我需要一个洗碗机,送到青骏源公寓这边来,礼盒包装得漂亮点儿。"

"……"电话那边的经理缄默了两秒,"您是……要拿这个送人?"

"有什么问题?"贺钦严肃地问。经理清了清嗓子:"没问题!您看看礼盒是要什么颜色的?"

"随便。"贺钦交代完就十分干脆地挂断了电话,也不管家具城那边的经理有没有被贺钦惊吓到。

电话挂断后,贺钦站起来,走去了主卧。薛恨还在呼呼大睡,他在睡梦里皱起了眉头,手脚倒是实实在在地将被子全部裹在自己身上围了起来,半点儿不会冷着自己。

贺钦:"起床吃饭,懒猪。"

薛恨的回应是将脑袋都捂进了被子里,还不忘在被窝里闷闷地说:"滚。"

贺钦扬了扬眉,将卧室的空调温度开高了点,之后他换好衣服出门去买菜。

薛恨在被不停响起的门铃吵醒后,穿着松松垮垮的睡衣、顶着乱七八糟的头发去开了门,跟门口一个搬着大礼盒的西装男人四目相对:"……"

还是男人先反应过来:"您好,请问一下贺三少是住这里吗?"

"嗯?"薛恨扯了扯嘴角,"你找他有什么事?"

"是这样的,刚才三少打电话让我为他送份礼物过来。"男人笑着说,还将面前的礼盒往薛恨面前递了递。

薛恨只好接过礼盒:"需要签字吗?"

男人笑眯眯地摇了摇头:"祝您圣诞快乐,也祝三少圣诞快乐!"

"……谢谢。"薛恨说完就搬着礼盒回了家,一边往回走他一边想,出息了,贺老三还知道主动送礼物了,就是这礼盒的颜色是不是太俗太土了点儿?

想是这么想,薛恨的内心里更多的是止不住的开心,走到客厅时,薛恨还看见了地上摆着的圣诞树。他轻"啧"一声,将礼盒放在了圣诞树的旁边,越看越顺眼,看到最后忍不住先拿手机拍了一张照。虽然不知道分享给谁,但是就是想着先拍下来。拍完照后,薛恨欢天喜地地拆开了礼盒。一个崭新的洗碗机就这么猝不及防地闯进了薛恨的视线里:"……"

薛恨太阳穴的青筋都跳了跳,忍了很久才忍住抱着礼物冲下去找西装男退货的冲动。怎么会有拿这玩意儿当礼物的人?还包了个礼盒!

贺三少买菜回来时就觉得家里的气氛不对。他换鞋后敏锐地环顾了一下四周,果然看见了围着圣诞树坐在地上的薛恨,身边还放着一个洗碗机。

贺钦想了想,径直走到薛恨身边,半蹲下身体,却在动作到一半时接收到了薛恨满是怨念的眼神。

薛恨:"贺老三,真有你的,啊?拿个洗碗机当礼物,亏你想得出来!"

贺钦轻轻笑了笑:"实用性强,有什么不好?"

薛恨哼了一声,双手环在胸前:"你自己想办法安装去吧,懒得理你。"

贺钦点头:"要不要先吃饭?"

薛恨目光扫向贺钦手里的菜:"哟,还买菜呢?会做吗你就买?"

贺钦站直身体:"你来教我。"

薛恨跟着他进了厨房,不管怎样,还是要吃饭的。

饭后,薛恨拍拍肚皮:"家里是不是快没油了?下午去买点儿。"

贺钦:"我可以直接让人送来。"

薛恨一巴掌拍在贺钦肩膀上:"你有病吧?还嫌知道贺三少住郊区的人少是不?"

贺钦无辜又茫然:"什么意思?"

薛恨:"你是真不怕让别人知道啊?"

"怕?"贺钦脸上的迷茫更甚,"为什么怕?"

"……"薛恨真想挖开贺钦的脑子,看看这里面装的都是些什么东西。就在他准备再说点儿什么时,贺钦放在桌上的手机振动了起来。

两人同时朝电话看去,贺钦直接长手一伸捞了过来,说曹操曹操到,来电人就是贺钦的父亲贺劲峰。

薛恨瞥见了,想回避一下,贺钦却不让他走,光明正大地接通了电话:"父亲。"

贺劲峰开门见山,语带焦急:"你爷爷心梗犯了,现在在海市的ICU里。"

/186

贺钦听完后眉头也骤然皱起:"我现在就过去。"

贺钦挂断电话后看向薛恨,薛恨张了张嘴,把到嘴边的没什么意义的安慰话语吞了回去,换成了一句:"我去给你拿外衣。"

之后他就快步去了主卧,刚把贺钦的风衣外套从衣架上取下来。

贺钦看着薛恨说:"爷爷对我一直很好。"

薛恨转身说:"机票订好了吗?"

"嗯。"贺钦抿唇,脸上多了点儿担忧。薛恨拿过他昨天送给贺钦的黑色围巾递给贺钦:"我送你去机场。"

贺钦却摇头:"不用,外头冷。"

薛恨也不再说什么,只是送贺钦到了家门口:"你开车小心点儿,他老人家会没事的。"

贺钦深深看了薛恨一眼:"嗯,谢谢你,等我回来。"

"好。"薛恨目送贺钦走去了电梯口,在贺钦即将走进电梯关门时,薛恨突然叫了一声:"贺钦!"

贺钦顿住脚步回头,薛恨看着他说:"会没事的。"

贺钦指尖颤了颤,答应了一声后头也不回地离开了公寓。

贺钦不知道的是,在他离开薛恨的视野后,薛恨站在原地挣扎了多久,才将到嘴边那句"我陪你去"吞了回去。薛恨想陪着贺钦,因为现在的贺钦似乎真的很需要朋友在身边。可是薛恨不敢陪贺钦去,贺家老爷子这么严重,贺家估计举家都是要去看的,薛恨现在出现,无疑是给贺钦添乱。

在门口沉默了很久后,薛恨对着空气叹了口气,但愿贺老爷子平安无事,至少别出什么让贺伤心的问题。

收到贺钦登机前发来的信息时,薛恨正守着贺钦买来的圣诞树发呆。他低头看着和贺钦的聊天界面,一时半会儿不知道说点儿什么。安慰的话说了好几遍,不见得能起到什么作用。于是薛恨脑子一抽,给贺钦回了一个句号。

回过神来他一巴掌招呼在自己脸上,想了想又回了一个"有事开口",却很久都没有得到贺钦的答复,大概是贺钦已经上飞机了。

薛恨将手机扔到一边，躺倒在地用手臂捂住了额头眼睛，这不大不小的公寓在没有贺钦的时候居然显得分外空荡，连墙上挂钟的指针挪动时传出来的声响都变得有些刺耳。

再次振动的手机唤回了薛恨的理智。他以为是贺钦打过来的，几乎是立刻就拿起了手机，却发现来电人是个陌生号码。薛恨抿着唇接通了电话，电话那边就传来了讨人厌的声音——

"我是许嘉懿，我们谈谈。"

薛恨无比厌烦地挂断了电话，下一秒，手机里却收到了几张这个号码发来的图片信息。图里是他和贺钦在停车场和歹徒发生冲突的情景。

图片的末尾还有许嘉懿配着的短信：如果你不想这些照片出现在贺家人眼前，你最好到我说的地方来。

薛恨沉沉呼了口气，换上衣服出了门。

许嘉懿定的咖啡厅离薛恨的家不算远，薛恨现在只觉得自己做得最傻的事，就是把这个人当个正常买家带去了自己家，事多不说，还被这小子偷拍了。也怪他和贺钦太不谨慎了，这么想着，薛恨的内心不由得反思自己，他是不是表现得太好欺负了？

进了咖啡厅的指定雅间，里面的许嘉懿好整以暇地坐着，明明看着清纯干净，头上还戴了个针织帽，看向薛恨的眼神却像一条毒蛇。

薛恨不打算和许嘉懿多说废话："有话快说。"

许嘉懿却非要拐弯抹角，他冲着自己对面的位置扬了扬下巴："坐着聊聊，薛先生。"

薛恨拉开凳子坐下："你直说吧，你想怎么样？"

"我的想法之前就跟你说过了。"许嘉懿直直地盯着薛恨看，"我要你离贺三哥远一点儿。"

薛恨伸手敲了敲桌子，嗤笑一声："我说许少爷，您这是睁眼瞎还是大脑哪根神经没接好啊？"

问完，薛恨也不等许嘉懿有所反应："就算你之前没在我家见过他，这些天你找人跟了我这么久，就没发现是你嘴里的贺三哥赖在我家不肯走吗？"

"你胡说！你以为你是个什么东西，贺三哥凭什么赖上你？一定是你的问题！"许嘉懿的杏眼瞪得溜圆。

"凭什么？"薛恨伸手扯了扯自己的衣袖袖口，"就凭我长得比你帅能耐比你大，凭我敢扔他的东西，而你个废物连他的衣角都沾不上。"

"你——"许嘉懿气得拍桌子，"薛恨，你别小人得志，你一个爹不疼娘不爱的坏蛋，有什么资格跟我争？"

薛恨的眼神里多了些戾气，他握紧了拳头，开口却是毫不留情的反击："你有爹疼娘爱，你说你爹要是知道，他能养出来你这么个只会使下三烂招数的儿子，指定后悔当年把你生下来。"

"薛恨！"许嘉懿咬牙切齿地挤出薛恨的名字。人更是气得站了起来，"你就不怕我把这件事捅到贺家去吗？贺叔叔绝对不会放过你的！"

"你去啊！你现在就去！你不去我看不起你！"薛恨半点儿没有被许嘉懿威胁到，"不过别怪我没提醒你，万一你这一告，把你的贺三哥惹急了，后果自负哦。"

许嘉懿瞠目结舌："你……你怎么这么无耻！"

薛恨冷笑一声："怎么了？谁比谁高贵是怎么着？实话告诉你，我和贺钦是工作伙伴、合作商，是朋友，是校友。而你呢？你只能想方设法买他用过的东西，你只会在暗地里找我耍阴招，许嘉懿，你真可怜。"

"你住口！"许嘉懿气红了脸，他手握成拳头，毫不犹豫地朝着薛恨挥来，却被薛恨轻而易举地伸手拦下，薛恨放在许嘉懿手腕上的手更是用力到许嘉懿的身体都开始发白。

"就凭你也想揍我？"薛恨像看笑话一样地看着许嘉懿，"我是不是忘了跟你说？我跟你贺三哥大学互殴的时候，他没少被我揍得叫哥哥，你一副虚弱样，还敢主动招呼我出来。"

许嘉懿不愿吃亏，嘴里零零碎碎地吐出骂人的话："你这个小杂——"

"啪——"话还没说完，薛恨就用力一巴掌打在了许嘉懿圆圆的脸蛋上,力气大到立刻在许嘉懿脸上留下了一个清晰的巴掌印,薛恨一只手桎梏着许嘉懿的手腕,另一只手用起来也得心应手。

"许老先生没教好你,我今儿就替他老人家好好管教管教你。"

许嘉懿彻底被薛恨气得崩溃了,他歇斯底里地抬手抬脚往薛恨身上招呼。怎么会有这种人!这种人怎么能和贺三哥有关系!

面对癫狂着朝自己打来的许嘉懿,薛恨心里的怒气也终于找到了发泄的途径。他现在或许打不过贺钦,但面对这个只会使阴招的家伙,薛恨揍服他也就是几下的事。

将人彻底制伏后,薛恨站起身来,听见许嘉懿嘴里仍然念叨着:"薛恨,我要杀了你!"

薛恨"呸"了一声,一脚踹在许嘉懿的大腿上:"我的名字从你嘴里吐出来,真晦气。"

说完薛恨就往门口走去,走到一半,薛恨却猛地顿住脚步。

紧接着,他回头走回许嘉懿身边,用力掐住了许嘉懿的下巴:"差点儿忘了,再提醒你一次,关于你偷偷摸摸拍到的那些照片。你想留就留着,想传到贺家人手里去,我也管不着,"薛恨语气森冷,"反正我什么都不怕。但如果你现在给贺钦添麻烦,我一定不会放过你。"

许嘉懿的眼里闪过一丝惊慌——挨揍的时候没觉得,可就在刚刚,在薛恨对着自己说这些话的时候,许嘉懿恍然有了一种直面死亡的紧张战栗感。

薛恨却没再管许嘉懿是什么反应,只是头也不回地离开了咖啡厅雅间。

门口的寒风冷冷地刮在薛恨的脸上,右脸上多出来的一道长长的伤口浸出了鲜红的血,被风刮过时痛得薛恨眼眶泛红——那是刚才被许嘉懿抓挠出来的。

再怎么娇气的男人,在打架争锋时也不可能让薛恨毫发无损。他大概是恨死了薛恨。

薛恨的脸被他抓出好几道印子来,最严重的就是现在还在流血的一条长痕。皮肉破开流血的痛感被薛恨忽视,他也没让许嘉懿讨到好,光是扇在许嘉懿脸上的几耳光,就足够这位小少爷脸肿一阵子了。

愣怔一会儿后，薛恨吸了吸发酸的鼻子，开始低着头往回家的路走。一边走，薛恨的心里一边冒着莫大的委屈：明明是贺钦来招惹的自己，到头来讨人恨的却是他薛恨。但是比起这阵子委屈，此刻占据薛恨内心更多的，却是他对贺钦的担心，也不知道贺钦的爷爷怎么样了。

要是贺钦今天没去海市，他们现在会一起准备圣诞节的晚餐，薛恨不介意亲手为贺钦准备一顿丰盛的晚餐，还可以打电话请教一下赵枝玉，怎样才能做出一只味道鲜美的烤鹅。

吃完晚餐后，他可以叫上贺钦去小健身房里，两人一起做做锻炼。再或者，薛恨会叫上贺钦出来走走，小区公园里的积雪还有厚厚的一层，他们可以再堆一个雪人，可以和他们亲手堆出来的雪人拍上一张合影。

原本应该是这样的。

要是贺钦在，薛恨不会搭理许嘉懿的话，不会被许嘉懿的爪子挠出血，更不会听见别人骂他。因为贺钦会保护好他，会用更高效的方式让许嘉懿不敢说出辱骂自己的话，做出威胁自己的事。这是贺钦答应过的，是贺钦一定会心甘情愿去做的。

可是现在贺钦有更重要的事情要做。薛恨不仅不想给贺钦添乱，还要悄悄地为贺钦做点儿什么，让贺钦能够安心陪着他的爷爷从鬼门关走回来。

许久之后,天空再次下起了雪,雪势偏大,碎雪淋湿了薛恨的头发。

薛恨抬头看向傍晚时黑压压的天空，很久之后对着天空动了动嘴唇："圣诞快乐，贺老三。"

第七章 想念

薛恨穿过下雪的街道，一路晃回了自己家。走出电梯后，薛恨却看见了一个站在黑夜里抽烟的熟悉身影："学长？"

郭寻回过头来，正打算说句"圣诞快乐"，却借着被薛恨叫亮的感应灯看见了薛恨脸上的伤口，他快速捻灭香烟走上来："你的脸怎么了？跟谁打架了？"

问完郭寻就想伸手擦去薛恨脸上的血痕，薛恨却下意识地向后避开来。"一点儿小伤，没事。"薛恨答完也不给郭寻说什么的机会，"学长怎么会在这里？"

郭寻收回半空中尴尬的手："很久没见你了，过来看看，还想顺便跟你一起过节来着。"

薛恨点头，收整好情绪后转身想按电梯："那我带学长去外面吃个饭。"

还没抬手，身后的郭寻就拽住了薛恨的手腕："你的脸上还有伤，先开门回家，我帮你擦点儿药。"

薛恨看着满脸写着担忧的郭寻，最终听了郭寻的建议，开门带着郭寻回了家。他从玄关处的鞋柜里找出一双一次性拖鞋来，示意郭寻换这个。

郭寻点头，目光却看向了另一双棉拖，和薛恨脚上踩着的那双颜色款式都一样，只是尺码要偏大一些。他用力掐了掐指尖，逼自己冷静下来。

薛恨不知道郭寻的想法，他去洗了一个干净的杯子，给郭寻倒了一杯水:"学长,过来坐。"

郭寻坐下后,薛恨找话题和郭寻闲聊:"最近过得怎么样?"

郭寻苦笑一声:"你走之后,我的工作总量多了不少,每天都很忙。"

提起这事,薛恨还是觉得对郭寻怀抱着愧疚,他低下头:"抱歉学长——"

"傻话。"郭寻打断了薛恨的话,并用反问进行试探,"你难道还能一去不回来不成?"

"这个项目结束了我就回去。"薛恨承诺着,对郭寻笑了笑,笑的时候却扯动了脸上的伤口,笑容都变得有些滑稽来。郭寻心里松了一口气,将注意力放在薛恨身上:"去找点儿药来,我给你擦一下。"

薛恨点头,老实去杂物柜里拿药箱。

而在薛恨离开的时间里,郭寻坐在客厅沙发上,不动声色地打量着薛恨的家。这不是他第一次来这里,但阔别这么久,再次走进来,郭寻还是发现了不少细节上的变化。

无论是门口的另一双拖鞋,还是沙发角落的双人毯子,又或者是阳台外面晾着的明显不是薛恨风格的衣服,甚至是眼前挂着礼盒的圣诞树,都在昭示着一个事实:这里不止薛恨一个人住。

郭寻不会蠢到以为薛恨是和别人合租。以他对薛恨的了解,薛恨是个领地意识很强的人,也不喜欢自己生活的小天地被他不接纳的人打扰。

郭寻觉得自己有些喘不过气来,脸色都变得有些难看起来。在郭寻挣扎着要不要直接问问薛恨时,薛恨已经拿着药箱走了过来,他坐到离郭寻不远的地方,主动解释:"其实我真的跟人打架了。"

郭寻拿过酒精和消毒棉签替薛恨擦去脸上的血痕:"其他地方有没有事?"

薛恨摇头:"学长又不是不知道,我打架可厉害了,那混蛋讨不着好。"

郭寻顿了顿:"为什么打架?"

"他说我爹不疼娘不爱,我没忍住。"

"……"郭寻沉沉呼了一口气,"下次碰到这种事不要逞能,直接告诉学长,学长找人给你出气。"

酒精棉贴在伤口上时传来的灼痛感让薛恨"嗞"了一声:"火气上来了,哪还想得到那么多啊?学长别担心,我有分寸的。"

郭寻最终也没问薛恨,那个跟他打架的人为什么要攻击薛恨的身世。

上完药后,薛恨道了声谢,郭寻心里的冲动再也克制不住:"小恨。"

正打算关上药箱放回原位的薛恨"嗯"了一声,然后他就听见郭寻低声问:"你之前对我说,你家里养了一只猫。"

薛恨停下收拾箱子的动作,他回头看向郭寻:"他……"

"其实不是一只猫,是一个人,是一个叫贺钦的人,对吗?"郭寻问这个问题的时候,嗓音有些沙哑。

放在药箱上的手指颤了颤,薛恨的眼里带上了复杂的情绪,他无声跟郭寻对视了几秒,才终于垂下眼。他过了很久才深深叹了口气,没有回答郭寻的话,而是开口说:"学长,给我一支烟吧。"

郭寻灰暗的视线里闪过几分错愕:"你,你不是……"

"我不爱抽烟。"薛恨扯了扯嘴角,"但不是不会。"

郭寻看着薛恨摊开的手心,最后还是取出香烟来递了一支给薛恨。他看着薛恨用拇指和食指掐着烟嘴递到嘴边,明明是个很普通自然的动作,薛恨做起来却总是多了几分说不出的味道。

薛恨叼着烟,又叫郭寻给了个打火机,他动作熟练地点燃烟,深深吸了一口后吐出一个烟圈来:"学长这烟,果然比三毛一支的东西好抽得多。"

郭寻不打断薛恨,等着他往下说。薛恨也没让郭寻等太久,再开口时,他精致的面容因为面前的烟雾而变得朦朦胧胧的:

"咱俩认识这么些年,学长对我也算是知根知底。你之前也说过,我这人就是性子倔,其实我不光性子倔,我还认死理。打从学长你在这么多燕大学弟里选中我的那一天起,学长在我心里就是恩人,是我一辈子都报答不了的恩人。"

"没到这个程度……"郭寻忍不住说,薛恨却对着郭寻摆了摆手:"有没有到,我心里掂量得清楚。其实除了恩情,我确实也很喜欢学长,无论是前辈还是朋友,你都很照顾我。我把学长你当成了不可或缺的好朋友,学长朋友多,可能不稀罕我这份友情。"

郭寻听着薛恨这么敞亮的肺腑之言,额头上的青筋都突突跳了跳:"那什么都没为你做过的贺钦呢?"

薛恨眯了眯眼,他大概是实在抽不来烟,剩下的大半根烟被他毫不心疼地捻灭:"学长,你搞错了一件事。不管是我对你的感恩还是你对我的照顾,都跟贺钦没有半点儿关系。"薛恨掐着被捻灭的烟看了两眼,眼神却没有什么温度,"就算今天没有贺钦,也不会影响我的想法。"

"或者我换个说法——"薛恨将目光放在脸色阴沉又灰暗的郭寻身上,"我对学长,会永远感恩。"

薛恨说的话对郭寻来说是一座巍峨不移的山,这座山沉甸甸地压在郭寻的心里让他这辈子都无法释怀。但再无法释怀,郭寻对着薛恨,也拿不出其他任何的办法。他开口问:"圣诞节,是打算跟他一起过吗?"

"不是。"薛恨难得面无表情地对郭寻撒了个谎,"我喜欢清净,你是知道的,学长。"

这个答案没有让郭寻的心里好过多少:"所以,我还是打扰到你了。"

"我们之间,不存在打不打扰。"薛恨站起身来,"时间不早了,我送学长下楼。"

郭寻咬了咬牙,还是跟着薛恨走了出去。屋外寒风呼啸,薛恨冷得打了个哆嗦,但带着郭寻往停车场去的脚步却一直没停下来过。

他将郭寻带到停好的车旁边:"学长,回去早点儿休息,改天请你吃——""饭"字还没有说出来,郭寻打断了他的话:"不用说那些客套的话。"

薛恨:"学长,对不起。"

郭寻用力闭了闭眼:"我希望你能继续把我当学长看。"

"会的。"薛恨张了张嘴,许久之后才喊出了一个称呼,"寻哥,我们永远都是好兄弟。"

许久之后,薛恨亲手为郭寻打开了车门:"回去吧,路上开车小心。"

郭寻点头,沉默着坐进了车里,在薛恨为郭寻关闭车门、对着郭寻招手再见时,郭寻再次打开了车窗:"圣诞快乐,小恨。"

"圣诞快乐,寻哥。"薛恨轻声说。

送走郭寻后,薛恨迎着风雪转身回家。路上接到了贺钦从南方海市打来的电话。他低沉和缓的声音从电话里传来:"小土匪,圣诞快乐。"贺钦略带着疲惫的嗓音让薛恨的嘴角翘了起来。他听见自己迎着寒风说:"贺老三,我比你更希望你爷爷好起来。"

贺钦第一时间就听出了薛恨的情绪不对。他站在加护病房外的走廊上,来来往往的只有值班的护士。"你在哪里?"贺钦低声问,说话时眉头微微蹙着,眼神深邃。

"在家呗,还能在哪儿?"薛恨有些心虚地回,回答完他也不给贺钦继续追问的机会,"你爷爷怎么样了呀?"

贺钦用拇指磨了磨食指的指腹:"从ICU转到加护病房了,但情况不算乐观。"

"这样啊……"薛恨低头看了看脚下踩着的雪地,"没事,会好起来的。"

"薛恨。"贺钦突然叫了声薛恨的名字。薛恨顿了顿:"嗯?"

"早点儿回家,外面很冷。"

"……"薛恨用鞋尖钻了钻雪,"知道了,这不是在往家里走吗?"

"嗯。"贺钦没再问薛恨为什么出去,他一不指望薛恨跟他说实话,二是担心薛恨说的实话也不完整。

"那,我挂电话了?"薛恨有些小声地问。

贺钦在电话里沉默了两秒:"到家再挂。"

"哦——"薛恨低着头应了一声,老老实实地按下了电梯,"我要进电梯了。"

之后贺钦听到了几声嘈杂声响,响完后电话里就只剩下一阵忙音,估计是电梯里没有信号,电话被挂断。薛恨对着被掐掉的电话也是蒙了两秒。他等着电梯到达自己家的楼层,出了电梯的第一件事就是给贺钦发了一条消息:我到家了。

结果等薛恨开门换好鞋,都还没有等到贺钦的回复。薛恨撇了撇嘴,暗骂贺钦小气鬼,挂个电话都能生气。行动上却是十分诚实地又给贺钦补发了一条消息:洗澡睡觉。

小气鬼贺钦正在和另一个人打电话:"查清楚他今天去了哪里,见到了谁。"

电话那边传来一道男声:"没问题。"

"还有——"贺钦眯了眯狭长的眼,"明天开始找两个人偷偷保护着他。"

男人迟疑了片刻:"贺先生,您……"

"按我说的做。"贺钦不容置喙地说,语气里也带着压迫感。

"好。"

交代完后,贺钦挂断了电话,这才看见了薛恨发来的消息。他心里暗叹了一声"小骗子",手上却是回复了一个"晚安"。

之后,贺钦坐在病房门口的椅子上,闭着眼假寐,等待着天明,也等待着老爷子的病情好转。

漫长的周末终于过去,薛恨等来了上班的日子。进到荣钦后发现即使贺钦不在,公司里的员工却依旧有条不紊地进行着工作。

薛恨收回目光走去了自己的办公室,却在办公室门口看见了贺钦的助理:"周助?"

助理回过头来,看向薛恨的眼神颇为温和:"薛先生,您来了?"

"有什么事吗?"

周助理点了点头,并示意了一下自己手中拿着的文件袋:"方便进去聊吗?"

薛恨说了一声:"请。"带着周助理进了办公室。他走到工位上坐好,周助理这才对着薛恨交代:"贺总因为急事去了海市,薛先生是知道的吧?"

"嗯，我知道。"

"我在今天上午，收到了贺总的指令，让我将这些文件交给您，您看了之后觉得没问题的话，直接代贺总签字。"助理一边交代着贺钦的指示，一边将手里的文件递到薛恨面前。

薛恨望着这些文件瞪大了眼："我哪有那么大本事！"

助理笑得十分和煦："这是贺总的意思。"

"……"薛恨咬了咬牙，只能硬着头皮答应下来。在送走助理后，他也没法打电话问贺钦这是什么意思——万一贺钦那边在忙呢？

薛恨打开文件袋，里面果然放着策划案和合同，纸上密密麻麻的条款让薛恨头皮发麻。

薛恨拿出手机，思来想去还是给贺钦发了消息：我不太懂这些。贺钦那边大概是真的很忙，薛恨等了二十分钟都没等到回应。

薛恨对着空气沉沉叹了口气，却又打心眼里想帮贺钦点儿忙。于是他揉了揉脸，骂了一声后认命般地认真读起了每一份文件。

贺钦在海市确实很忙。贺老爷子现在还在加护病房里，人一直没醒过来。而贺家四面八方的亲戚也在今天早上相继赶到了医院，人多了事情也多，贺钦忙到中午都还没有喘口气。

还是心疼孩子的贺母对着眼底青黑的贺钦开口："小钦，先回去休息，你爷爷这里有爸爸妈妈。"

贺钦点了点头，临行前又去看了贺老爷子一次，转身离开医院后，在停车场跟自己的二哥贺定打了个照面。

贺钦不打算和他多有来往，冲着贺定微微颔首后就打算开车，却在开门的瞬间听见了贺定说："我听说你在和别人合租？"

贺钦猛地回头，用锋利又尖锐的目光看向贺定。

贺定像是料想到贺钦的反应了似的，故意扯出了一个笑容："别这么紧张，我不会说出去。"顿了顿贺定又意有所指地说，"至少现在不会。"

贺钦目光深邃地又看了贺定两眼，顺着贺定话里的意思问："二哥想怎么样？"

贺定打着马虎眼："海市的白兰地很出名，咱哥儿俩喝一杯？"

贺钦却半点没有买贺定面子的意思："你直接点儿。"

贺定耸了耸肩："那这也不是聊天的地方啊？"

"爷爷还在昏迷，二哥有话直说。"贺钦的语气和态度依然强硬，丝毫没有软化的迹象。

贺定最烦贺钦这一点，明明比自己年幼，却总是一副傲慢冷漠的样子，像是从来没将自己放在眼里。

"行。"贺定从裤兜里取出来一包烟，还有模有样地递了一支给贺钦，意料之中的，贺钦拒绝了。贺定收回手来："我昨晚听专家说，老爷子这次怕是凶多吉少了。"

贺钦看向贺定的眼神变得冰冷非常："我记得，二哥是今早才来海市的。"

"哦——"贺定语气微妙地点了点头，"那是，只是给咱爷爷治病的这个，刚好是我外公家那边的亲戚，你说巧不巧？"

贺钦沉默了很久，最后却牵着嘴角扯出了一个笑容，只是这个笑容充满了冰冷森然的意味："老爷子不只是我一个人的爷爷，二哥最好时刻记住这一点。"

"可他眼里只有你这一个孙子！"贺定垂在身侧的手握成了拳头，"从小到大，我贺定哪一点儿做得比你差？他凭什么把心都偏到你贺钦那边去？"

"这个问题，你只有等爷爷醒过来了回答你。"贺钦的脸上依然风平浪静，心里却已经被戾气包围——没人喜欢被威胁，更何况贺定还专门挑了贺钦最看重的两个人来作为威胁的筹码。

贺定脸色阴沉，眼神也阴翳不已。贺钦却视若无睹："如果你今天说的这些话只是为了表达你的嫉妒，我可以接受。"

"但如果你真的有拿他们来威胁我的打算，"贺钦顿了顿才继续说，"那我劝你最好不要做这样的蠢事。"

"否则我保证，二哥不仅永远得不到想要的，还会收获承受不起的代价。"贺钦说完，转头坐进了车里，并系好了安全带。

在贺定以为贺钦即将开车离开时，贺钦突然降下了车窗："还有，二哥搞错了一件事。"

"我住在那里也是正常交房租，我不觉得这有任何问题。"话音刚落下，贺钦就发动车子扬长而去，只给贺定留下了一鼻子的汽车尾气。

贺老爷子的病情确实不太乐观。贺父听完专家的建议，第一时间联络了他在国外的权威医师，恳请他们尽快赶过来给贺老爷子争取一下生机。

贺家所有人的心都提到了嗓子眼。有的担心贺老爷子活不活得到明年的春天，有的担心贺老爷子的遗嘱里写了什么东西。贺钦两者都不是——他希望他的爷爷能醒过来，并且长命百岁。

只是压在贺钦身上的事实在太多了，他不光要处理贺家的事，临近年底的工作更是处处都需要有他监督决策。还是薛恨给了贺钦喘息的机会。

为了不辜负贺钦这份莫名其妙的信任，薛恨的时间几乎都放在了帮贺钦处理文件上。他足够慎重，碰到不确定的东西都会先问问贺钦的助理，问完如果还是拿捏不准，他也会挑着贺钦有空的时候直接问贺钦。就算是他自己拿捏得稳的决策，他也会在晚上重新复盘一遍，并向贺钦说明情况，以确保自己不会误判。贺钦偶尔会在电话里夸薛恨厉害，非常诚挚。

薛恨却觉得贺钦像是在哄一只小狗，他对着视频电话撇了撇嘴："是不是得给我开工资啊？我周末都奉献给你的荣钦了。"

"把我的年底奖金给你，怎么样？"贺钦难得有心情和薛恨开了个玩笑。前两天从国外赶来的医生在经过会诊讨论后，给老爷子安排了一套比较保险并且成功率不算小的治疗方案，大概明天就能将老爷子推进手术室。

薛恨也是难得在贺钦的脸上看见稍微轻松点儿的表情，觉得自己的心情也变得好了不少："你这年底奖金几个钱啊？"

"我不确定，明天我会通知财务部门把我的奖金划你账户里，到时候你就知道了。"

薛恨看着屏幕里贺钦的脸，瘦了不少。也不知道等他回来时，自己能不能打赢他。

贺钦隔着远远的屏幕,不知道薛恨的思绪已经飘到了这种奇怪的事上面,他叫了两声薛恨的名字才把人叫回神来:"在想什么?"

薛恨伸手揉了把脸:"在想你爷爷怎么不住燕市这边。"

"我祖上是在海市发家的,他喜欢落叶归根,顺便守着我奶奶。"贺钦不疑有他,耐心给薛恨解释。薛恨本来只想随便问问,听见贺钦的回答后却来兴趣了:"那你们怎么没有在海市发展?那边不也挺发达的?"

"不知道,"贺钦诚实地说,说完,他像是突然想起了什么似的,"那你呢?云城离海市更近,你当年为什么会去燕市念书?"

"我?"薛恨回忆了一下,"好像是我当年考得还行,老师让我填志愿填燕大,哦对,他说燕大奖学金很高,我就来了。"

"……"贺钦定定地看着屏幕里的薛恨,有那么一瞬间,贺钦心里闪过买最早的机票回去的冲动。

"发什么呆呢?"薛恨伸手晃了晃屏幕。

贺钦回过神来,将心里最想问的问题说了出来:"小土匪,你会想家吗?"

薛恨大概是没想到贺钦会问这个问题,愣了愣才反应过来。他和贺钦对视了几秒,问贺钦说:"你知道我这个名字的由来吗?"

贺钦轻轻摇头,等着薛恨往下说。

"其实就是我妈恨我,觉得我不该来,那苏轼不是有一句词吗?不应有恨,说的就是不该有我的意思。"薛恨说话时的语气轻飘飘的,仿佛是真的在说一个跟自己无关的故事。

"她不喜欢我,我也不喜欢她,所以我一点儿都不想她,更不想你说的云城的家。"

在薛恨话音落下后,贺钦说:"好,你想来海市吗?"

薛恨眨了眨眼:"你把那么多破玩意儿扔给我,还假惺惺让我去玩?"

"我说过几天,比如这个春节。"

"……"薛恨细细想了想,突然觉得这个建议不错,他好像还真

没有去哪个地方好好玩过。于是他没有第一时间否定,只是犹疑着说:"再说吧,你爷爷好起来再说。"

"好。"等你来了,我带你见我的爷爷。这后半句话也被贺钦藏在了心底。

薛恨在被窝里翻了个身:"对了,有件事我想了很久,还是想告诉你。"

"什么事?"

"就在你走的那天,我跟许嘉懿打架了。"薛恨坦白道。饶是已经知道了这件事,贺钦现在听到薛恨亲口说时,握在手机上的手也加重了点儿力道:"为什么会打架?"

"他找人跟踪咱俩偷拍,拿照片威胁我离你远点儿。我来气,就把他揍了一顿。"

"你有没有受伤?"贺钦将关注点放在了这件事上。薛恨摇头:"他那三脚猫的身手,能拿我怎么着啊?就是差点把小爷我划破相了。"

贺钦眯了眯眼,却没说什么,只是等着薛恨往下交代。

"告诉你也不是想让你再收拾他一顿的意思,就是给你提个醒,你多提防着点儿,别又给自己添麻烦。"顿了顿,薛恨又忍不住吐露心声,"你要是想收拾他,我举双手赞成!"

已经暗中给过许嘉懿教训的贺钦开始反省自己做得会不会还是太仁慈了点儿。

"我会注意的,下次再碰见这种事,你第一时间告诉我,我来解决。"

薛恨"切"了一声:"谁稀罕你帮解决,我困了,想睡觉。"

"嗯,睡吧。"

薛恨转了转眼珠子:"那我挂了?"

贺钦沉默了一瞬:"别挂,就这么睡。"

薛恨笑了笑:"话费很贵的,你知不知道啊?"

"呵……"打视频需要付话费吗?贺钦想了想,说了一句,"等着。"

一分钟后,薛恨的手机上收到了一条话费到账提示,显示的余额让薛恨瞪大了眼:"贺三儿,你当钱是大风刮来的?"

贺钦脸上多了点儿笑意,却没理薛恨的话:"闭眼,睡觉。"

薛恨嘟囔了一句:"败家子。"甜滋滋地将手机放在枕头边,闭上了眼。

贺老爷子的手术非常成功。

等在手术室门口的贺家人都一副松了一口气的表情。原本闭着眼等待的贺钦也睁开眼来,心里一块巨石终于落了地,取而代之的是由衷的喜悦。

他在目送着老爷子被推回病房安置好后,第一时间拿出手机,给正在荣钦干活的薛恨发了一条消息:小土匪,爷爷手术成功了,买机票,报销。

发完之后,贺钦没等到薛恨第一时间回复的消息,反而收获了贺母投来的目光。

贺钦将视线从手机上移开,看向贺母的方向,果然就看见他的母亲正欲言又止地看着他。她跟贺母对视一眼后,对着贺钦招了招手:"妈妈有话想问你。"

贺钦收起手机,跟在贺母身后去了顶层其中一个安静的办公室。路上贺钦忍不住想:要是薛恨在场的话,肯定会骂一句浪费资源的有钱人。

贺母示意贺钦关门的声音让贺钦收回思绪:"怎么了,妈?"

贺母深深地看了贺钦一眼:"好孩子,这些天辛苦你了。"

贺钦轻轻地摇头:"是我该做的,您有什么事,可以直接说出来。"

贺母看向贺钦的目光多了几分迟疑。她很爱自己的儿子,遗憾的是贺钦的性格从小就很独立。小时候不像别的孩子一样黏着母亲,成年后自己搬了出去,大学毕业后更是毅然自己创业。

贺母也曾经尝试过和贺钦沟通。

她记得那是贺钦成人礼的晚宴散掉之后,贺钦叫住了准备去休息的贺父贺母,语气淡淡地说:"我明天会搬出去。"

夫妻俩保持了一晚上的开心情绪就这么被贺钦的一句话搅得无影无踪。还是贺母抢在贺父之前开口:"怎么了儿子?住在家里不方便

吗?"

贺钦摇头:"不是,只是我想搬出去,"顿了顿,贺钦又补充了一句,"您别多想。"

贺父冷哼一声:"你爱搬不搬!"说完却是气呼呼地回了房间,砸门声音巨大。贺母看向自己的儿子,在他脸上看不见任何动摇或软化的迹象。即使如此,贺母还是不想轻易放弃:"儿子,可以告诉妈妈是什么原因吗?"

贺钦十分认真地想了想,给出来的答案却没有变:"我成年了,应该搬出去。"

第二天贺钦果然搬了出去。一出去就连续两个月没回来,后来把贺父逼急了,他直接搬出贺老爷子的名头,逼得贺钦不得不半个月回家一次,这才让贺父贺母勉强宽心一点儿。

贺母也曾反思过自己是不是真的做得不够称职,但这个问题没有答案。因为贺钦除了不亲家里人之外,其他地方都比很多同龄人优秀得多。

现在,贺母在听见贺钦说的话后,思忖着分寸开口:"妈妈其实是想知道,小钦最近是不是认识了新的朋友?"

贺钦诚实点头:"对。"

贺母没想到贺钦居然这么坦诚,她打从心里对那位能让贺钦改变的朋友充满了好奇和感激——好歹拯救了她淡漠的儿子不是?这么想着,贺母也表达出了自己的愿望:"那你打算什么时候,让我们也见一见他呢?"

贺钦认真思考一瞬:"等我过几天问问他。"

贺母差点喜极而泣:"好!好!到时候妈妈一定要好好谢谢他,给包个大红包!"

贺钦本来想说不用这么热情,但想到薛恨可能会因为这个红包开心得笑起来,贺钦又觉得自己不该拒绝自己母亲的好意。于是他微微颔首:"可以。"

贺母再次问起自己关心的问题:"那,可以告诉妈妈,那个人是谁吗?"

贺钦蹙了蹙眉，正打算告诉贺母，门口却响起了敲门声："贺夫人，三少，老爷让你们一起去吃午餐。"

贺钦把话吞回了肚子里，转口说出来的答案倒是有些含糊不清："到时候您就知道了。"

说完，贺钦率先朝门口走去："下去吃饭吧，母亲。"

说是午饭，贺家人却是在两点半吃的。吃饭的地方选在了医院附近的一家饭店，私人医院的地理位置比较优越，找吃饭的地方也比较容易。偌大的包房里汇集着贺家的人，席间每个人的脸上都带着笑意。

贺钦安静地吃着饭，直到感受到自己手机的振动声，他看四周无人注意，干脆掏出手机来看了一眼，是薛恨给贺钦的图片回复。

图片是薛恨的机票信息截图，内容涵盖了航班时间以及价格。之后薛恨又发来了文字消息：怎么连机票都这么难买？最早也是三天后的了。

贺钦正准备回"直接订头等舱"，坐在他对面的贺父却意有所指地冷哼一声："谁教你吃饭的时候看手机的？"

作为贺家的掌权人，贺父在贺家很有话语权。他的话音刚落，周围的贺家人顿时都将目光看向了唯一拿着手机的贺钦。

贺母扯了扯贺父的衣角，意思是让他别跟自己的儿子较劲儿。贺钦倒是神色如常地从椅子里站起来："失陪。"说完就头也不回地去了洗手间，总算找到了一个可以和薛恨说话的清净地。

薛恨接到贺钦的来电后笑了笑："可算松口气了？"

"嗯，你刚才在午睡吗？"大概是贺老爷子的好转对贺钦来说真的是件很开心的事，他和薛恨说起话的时候语气都明显轻松了不少。

薛恨懒洋洋地打了个哈欠："睡什么觉，你给我安排了多少活，你自己心里没数啊？我才看完年报。"

"小薛总辛苦了。"贺钦说着非常不走心的场面话，"去财务那划奖金了没？"

一提这个薛恨就来了精神，他在老板椅里坐直身体："我说贺三儿，你这荣钦是不是做了什么见不得人的生意啊？一个年底奖金居然这么多个零，我还以为我眼花了呢！"

/206

贺钦轻笑了一声:"你不是看完年报了?完全合法合规。"

"啧——年报是给外人看的,信不得!"

贺钦却不打算再和薛恨纠结这个事:"今天下午你就回家,好好休息两天,之后我会去机场接你。"

"这还用你说?"薛恨再次瘫回椅子里,"你爷爷真没事了?"

"对,真的没事了。"

薛恨真挚地说了声:"挺好。"贺钦应了一声。两人又简单聊了两句后,薛恨准备挂电话。贺钦却突然叫了一声薛恨的名字。

"怎么了?"

"要不要换成头等舱?换的话今晚就有。"

薛恨听着贺钦低沉悦耳的声音,有点想答应。可他冷静思考了两秒,开口却拒绝了这个让人难以拒绝的提议:"还是算了吧。"

贺钦抿了抿唇:"我报销。"

薛恨"嘿嘿"一笑:"你说话尊重点儿,我马上就是手握天价年终奖的男人了,我能看得起这点儿钱?"

"那你为什么不换?"

薛恨伸手揉了把脸:"你爷爷这不是刚刚做完手术吗?你不得好好照顾两天啊?"

"再说了,我给你做牛做马这久,都快忘了有周末是什么滋味了,你不得等我睡两天懒觉?"其实后面薛恨还有一句话没说——贺钦为着贺老爷子的事忙里忙外,肯定也很累,他希望贺钦也休息一下,调整状态。

只是这话薛恨不打算给贺钦说,真说了,这家伙尾巴能翘到天上去。

"海市也可以睡懒觉。"贺钦仍然不肯放弃。

"不去。"薛恨态度强硬。

"可是……"贺钦语气低低的,觉得后半句话有些难以启齿。

"可是什么?"薛恨没读出贺钦话里藏着的意思,不解地蹙了蹙眉。

"可是……没关系,你好好休息,三天就三天,三天之后我会在机场接你,到时候不见不散。"贺三少破罐子破摔般地一股脑儿把话说完,然后精准迅速地挂断了电话,不给薛恨反应的时间,更不给薛恨嘲笑自己的机会。

薛恨听着电话里的忙音,嘴角向上的弧度越来越大。

许久之后,薛恨打开了手机上订购机票的界面,对着手机操作了好一番,改签换舱加钱,毫不犹豫。

这不是薛恨第一次花钱大手大脚,但跟上次给贺钦买胸针一样,薛恨花得很爽,并且很难后悔。

于是在贺钦平息了心情,重新回到包厢里端起饭碗后,他兜里的手机就又振动了。

新消息没有配任何文字,只是一张新的机票信息截图,航班起飞时间在今晚九点,飞行时长三小时。也就是说,贺钦能在明天凌晨之前,在海市见到薛恨,还是有些太漫长了。

贺家众人都感受到了贺钦情绪的变化,期待和兴奋写在贺钦棱角分明的脸上,让他周身的冷冽气质都稍微收敛了不少。

这让他们有些好奇:贺钦刚刚是看手机里的什么?去洗手间的那段时间,又是在跟谁联系?只是这个贺老爷子最得意的孙儿性格从来都很冷淡,冷淡之下又藏着不容小觑的锋芒和狠厉。

所以贺家的人们虽然好奇,却没有要打探情况的意思。

坐在贺钦斜对面的贺母目光温柔地看向贺钦,心里对贺钦那天说的人的好奇和好感更是上升到了极点,但她到底不知道这个神秘人的身份。

全场唯一知道贺钦和薛恨的事的,只有坐在角落里的贺定。在其他人没有将注意力放在他身上的时候,这个容貌和贺钦有着两分相似感的贺家二少爷,脸上露出了一个称得上阴毒的笑容。

贺钦提前半个小时就到了机场,等待的时间显得分外漫长。

薛恨倒是没有这种烦恼,他在飞机上呼呼大睡,头等舱对薛恨来说简直是个补觉圣地。想着晚点儿见到贺钦后,这混蛋肯定会拽着自己去酒店,薛恨索性毫无负担地提前睡起觉来。

直到广播里响起了语音提示,薛恨才终于睁开了眼。他看了看时

间,去洗手间里洗了个冷水脸,顿时神清气爽。

零点一刻,薛恨走到了出站通道,并一眼就看见了站在通道尽头的贺钦。他们隔着不远不近的距离对视,视线偶尔会被匆忙路过的行人打断。

薛恨看着贺钦,脚下的步子迈得很大,频率也比刚才出站时大得多。贺钦就站在原地,幽深的目光一刻也没有从薛恨的方向离开。

走近贺钦,薛恨语气里带着笑意:"好久不见,贺老三。"

贺钦也回道:"嗯。"

薛恨拍了拍贺钦说:"快饿死我了,带我去吃好吃的。"

贺钦笑着说:"好。"两人一起离开了机场,贺钦直接开车带着人去了提前订好的酒店。薛恨下车后撇了撇嘴:"刚来就带我吃酒店的东西啊?"

贺钦:"你不是累吗?在酒店吃完了好睡觉。"

这个理由太苍白,薛恨只当贺钦敷衍,行动上倒是老老实实地由贺钦带着去了酒店的房间。

第二天薛恨睁开眼环顾四周,伸手拿过床头的手机,上面倒是有贺钦发来的留言:爷爷醒了,我先去医院,你醒来回我消息。

薛恨想了想,给贺钦回了一个句号。之后他打开外卖软件准备应付一下饿瘪了的肚子,还没等他选出来合适的吃的,酒店的门铃声就响了起来。

门口站着个推着餐车的服务员,他在看见薛恨后对着薛恨笑了笑:"我来给先生送午餐。"薛恨侧身让他进来,看着他有条不紊地将餐车上的食物摆在房间的小桌上,动作非常讲究。

薛恨道了声谢,坐在桌子前吃起了饭。出乎他的意料,这酒店餐居然味道不错,薛恨本来就饿,碰上了合他口味的,就干脆吃得一干二净。

饭后还不那么优雅地打了个嗝。他刚放下筷子,手机就再次收到贺钦发来的消息:吃饱了吗?

薛恨挑了挑眉回复:你在我手机上装监控了?

贺钦忍不住对着手机勾了勾唇角,病床上的贺老爷子斜眼瞟贺钦:"哟——这是?"

老爷子刚从鬼门关回来,今早醒来第一件事就是赶人:"该干吗干吗去!这么大的家业,为了我一个人耽搁这么久,像不像话!"

老头儿说话时虽然没过去那么精气十足,话里的态度却十分强劲。贺家的众人也不再强求着多留下——再过两天就是除夕夜了,他们也不想在这医院里过年。

于是没花多少工夫,从各地赶来的贺家众人又各自回了自己的城市,也就贺钦的父母留了下来——临近除夕,他们又难得来海市,想着干脆今年陪老爷子过个热闹年。

贺老爷子倒是没说什么,只是找个理由把他们先支开,只留下了自己最宝贝的孙子在医院守着自己。爷孙俩东聊一句西聊一句的,贺老爷子却能感觉到贺钦的心不在焉,也发现了贺钦时不时看手机的小动作。

贺钦听见老爷子的问话,认真思考了一下后微微颔首:"嗯?"

"把你朋友带来给你爷爷我看看,以后指不定没机会了。"贺老爷子有些感慨地说。

贺钦蹙眉:"别说丧气话。"

贺老爷子却长长舒了一口气:"这可不是丧气话。"

"爷爷是真的老了,也真的想你奶奶了。老幺啊,听爷爷的,带来给爷爷看看,你难得交个朋友,让爷爷闭眼之前看看。"

贺钦抿紧唇角:"父亲好不容易才将您救回来,您别再说这种话激我。"

"嘿嘿——"贺老爷子不怒反笑,"你这孙子,怎么还急眼了呢?"

贺钦突然觉得,薛恨应该会很讨老爷子的喜欢,他俩都是嘴巴利索的人,说话一个比一个气人。

老爷子看贺钦不说话,摆了摆没有插着针管的手,打算来一招以退为进:"不想带就先不带吧。"

结果贺钦也不吃这一套,听完老爷子的话还十分赞成地点头:"嗯。"

老爷子气得赶人："滚滚滚！老的小的没一个让人省心！"

贺钦站起来："好，那我晚上再来看您。"他迈着脚步朝门口走去，走到一半却顿住了脚步。

贺钦回头看向自己最敬爱的爷爷，认真严肃地开口："不是我不想带他来见您。"

"那是什么？"贺老爷子挑着眉峰问。

贺钦组织了一下语言："他跟您想象中的有些……有些区别。"

老爷子干脆冲着贺钦招了招手："有什么区别？你过来，过来跟爷爷说清楚。"

"我告诉你啊，你爷爷我虽然老了，但是不土！你交的朋友只要品性纯良就好。"

贺钦皱了皱眉："他长得好，跟我年岁相当，很踏实很聪明，我来海市照顾您这段时间，就是他帮我解决了公司的不少问题。"

老爷子越听越觉得靠谱，也更加疑惑："那你遮遮掩掩干什么呢？"

"不是我故意要遮遮掩掩，"贺钦用拇指摩挲了食指指腹，"只是……只是……"

"只是什么？你倒是一口气说完啊！你个死孩子什么时候说话这么磨叽了？"老爷子半躺在病床上干着急，要不是他现在还不能下床，肯定是要提鞋扔贺钦身上去的。

贺钦走回病床边，脸上带上了沉重的神情，说话时的语气也变得有些沉重："我这个朋友身世比较可怜。"

"啊！"贺老爷子瞪大了眼，"这……这……"话音刚落，贺老爷子就发现贺钦的情绪更悲伤了："他老家在云城的小村庄里，父亲很早就不要他了，母亲也不爱他，没人管他。"

老爷子听着贺钦的话，脑补了一出由农村落后观念引出的悲剧。这下心里对这个神秘人已经充满怜悯了。

老爷子张了张嘴，他想劝贺钦但话到嘴边又咽了下去。更何况，贺钦难得有这么悲伤的时候，贺老爷子本来就疼孙子，眼下更是心疼占了大头。

良久，病房里才传来贺老爷子深沉的叹息声："罢了，也是个可怜的好孩子……"

"爷爷——"贺钦抬起头来看向贺老爷子,神色动容。

老爷子苍老的脸上遗憾难掩,看向贺钦的目光却带着深深的心疼:"你是个有主意的,老爷子就不给你添乱了。"

"咱老贺家家底厚实,有咱们家的帮衬,这孩子的日子也能比其他人过得轻松点儿,没事!"贺老爷子的后半句话,倒更像是说来安慰贺钦的。

摆了自己亲爷爷一道的贺钦缓了缓脸色,眼中情绪复杂,再说话时语气有些微颤:"谢谢爷爷,谢谢。"

"傻小子,现在放心带你朋友来看我了?"

贺钦点了点头:"您愿意的话,我想让他来跟您一起过年。"

老爷子立刻就懂了贺钦的意思:"好事!可他不回云城老家吗?"

"他妈妈很讨厌他,去了也不过是给彼此添堵。"

老爷子心里对贺钦这个朋友怜爱更甚:"行,带他来咱家过年吧!"

贺钦再次郑重对着老爷子道了谢。

"谢什么!"

贺钦的嘴角向上扬着,对着老爷子露出了一个相比起平时,称得上灿烂耀眼的笑容。

"啧——"老爷子虽然还没有见到人,但在内心已经对薛恨具有极其厚重的好感了——能让贺钦染上点人间烟火味儿,真的太不容易了!

薛恨还不知道自己的春节安排已经被贺钦单方面定下来了。

他在酒店等着贺钦回消息,等着等着就又困了,于是他干脆毫无心理负担地睡起了午觉。醒来的时候刚好贺钦过来了。

贺钦闷笑了一声问他:"还睡吗?"

薛恨没好气地说:"不睡了。"

贺钦看着他说:"今天爷爷状态很好,应该能在除夕那天出院休养。"

薛恨点了点头:"那就好,人老了是这样的,得多注意点儿。"

贺钦应了一声，开启了别的话题："你之前是怎么过年的？"

"能怎么过，就那样呗。"薛恨的回答轻描淡写，语气里也没有什么遗憾的意思。

可就是因为这样，贺钦才更觉得心疼。他将心里打的算盘说了出来："今年跟我回家过。"

薛恨听完，本来还迷迷糊糊的大脑瞬间就清醒了。他瞪大眼看向贺钦："你脑子傻了吧？"

莫名被骂的贺钦神情茫然："有什么问题？"

薛恨又萌生了挖出贺钦的脑子来看看构造的念头："不是，我为什么要去你家过年啊？"

"因为我不想让你一个人过年。"贺钦给出的理由非常有力，让薛恨都卡壳了两秒："……"

贺钦继续说："所以，你跟我回家过年。"

"……贺三儿，"薛恨回过神来，看着贺钦的俊脸，"你什么意思啊？"

"什么什么意思？"

"你是想让我去你家过年，是吗？"薛恨试探着问，越说越觉得自己猜错了。

贺钦很认真地说："嗯，跟我回家过年。"说完手摁在薛恨的肩上。

薛恨只能先答应："行行行，别捏了。"

贺钦得到薛恨肯定的回答，也终于放开了手："想去哪里玩？"

薛恨翻身背对贺钦："滚。"

贺钦把薛恨的动作理解成了即将和他一起回家的紧张。

薛恨在心里深深叹了一口气，贺钦不会是真要带他回家吧？大过年的，这不是给贺家长辈添堵吗？

很久之后，薛恨看着贺钦说："我问你个事。"

贺钦点头，等待着薛恨往下问。

"你是不是——"后面三个字还没来得及问出来，贺钦放在床头柜上的手机就猝然振动了起来。这声响让薛恨没来由地心慌了一下，到嘴边的话也被他吞了回去。

贺钦没察觉到薛恨的不对,他拿过手机,毫不避讳地接通了电话:"父亲。"

"你现在在哪里?"电话里传来带着隐隐怒气的阴沉男声。即使隔着电话,薛恨也能感受到这份威慑和压迫感。他放在被窝里的手指颤了颤,目光紧紧地盯着贺钦手里的电话。

贺钦也感受到了贺父的情绪,却没多大反应:"有什么事?"

"立刻滚到医院来,"顿了顿,贺父像是怕贺钦不来似的,又咬牙切齿地补充了一句,"如果你还当自己是贺家人的话。"

说完,贺父就干脆利落地挂了电话。

贺钦听着电话里的忙音皱了皱眉,开口却是对着薛恨说:"你刚刚要问我什么?"问着话,贺钦转过头去,却发现薛恨的脸上一片苍白。贺钦脸上瞬间写满了担忧:"怎么了?"薛恨的脸色很差,没有血色,"薛恨,跟我说话。"

薛恨张了张嘴,不知道为什么,他总觉得贺父给贺钦的这通电话,跟他有关。直觉这种东西说不准,但薛恨光是想想,就觉得头皮发麻。

他指节有些用力:"没什么,你快回去。"

贺钦深深看了薛恨几秒,带着安抚意味:"别担心,一切交给我。你好好休息,我晚上来找你。"

薛恨的嘴唇抖了抖:"贺钦。"

准备起身的贺钦应了一声。薛恨看着他:"早点儿回来,我想你带我去外面吃好吃的。"

贺钦:"好。"

目送着贺钦离开酒店后,薛恨再也没有了睡觉的心思。他坐在床上,手按在胸膛上,感受着跳得异常快速的心脏,那种直逼他内心的慌乱让他脸色一直不是很好。

酒店里安静了很久,薛恨的手机也响了起来,这个铃声是郭寻的,当初为了不错过郭寻打来的工作电话,薛恨设置的铃声。

不知道为什么,薛恨的内心下意识地对这通电话充满了抗拒。可是再抗拒,薛恨还是接通了电话:"学长……"

电话那头的郭寻语气严肃:"小恨,万寻出事了。"

薛恨捏着手机的手用了些力:"出什么问题了?"

"上面的监管部门收到匿名举报,说万寻存在一系列违规高风险项目,还说证据确凿。我刚刚接到通知,上面让我暂停万寻的运营,整改补缺。"

薛恨垂在身侧的手握成了拳:"所有项目都是我在做风险评估,怎么可能出现违规风险。"

郭寻解释:"小恨,我没有不相信你。我只是怀疑,有人在针对你。"

薛恨的脑海里瞬间就浮现起刚才贺父给贺钦打电话的场景。一个让他脊背发凉的猜测涌上了心头,不然还能是谁?还能是谁有这么大本事?

薛恨也知道,他现在计较这些没有意义,解决问题才是首要任务。

"学长,现在的关键,是不是我们万寻应该出示所有数据材料?"

"对,你那边有记载吗?"

薛恨稍微松了口气:"有,我电脑里全都有记录,不管是数据资料还是审批文件,里面都有存档。"

郭寻这才放下心来:"那就好,你现在方便带着东西到万寻来吗?我在这里等你。"

"我现在在海市,会买最早的机票回去,最迟明天早上把材料带给学长。"薛恨解释着,手机已经分屏到购买机票的界面了。

"海市?你去海市做什么?"郭寻疑惑地问。

这个问题让薛恨查询的动作顿了顿:"没什么,过来忙点儿私事。"

郭寻沉默了两秒:"是去找贺钦吧?小恨,你别怪我多虑,能让上面监管组突然注意到我们,还说什么证据确凿这种话的,不可能真的是什么普通人。"

薛恨揉了把脸:"嗯,我心里有数,先挂了,我买机票。"

挂断电话后,薛恨选择了下午六点半的机票,距离现在还有三个多小时。

薛恨的大脑开始思考,他要给贺钦说一声吗?说他现在有很着急的事要回燕市,说他大概率不会真的跟贺钦回家过年,说他有些后怕了。

贺父不像是许嘉懿那样的小少爷，如果薛恨真的把人家最宝贝的老幺名声弄坏了，贺父绝对不会轻而易举地放过自己。这次的举报只是一次小警告，至少还在薛恨能解决的范围内。但薛恨不得不往下设想。如果他继续不知好歹地和贺钦纠缠，下一次再被贺家施压，那他和郭寻一起奋力做出来的万寻，极有可能承受不住。

薛恨自己是没有负担，但郭寻是无辜的，万寻更是无辜的。薛恨绝不能因为一己私欲，让万寻承担这份风险。

思考了很久，薛恨最终得出了一个结论直接跑路。于是他爬起来冲了个澡，穿好衣服后就打车去了机场，动作迅速，心情却十分憋闷。

一路上薛恨都在想：他这一跑，跟贺钦也做不成朋友了。这念头光是一出现，薛恨心里就堵得慌，毕竟他现在是真的把贺钦当朋友。

薛恨自己都觉得自己不厚道，坐在出租车上的他忍不住伸手打了自己一巴掌。

前面的出租车司机忍不住从后视镜里看了薛恨一眼，眼神十分古怪。

人倒霉的时候往往不会只遇到一件糟心事。

比如现在的薛恨。他刚来到机场，随便找了个位置坐着，没多久面前就出现了一双黑色皮鞋。薛恨抬头，看见皮鞋的主人长着一张跟贺钦有几分相似的脸，但是五官没有贺钦那么卓越，气势也没有贺钦那么冷冽。薛恨几乎是立刻就知道了来人的身份。

贺定对着薛恨笑了笑："薛先生，方便聊聊天吗？"

薛恨现在一想到贺家人就来气，虽然是他自己认怂选择跑路的，但在薛恨眼里，贺家的人现在就是造成他现在困境的罪魁祸首。于是他丝毫不给贺定面子："不方便。"

贺定被驳了面子也不生气，他没想到薛恨现在就选择回燕市去，接到手下传来的薛恨行踪时，贺定专门跑了过来，就是想见识一下这个某种意义上给了自己莫大帮助的男人。

他毫不避讳地坐到薛恨旁边："旁边有咖啡厅，我本来还想着请薛先生喝杯咖啡的。"

谁会跟免费的咖啡过不去？薛恨从位置上站起身："那走吧，有果汁吗？"

"……"贺定的嘴角抽了抽，自己那个混账弟弟怎么会和这小子扯上关系？

两人面对面坐在薛恨选择的位置上，薛恨也非常不客气地点了一杯价格偏贵的果汁，等到服务员走后，薛恨抢在贺定之前先开口："哥们儿，有烟吗？"

贺定扬了扬眉，从兜里掏出烟盒扔给薛恨，还附赠了一个看着就很名贵的打火机。薛恨点燃烟，咬进嘴里吸了一口："我听说贺钦有两个哥哥，你是老大还是老二？"

"我是他二哥。"贺定好脾气地回答，一想到他的混账弟弟现在正在受贺父的责问，他的心情就分外晴朗。

"哦……"薛恨若有所思地点了点头，"听说你年后就要结婚了，恭喜你了，贺老二。"

"嗯？"贺定的脸上多了些惊疑，"老三连这事都告诉你？"

"那倒没有。"薛恨耸了耸肩，"你们贺家人，他就只给我提过贺老爷子。至于你结婚这事，我是道听途说的。"

"原来是这样……"贺定了然地点头。

薛恨又吐出了一个烟圈："我不知道你找我想干什么。"

"我——"贺定才吐出一个字，薛恨就摆了摆空闲的那只手，打断了贺定解释的话："我不管你来找我是想威逼还是利诱，我都只有三个字，没必要。"

贺定的眼皮子跳了跳。

"我已经买了回燕市的机票，之后也不会再和贺钦有来往，你们贺家大可以把心放回肚子里去。"薛恨面无表情地说着，但说话时心里那份深刻直接的自责却骗不了他，想到贺钦，薛恨还是觉得有些难过。

"什……什么？"贺定有些在状况外，这怎么跟他想的一点儿都不一样？

薛恨将贺定的反应理解成了别的意思："我只有一个请求，就是劳请你们贺家人高抬贵手，别再给我找麻烦。"

"……"贺定太阳穴上的青筋突突直跳,"我不是这个意思……"

"那你什么意思?"

"我——"我是来找你去贺家看热闹的,顺便叫你去贺家给贺钦添点儿麻烦。这话无法摊开来讲,先前准备好的话术也因为薛恨的态度而无从说起。

贺定突然开始纳闷起来:不是他找薛恨谈话吗?怎么从一开始,话题主导权都在薛恨这小子手里?

薛恨听这贺老二半天蹦不出一个字来,心想贺家果然人人都多少有点儿毛病,相比之下还是贺钦顺眼得多。

咖啡厅墙上的挂钟显示着时间,离薛恨登机的时间越来越近,薛恨自觉该带到的话已经带到了,如果他这个态度都没法让贺家人松手,那薛恨也只能跟他们奋战到底了。

这么想着,薛恨觉得自己和他也没有什么好说的。他站起来,端起桌上的果汁像喝水一样闷了一大口:"最后,麻烦你转告一下你老子,那姓薛的已经跑路了,让他别再折腾自己的亲儿子。"

"时间不早了,咱有缘再见。"说着,薛恨还顺走了贺定的打火机。

"……"怎么感觉自己白忙活一场?

花了这么多钱和精力,又是找人跟踪又是安排偷拍,今天好不容易找到机会,将照片寄到了自己亲爹手上,就为了看这俩人的热闹。

结果热闹没看到不说,反倒是见识到了薛恨多豁达,未免有些太洒脱了,这点儿困难就直接吓跑了,这人到底怎么回事啊?

越想越觉得有这个可能,贺定最终对着薛恨放下的酒杯骂了句脏话。

薛恨不知道贺定的心理活动,也不知道这件事其实真不是贺家人干的。不过不管是谁干的,冲薛恨来的目的,也就只有贺钦而已。

上飞机之前,薛恨拿着手机犹豫半晌,还是没有给贺钦发短信。飞机穿过云层时,薛恨闭着眼睛,希望这一切都早点儿过去。

贺钦还不知道薛恨已经跑路了。

他被贺父火急火燎地召回了医院,刚走进顶层的办公室,就被自

己的亲爹一巴掌扇在了脸上，力度大得贺钦的嘴角都被扇破了皮出了点儿血。巴掌落下来时，身边的贺母哭着叫喊："劲峰！"脸色苍白至极。

贺钦扭过头来，眉头紧蹙："父亲。"

"你别叫我父亲！我没你这样的儿子！"贺劲峰显然是气得不轻，他近乎失态地低吼，吼完还将一沓照片扔在了贺钦脸上："你看看这是什么！照片上的是谁！"

迎面砸来的照片大概是刚洗出来不久，四四方方的棱角因为贺父的力气剐在贺钦的脸上，在贺钦的颧骨处甚至剐出了一道刺眼短小的血痕。

贺钦低头看，里面全是他和薛恨。有的是在燕市的，有的是昨晚在机场的。也就是说，偷拍他们的人甚至跟到了海市来，又或者，从一开始盯梢上贺钦和薛恨的，就有两拨人——

毕竟许嘉懿那边不仅得到了薛恨的警告，还被贺钦给予过沉重的教训，暂时不敢把手伸到这边来。

更何况，能刚好卡在贺老爷子大病初愈的节骨眼儿上寄出照片的，也只能是时时关注着贺老爷子状况的贺家人。

贺钦的大脑飞速运转，很快就在脑海中确定了可疑的人选。但现在不是算账报复的时候，贺钦皱着眉，等贺父骂够吼够了他才开口："有什么问题？"

贺父被到现在还轻描淡写的贺钦气得不轻："你到底知不知道你在干什么？这么多年，我什么都惯着你，什么都由着你自己来，你倒好，做出这种事情来！"

"所以您为什么这么生气？"贺钦不卑不亢地和贺父对视，"我选择读哪个大学是我的事，我在什么行业工作是我的事，我跟谁做朋友也是我的事，您到底在气什么？"

"混账！"贺父脸都绿了，抬手又想给贺钦来一耳光，还是一边的贺母极力拉住了他："劲峰！他是我们的儿子！"

贺劲峰看着自己泪眼婆娑的妻子，还有面不改色的贺钦，心里又气又闷。他指着贺钦的鼻子："我不管你多崇尚什么自由主义，你既然是我贺劲峰的种,就绝对不能做出丢我们贺家脸的事!"

"丢脸?"贺钦品了品贺父话里的这两个字,"我丢了谁的脸?"

"儿子,你少说两句!"眼看着自己的丈夫又准备巴掌招呼,贺母赶紧扯了扯贺钦的衣角。贺钦抿唇:"我由衷感谢你们生我养我,也感谢你们给我优越的生存环境,但这不是你们束缚我的理由。

"我不是什么自由主义者,我只是一个有独立思想和感情的人。作为你们的儿子,我感激你们爱你们。作为一个成年人,我有选择朋友的权利,我说错了吗,父亲?"

"你还敢说你这些歪理!"贺父再也压不住心里的怒火,他有些用力地挣开了自己的妻子,却没有动手,"我们没有给你足够的自由吗?啊?你自己看看你周围的同龄人,哪有像你这样胆大妄为的!"

"那是因为他们没有我的能力。"贺钦眯了眯眼,"我做出什么选择,不需要拿任何人作为参考。"

贺劲峰看着眼前的小儿子,心里突然带了点儿无力感和苍凉感,他觉得贺钦一定是老天爷派来给他添堵的。可偏偏细数过往,贺劲峰又不得不承认,贺钦确实是他的三个儿子里,最值得他骄傲的。

就算没有贺老爷子那些偏爱在里面,贺劲峰也舍不得这个儿子受什么委屈。这还是他第一次对着贺钦发这么大脾气,贺钦的脸上依然残留着清晰的巴掌印,嘴角的血痕倒是结痂了,但看着仍然有些触目惊心。

只是涉及贺家名声的事情,不是凭着对贺钦的喜爱就能轻易接受的。

贺劲峰沉沉呼了口气:"是,你是有本事,你贺钦是有能耐。但你有没有想过?如果不是我给你创造了平台,你哪有所谓施展才能的机会?"

"所以我说,我感激您,由衷感激。"贺钦高大的身体完全不见露怯。

"我要你感激什么!我养了你这么多年,不是为了让你感激我!"很有素质的贺家掌权人难得动了真怒,显然是被油盐不进的贺钦气得失了风度。

得益于跟薛恨这段时间的听力训练,贺钦现在对粗话的接受度很

高:"那父亲想让我做什么?"

"我想你认真工作,管理好公司,离这种不正经的混混远一点儿!"

贺钦皱眉:"他不是不正经的混混!"

"我不是在和你商量!"

贺父的怒吼刚刚落地,门口突然传来贺老爷子苍老的声音:"吵什么呢这是?"

贺老爷子的出现让这对父子停止了争吵。

他们回头看过去,老爷子坐在轮椅上,手上还挂着点滴,脸上倒是见不着什么虚弱的神色。

这一回头,眼尖的老爷子一眼就看见了贺钦脸上多出的掌印和血痂,顿时就瞪大了眼:"贺劲峰,谁允许你揍我孙子的?"

"爸!"贺父本来就满腔盛怒,这会儿被贺老爷子不问是非地搅和,更来气了,"您是不知道他干了什么好事,您要是知道了,您说不定得拿军棍揍他!"

"哦?他干了什么?"贺老爷子睐着眼斜睨自己的儿子,脸上写满了不信。

"他,他……"贺父觉得这事对着自己的老爹实在难以启齿,干脆甩了甩手,"你自己对你爷爷说!"

贺钦面上严肃,正准备和盘托出,老爷子却又注意到了别的东西:"哟——地上这些是什么呀?谁的照片?"

贺父侧身挡老爷子的视线:"您还是别看了,当心看了血压高!"

贺老爷子性格也是倔,贺劲峰越不让他看,他就越好奇地伸脖子瞅:"老幺,捡来给爷爷看看。"

"好。"贺钦倒不是故意和贺父唱反调,只是贺老爷子伸长了脖子够着也累,他不过是心疼爷爷罢了。

这么想着,贺钦蹲下身,在这些零散的照片中找到一张拍到薛恨的脸的,走上前递到了老爷子面前。

贺老爷子睐着眼看着照片上的人后,办公室里陷入了漫长的死寂之中。直到贺父快步过来,叫了两声"爸"后,贺老爷子才醒过神来似的抬头,话却是对着贺钦说的:"你昨天说的就是他?"

"是。"贺钦回答得迅速,他蹲下身,伸手握住贺老爷子的手。

贺钦抿唇:"对不起,爷爷。"

"行了——"贺老爷子挥了挥手,"过年带来家里给我看看吧!"

说完,老爷子又拿起照片瞥了一眼,确实是长得挺帅气的,这点贺钦倒是没说错。

老爷子松口了,贺父却不乐意:"爸!疼孙子不是您这么疼的!"

老头儿睁开一只眼,睨着向来自诩稳重的儿子急得跳脚的模样:"那你想怎么着啊?你自己的儿子你不清楚吗?"

贺父算是看出来了,贺老爷子这是要故意和稀泥,迂回救孙子呢!他烦躁地来回踱步:"您别给我添乱了行吗?老老实实养着身体行不行?"

"添乱?我添什么乱?"贺老爷子指着贺父的鼻子,"贺劲峰,你看人能不能别那么偏见。"

贺父走到贺老爷子的轮椅背后:"这事我有分寸,您老别掺和,老实回床上休息去!"

说完就想推着贺老爷子走,贺老爷子不依,知道这件事没他在解决不了。于是他将手搭在了自己手腕上的针管处:"贺劲峰,你再推我,我拔管了啊!"

贺父咬牙切齿:"爸!"

"哟——还知道我是你爸呢?"贺老爷子缓和了脸色,"行了劲峰,孩子的事,你就别跟着瞎掺和了。我一老头儿都能接受,你怎么就想不通呢?"

"再说了,你儿子什么性格你自己不知道啊?好不容易有个知心的朋友,刚好人家也把他当朋友,孩子连交个朋友的权利都没有吗?"

贺钦配合着贺老爷子的话点头帮腔:"父亲,爷爷说得对。"

贺父一听贺钦说话就来气:"你住口!"

知道自己不再是主力军的贺钦老实地低下头去,替贺老爷子弄好刚才险些移位的针头。

"小婧,带老幺先出去,脸都被打肿了,找点儿药给他抹抹。"老爷子冲着儿媳发话。贺母点了点头,哽咽着扶起贺钦,带着贺钦出

了门。

眼下办公室里只剩下贺老爷子和贺劲峰，贺劲峰脸上的阴沉愤怒也出现了一丝裂缝："爸……"

"劲峰，这些年，难为你撑起咱们贺家了。"老爷子语气带了些感慨，"知道你也不容易，上有老下有小的，日子过得也没这么舒坦。"

贺劲峰蹲在了贺老爷子的轮椅边，没有说话。

"但你自己好好想想，老幺是不是你三个儿子里，最乖最聪明的？"贺老爷子目光炯炯地看着贺劲峰："老大当年犯的错，咱们就先不提了；老二呢，是没什么坏心眼，就是眼界太小，爱计较。人家都说龙生九子各有不同，你这三个儿子，也只有老幺是不爱惦记这些的。"

贺父当然知道贺老爷子的意思："可是……"

"你听我说完。"贺老爷子拍拍贺父按在自己空闲手上的手，"你别看老幺平时话少，也不爱和你交流，其实他心里藏着你们的。"

"就拿我这次生病来说，人家平时多惦记着他那公司啊，这不是当天就赶过来了？你以为他全是为了我？错，他是为了你这个爹。

"咱们老贺家，缺请护工的钱吗？他是知道你手底下管着的事情多，担心你暂时挪不出空，又担心你放心不下，上赶着替你尽孝呢！"

贺父被贺老爷子说得有些动容，他们父子之间的亲情，不会表现得太明显，何况他们平时确实也没什么时间沟通交流。

贺老爷子知道贺父这是听进去了，趁热打铁：

"老幺这孩子，认准了什么都是说一不二的。能让老幺这样的人看重的，又哪里是你以为的混子？你不能对一个人的出身抱有偏见，况且你又何必为了这件事毁了你们的父子情谊？"

贺父沉默许久，心里还是怄着："可他到底……"

"这孩子除了出身差了点，有什么毛病啊？"老爷子说着，忍不住又显摆了一下手里的照片，"谁还没几个出身不好的朋友啊！"

贺父听着贺老爷子再三强调的意思，忍不住斜眼瞥了一眼。

贺父低下脑袋，没说话，贺老爷子却知道，他这是听进去了。

贺老爷子伸手揉了揉贺父的脑袋："行了，想通透点儿，那是他自己的事,轮不到你去操心,啊?"

贺父挣扎了很久,才终于沉默着点了点头。

至此,贺家这一关,算是彻底过了。

楼下老爷子的病房里,贺母手拿着个冰袋替贺钦消肿,眼里依然泪光闪烁。

"妈,抱歉,让您担心了。"贺钦低声说,说话时牵扯到他嘴角的血痂,贺钦却连眉头都没皱一下。

贺母摇了摇头:"之前你跟妈妈提到的,就是这个人吗?"

贺钦颔首:"是他。"

"昨晚你一晚上没回来,是去找他了吗?"

贺钦愣了愣,坦然承认:"是,他怕我难过,就来找我了。"

贺母一直在观察着贺钦,她发现自从提到这个人后,贺钦脸上的表情就会柔和生动很多。这让贺母又一次确认:贺钦是真的很看重那个朋友。

比起贺父,贺母更了解贺钦的品性,知道贺钦不是乱来的人,贺母也愿意尊重支持贺钦。

"那他现在在哪里呢?"

"在酒店。"贺钦回答的时候,脑海里突然闪过午后薛恨让他早点儿回去的场景,他顿时觉得坐不住,从椅子上站起来,"他还在酒店等我。"

贺母收起冰袋,看见贺钦脸上的红肿掌印消了些,也不再勉强他留下来多聊会儿:"好,你去吧。"

贺钦郑重地跟贺母道了一声谢,转身就往门口走去,走到一半,贺钦顿了顿脚步:"母亲,您替我照顾一下父亲的情绪。"

贺母脸上的笑容和煦温柔:"我会的,放心。"

贺钦这才下楼开车回酒店。一路上,贺钦借着窗外的路灯,看向后视镜里的自己,突然想:脸上的巴掌印依然醒目,晚点儿被薛恨看见了,说不定会担心。这么想着,贺钦面无表情地加了速,只为了快点儿见到薛恨。

第八章 回家

到酒店之后，贺钦的愿望落空了。

空荡荡的酒店房间里似乎还残留着薛恨的气息，唯独没有了薛恨的身影。贺钦沉着脸拨出了薛恨的电话，意料之中的关机状态。

贺钦扣着手机的手指微微发力，俊脸上的表情有些难看。

他逼自己冷静下来，转头将电话拨给了另一通电话，让那人尽快查清楚薛恨的行踪。

挂断电话后，贺钦有些沉闷地倒在床上，脸也枕进了薛恨靠过的枕头里，心里默念：你等着。

下了飞机的薛恨莫名地打了个喷嚏。他揉了揉发痒的鼻子，开机给郭寻打了个电话："我到燕市了，学长，你现在方便吗？"

郭寻那边也回得爽快："我还在万寻，你直接过来。"

薛恨挂了电话，手机上就一个未接来电，不会真被他老子关起来了吧？他甩了甩脑袋，把脑子里对贺钦的关心暂时甩了出去，打车回家带上资料，转头就去了万寻。

郭寻见到薛恨之后也没有多废话，两人一起工作几年，十分有默契，知道什么时候该考虑什么问题。

面对监管组的刁难，薛恨和郭寻要做的是，将所有举报文件里提到的材料找出来，重新审阅分析，必要的时候他们还需要联系当时的合作企业进行沟通核查，再重新编写出申诉材料。

这事其实不复杂，但问题在于监管组摆明了故意刁难，提出的质疑材料涉及两年前的，两年时间足够改变很多事，薛恨甚至不确定当时合作过的企业还在不在。

核查规模一大,事情就变得棘手。所以薛恨连着两天都待在了万寻办公室里,桌上还放着好几罐提神饮料。

幸运的是,薛恨没碰到他想象中最棘手的情况。在大年三十的中午,薛恨终于编写出了一份完整的证明材料,递到了跟他一起奋战的郭寻手里:"结束了!"

郭寻也终于松了口气,他伸手搭在薛恨的肩膀上:"辛苦了。"

薛恨顶着两个大大的黑眼圈摆手:"这事因我而起,学长不怪我就不错了!"

郭寻笑了一声,转头提起别的:"刚好今天除夕,我爸妈让我带着你回家吃年夜饭,你怎么看?"

薛恨脸上的笑容僵了僵:"不了吧,我这两天窝在办公室里,邋里邋遢的,不好。"

"我可以先陪你回家收拾一下。"郭寻提议。

薛恨却再次摇头:"还是算了,我有别的安排。"

郭寻脸上带着藏不住的失落:"又要回去找贺钦了?"

薛恨低下了头:"不是。"

"那你是想去哪里?"

薛恨叹了口气,再抬起头来的时候脸上已经重新挂起了笑容:"好久没回云城了,我回去看看。"

"云城?可是……"郭寻欲言又止地看着薛恨,薛恨也猜到了郭寻的意思,他满不在乎地挥了挥手:"我就是想回去看看。"

"那,你买好票了吗?"

"买了,我也是前天才知道,我老家那边新修了个机场,就半年前开始通的航班。"

郭寻想问薛恨联络得到薛母吗,最终却没有问出来,而是再次拍了拍薛恨的肩膀:"那你注意安全,有什么需要随时联系我。"

"没问题。"薛恨伸了个懒腰,"麻烦学长替我给叔叔阿姨拜个年,说我有空再去看看二老。"

郭寻嘴角向下,冲着薛恨点了点头。

"那我先回去收拾一下，赶飞机去了。"走到门口，薛恨回头对着郭寻粲然一笑，"提前祝学长春节快乐。"

郭寻回了一个："你也快乐。"但他知道，薛恨并不快乐，并且这份不快乐，应该是因为贺钦。

薛恨到家后有些恍惚地去浴室里冲了个澡，温热的水柱打在他的脸上，洗去满身疲惫的同时，又给薛恨带来了难过的情绪。

他闭着眼调出冷水，把自己冻得哆嗦的同时，也让他的心冷静了下来。这个时候，薛恨突然想起自己被贺钦救下的那个晚上。

那时贺钦也是试图用冷水让薛恨冷静，只是跟现在又有区别，那个时候水是冷的，心却是热的。

许久之后，薛恨关掉花洒，带着一身冷气迅速收拾好自己，顶着一头半干未干的头发赶去了机场，颇有那么点儿落荒而逃的狼狈感。

于是在贺钦好不容易查清楚一切，准备回来时，贺钦又接到电话："三少，薛先生又去机场了……"

正开车往机场赶的贺钦将车停在了路边："他买了去哪里的票？"

"不知道。"电话那头的人诚实地回答。贺钦也意识到自己问了个蠢问题，应了一声就挂断电话。

贺钦糟糕的心情维持了三天。从他发现薛恨跑路到现在，他的内心每分每秒都在受煎熬。

顺着找薛恨这件事，贺钦确定了这次寄照片的幕后主使是贺定，也查到薛恨回燕市的原因。贺钦能理解薛恨着急回燕市处理工作这件事，但他不明白薛恨为什么会不告而别，甚至关机失联。

明明薛恨已经答应过会跟他回家过年，明明他已经一个人将父母这关处理好了，明明他都给薛恨准备好了新年礼物，明明他们应该有个非常温馨的春节。

贺钦真想问问薛恨：难道自己在他心里就一点分量都没有？为什么说来就来说走就走，他究竟有没有把自己当朋友？

能问出这些问题的前提是，贺钦见到薛恨。

而现在，听到薛恨又去机场的消息后，贺钦的心里重新燃起了希望：薛恨现在是要来海市吗？来赔罪还是来给自己惊喜？

无论是出于哪一个目的，都足以让贺钦心里的郁闷和愤怒稍微平息一点儿，只要你来，晚点儿见了面可以少惩罚你一些，贺钦心想。

贺钦在机场等了五个小时。中途他接到贺老爷子打来的三通电话，每一通都在问贺钦什么时候带薛恨来，贺钦给的回答是还有点儿事。

现在贺老爷子打来了第四通："快八点了，老幺。"

贺钦坐在车里打开车窗，手指之间夹了一根快燃尽的香烟。停车场里的白炽灯照不到贺钦的脸颊，他的脸色在昏暗的车里显得更加黯淡："你们先吃吧，爷爷。"

贺老爷子听着电话里沙哑疲惫的嗓音，心里一震："是不是出了什么事啊？"

"……"贺钦抖了抖偏薄的嘴唇，"我再等等。"说完后，贺钦难得失礼地挂了电话——他的情绪很不好，尼古丁都没能安抚他焦躁的神经。

再等等，他再等等。

贺钦将烟盒里最后一根烟点燃，却没有再抽，只是静静地在黑夜里，任由这香烟燃尽，也任由这时间一分一秒地过去。

晚上九点，贺钦依然没有等来薛恨的消息，也没有等到薛恨的身影。

贺老爷子的第五通电话打得很准时："老幺，先回家来吧。"

贺钦低声回了一声："好。"握在方向盘上的手却十分用力。他将车开回了贺老爷子住的老宅，贺父看着他一个人从车上下来，脸色有些难看："不是要带好朋友回来？"

贺钦低着头，高大的身影写满了落寞和难过。一边的贺母对贺父使了个眼色，自己快步走到贺钦身边："儿子，是出什么意外了吗？给妈妈说说，好不好？"

"他不来了。"贺钦有些艰涩地说。贺父听完瞪了瞪眼，到嘴边的斥责却在感受到贺钦的情绪后憋了回去。

一家三口一起进了家里，老爷子坐着轮椅，被管家推了过来。他

看见贺钦的状态后也深深叹了口气:"先吃饭吧。"

除夕夜的晚餐非常丰盛,贺钦却一点儿胃口都没有。老爷子心里也不好受,他费了这么大力才让自己和儿子接受了薛恨这个出身差得不能再差的好朋友,谁知这人就这么放了全家人的鸽子。

放鸽子还算轻的,看贺钦这状态,他们几个长辈却又不知道该怎么安慰。

一家人安静地吃完了饭,老爷子忍无可忍,他清了清嗓子才开口:"老幺啊,先吃饭,啊?"

贺钦还没说话,手机就突然振动了起来。他拿出手机,来电人是他派去查薛恨下落的其中一个。贺钦迅速接通电话。

"三少,有薛先生的消息了。"

贺钦的回答堪称急切:"他在哪里?"

"他去了云城长宁县,半个小时前在县上的一个酒店办了入住。"

挂断电话后,贺钦的手指颤了颤。他抬头,发现贺家三个长辈都在看着他:"他跑回老家了。"

"老家?"三人的脸上都多了几分惊讶,贺老爷子先开口,"你不是说这孩子一直都是一个人吗?"

"是。"贺钦颔首,下一秒却站起身来,"所以我要去找他。"

贺父拍桌:"你还有没有点儿自尊心?还巴巴地贴上去,贺老三,别人真的把你当朋友了吗?"

知道最终决策权在谁手上的贺钦选择性无视贺父的话,只是认真地看着贺老爷子:"爷爷,我要去找他。"

"咳——"贺老爷子顶着儿子和孙子投来的目光,难得有了纠结的时候,"老幺啊……其实你爹说得对,没必要啊!"

"可我想问清楚。"贺钦低下头,周身那股子憋闷和难过又溢了出来。三个长辈鲜少见到贺钦情绪这么外露的时候,他们也算是明白,贺钦这次是真的认定这个好朋友了。

最后还是贺母柔声开口:"我支持小钦去找他。"

贺家的三代人都将目光看向贺母。贺母扬了扬嘴角:"我的儿子这么优秀,怎么可以不明不白地就被所谓的好朋友耍了?"

/229

"我没有被耍。"贺钦辩解,在事实面前却显得非常没有底气。

"不管怎么说,我都觉得你应该去找他,跟他把话说清楚。但是——"说到这里,贺母顿了顿,"现在太晚了,选择什么交通工具我们都放心不下,何况今天还是年三十。"

"既然能找到他的下落,也不怕他又失联,对不对?"贺母的温声细语对此刻的贺钦来说称得上安抚剂,毕竟母子之间虽然沟通少,血浓于水的感情却是在的。

"我看这样,今晚小钦在家里好好休息,过完年再去找他。"

贺钦再次说了声:"谢谢母亲。"一边的老爷子也对这个提议没有意见,唯独贺父拉着张臭脸,脸上的表情跟平时的贺钦如出一辙,不过前有亲爹后有老婆,贺父的反对也起不了什么作用就是了。

薛恨还不知道自己很快就要遭殃了。他十分缺心眼地在酒店里补了将近十四个小时的觉,睡得脑袋都开始发蒙了才终于睡够,他这几天实在太累了。

等薛恨睁眼时已经接近午后了。他坐在酒店的大床上发了会儿呆,最后晃了晃脑袋,下床去浴室冲了个澡。

等薛恨走到街上后才发现:名叫长宁县的街道,现在却一点都不宁静。

今天是大年初一,路边的商铺叫喊着卖各种年货小吃,来来往往的人群一个挤一个,热闹极了。

薛恨走在人群里,心里想的却是,如果贺钦在,肯定会特别不开心,因为贺钦从来都不喜欢这些热闹的场合,更不喜欢跟路上的行人有所接触。

但他现在是在小城市的小县城里。周围的一切都昭示着,薛恨离开的这七年里,云城发展了不少。可再怎么样,也比不得寸土寸金的燕市。

就像薛恨再怎么努力,也一辈子达不到能和贺钦并肩的高度。比起认怂,薛恨知道自己临阵脱逃的行为,更多的是出于自卑。

那种来自灵魂深处的自卑感折磨着薛恨,贺家的人动动手指,换来的就是自己的心惊胆战,一个不留神,这么多年的打拼说不定就会

付诸东流。

薛恨是个很惜命也很惜财的人。他或许是很在意贺钦这个朋友。只是一想到这份友情背后藏着的代价,薛恨就觉得自己没有资格做贺钦的朋友,更配不起贺钦对他的看重。

既然是没有意义的,又有什么维持下去的必要呢?薛恨在心底问自己。

不知不觉间,薛恨已经穿过了长宁县中心的热闹广场,来到了一个废品站。废品站的大门上还留着"长宁车站"四个字,只可惜里面再也没有通往薛恨老家所在的西林村的车了。

薛恨吸了吸有些发酸的鼻子,余光瞥见一个守在红色小轿车旁边的年轻小伙儿。小伙儿也看见了薛恨,眼睛一亮,主动走上前来:"哥,打车不?"

"西林村走不走?"

小伙儿吹了个口哨:"走!"应完还有模有样地给薛恨做了个"请"的手势。

薛恨坐到了后座里,刚打开车窗就听见小伙儿说:"你是回老家看亲戚的?"

"算是吧。"薛恨有些恍惚地回。小伙儿是个热心肠,从后视镜里看了眼薛恨后提醒:"西林村那边好多人家的地都被征去种水果了,你晓得你亲戚家还在哇?"

"不确定,去了再说吧。"

"要得!"小伙儿也不再多问,哼着小曲儿就把薛恨载去了目的地。

往西林村的路修得很平,路边的田地里却没有什么农作物,只有一片片比半个人还高一些的杂草。它们在寒冬里野蛮生长,永不枯萎。

直到小伙儿将薛恨载到了村口,薛恨才知道小伙儿嘴里的"好多",原来是所有村民的意思。四周静悄悄的,原本刻在村东口石碑上的"西林村"已经模糊不清。

薛恨往前走,没有见到印象中听见脚步声就会汪汪直叫的黑色田园狗,也没有小时候过年时会传来的鞭炮响声。

入目的场景告诉薛恨：西林村变成了一个无人居住的废弃村庄，有些房屋甚至已经倒塌损毁，变成了一片又一片的废墟。

而这些废墟之中，有薛恨曾经的"家"。他蹲下身，捡起了其中一片黑色的瓦，呼吸微颤。

薛恨记得，这里就是他的家。小小的石板屋子里，他被自己的妈妈掐着手臂痛骂："你为什么要活下来，你为什么要活下来！"

年幼的薛恨哭着求妈妈别打了，说自己会听话，求妈妈不要恨自己。

后来薛恨长大了，知道自己的求饶没有用，所以他学会了躲闪和反抗。因为营养不良，薛恨的个子并不高，体力却在一次又一次的"锻炼"中得到加强。渐渐地，薛母不再能保证自己打得到薛恨，整个人也越来越癫狂。薛恨记得，自己有一次因为逃跑，从木梯上摔下来，小腿都差点摔骨折。

那时薛母突然抱着薛恨哭，说是她对不起小恨，说让薛恨不要怪她。她甚至将薛恨背到了镇上的医院里，也让薛恨看到了外面的世界，对当时的薛恨来说，那是一个更安全更温柔的世界。

那时的薛恨心里只有一个声音：逃出去，从这里逃出去，永远不要再回来，永远不要。

可薛恨还是回来了。他想回来看看，看看那个恨他恨到骨子里的薛母现在怎么样。只可惜，迎接薛恨的只有一堆碎石废瓦。

云城的冬天从不下雪，但北风里总是带着水汽，刮在人脸上时，总会刺得两眼生疼。

薛恨就蹲在一堆废墟旁边，眼睛被风吹得酸涩至极，眼尾也溢出了一滴水渍。

很久之后，薛恨揉了揉鼻子站起身来，用袖子擦了擦自己的眼睛，该放下了。他不想用一辈子来治愈自己不幸的童年，他想好好活着。

薛恨转身，却在不远处看见了一个熟悉的高大的身影。

那是薛恨以前最讨厌的人，也是薛恨现在很看重的人。

他们在寒风里对视。

贺钦今天穿了一件驼色长款风衣，手上戴着一对黑色皮手套，两

/232

指之间夹着一支燃到一半的烟。零星火光在冷风里忽明忽灭，就像薛恨面对贺钦的心情，想迎上去，又想转身离开，不让贺钦看见自己这么狼狈懦弱的一面。

薛恨近乎贪婪地看了贺钦好一会儿后，选择了后者，他理亏，也不知道该从哪里给贺钦解释。

而就在薛恨转身，抬脚准备往远处走时，身后那个屹立于北风中的贺钦终于开口："你再走一步。"声音低沉沙哑，语气十分平淡。但就是这平静犹如死水的语气，让薛恨猝然将脚落回了原处，一步没走出去。

许久之后，薛恨转过身来，看见贺钦抬手朝他招了招："过来。"

这次薛恨没有像过去一样对着贺钦翻白眼，也没有和贺钦呛声，而是缓缓地抬起了脚，沉默着一步一步走到贺钦身边。

两人的距离越来越近，贺钦依然目光幽深地看着薛恨，薛恨却不再敢看贺钦。他低着头目光躲闪，余光瞥见贺钦捻灭了烟。

薛恨张了张嘴："你……"

薛恨难得有了说话吞吞吐吐的时候。他其实有好多话想跟贺钦说，他想问贺钦是怎么找到自己的，想问贺钦是否生自己的气。但眼下面对贺钦这深邃直接的眼神时，向来天不怕地不怕的薛恨一时居然不知道，该从哪一句话开始说。

贺钦耐心等待着，不打算因为薛恨的窘迫给薛恨台阶下。薛恨只能硬着头皮："你……你怎么会在这里啊？"

"你说呢？"贺钦淡淡地反问。薛恨却能感受到贺钦藏在这平淡语气下的怒气和质问，他支支吾吾地开口解释："我……我其实……我就……我就是想回老家看看。"

贺钦的生气里夹杂了失落：薛恨似乎到现在都不打算认错，不打算道歉，更不打算说点儿其他好听的解释一下。

他不打算和薛恨再有其他话题的延续："嗯，我送你回酒店。"

薛恨有些慌乱地伸手攥住了贺钦："贺钦……"

薛恨哪知道自己什么意思，他只是在感受到贺钦的冷漠后下意识地做出了这个动作。

他难堪地抖了抖嘴唇,脑海里突然闪现刚才瞥见的车牌号:"你是开车来的?"

"嗯。"贺钦又给出了一个简洁的回答。

"……花了多少油费啊?我给你报销行不行?"薛恨说话的语气分外心虚,又带着点儿讨好的意思。

贺钦简直快被薛恨气笑了。他冷哼一声,甩开了薛恨:"自己打黑车回去吧。"

说完贺钦就打开车门准备上车。下一秒,站在贺钦身后的薛恨出声喊住贺钦:"贺钦……"

贺钦顿了顿,故意沉声斥道:"干吗?"

薛恨不理会贺钦的语气,破罐子破摔似的说:"我没有家了。"

贺钦高大的背影因为薛恨这句呢喃僵硬了一瞬。薛恨说话的时候声音很小,小到他们距离稍微远一点儿,贺钦可能都听不到。但偏偏薛恨现在像个无赖一样缠在贺钦身后,让贺钦将薛恨话里的脆弱都听进了耳里。

贺钦拿这样的薛恨真的没有办法,或者说向来运筹帷幄的他根本不知道该拿薛恨怎么办。

在他开车来云城的六个小时里,贺钦一路上都在警告自己:不能轻易原谅薛恨,不能让薛恨觉得自己很好拿捏。

可事实是,在看见薛恨蹲在地上的孤独身影时,在薛恨转身想离开时,甚至在薛恨讨好着叫自己的名字时,贺钦都有想要马上原谅他的冲动。

这股冲动在薛恨颤抖着嗓音说自己没有家了的时候,更是几乎击垮了贺钦全部的理智和冷静。

垂在身侧的手握成了拳头,贺钦听见自己说:"那为什么要不辞而别呢?"

为什么不能耐心等待我带你回家呢,回到一个温暖光亮、永远不会有人伤害你的家?你真的有把我当朋友吗?

薛恨瘪了瘪嘴:"因为,因为……"

贺钦低头看着薛恨的手,苍白瘦削,手背上却有好几个陈年未消

的疤痕。贺钦一点儿也不想知道这些疤痕是怎么来的,就像贺钦不想去查薛恨过去的事。

他只希望小土匪能平安喜乐,能永远骄傲地露出笑容。

薛恨闭上了眼:"因为我不配和你做朋友!"

贺钦打算转过身来。这回却轮到薛恨不让贺钦转身了:"你贺钦是谁啊?你可是燕市贺家的三少爷,是燕市最优秀的青年才俊,天之骄子年轻有为。"

"……"难得从薛恨嘴里听见这种夸奖的话,贺钦心里生起了几分异样的愉悦感。

薛恨不知道贺钦心情的变化,他吸了吸鼻子:"可我呢?我爹不要我,我妈也不要我了,甚至现在老家都塌了,我怎么配和你做朋友啊?"

"你是我很重要的朋友。"贺钦转身看着薛恨认真地说。

薛恨睁开眼,原本就蓄满了眼眶的热泪毫无征兆地流了下来。贺钦的声音再次在耳边响起:"薛恨,你听清楚。"

散不去的水雾遮挡了薛恨看贺钦的视线,但贺钦说的话却清晰柔软地传到薛恨的耳朵里:

"就算所有人都轻视你,我也不会看低你,我爸妈、我爷爷都很欣赏你。

"这个世界上有一个让我在意、让我看重的朋友,叫薛恨。"

将内心的想法说出来后,贺钦让薛恨看着自己:"我对你的看重不建立在对你的束缚之上。

"所以如果你现在还是想和我断绝联系,我会尊重你。"

薛恨嘴巴向下瘪着,泪珠一滴接着一滴地往下坠,没完没了,话却一句都说不出来。

"但如果你今天选择继续和我做朋友,那么以后就不要闹小孩子脾气了,你听清楚我的意思了吗?"贺钦一边说着,一边递纸给薛恨让他擦眼泪。

薛恨还是哭,哭得鼻头眼睛都红红的。

"跟我说话,薛恨。"贺钦叫了叫薛恨的名字。薛恨带着重重的鼻音开口："那如果你以后不想和我做朋友了呢？"

"我不会。"贺钦笃定地说。

薛恨抽噎两下："那如果，如果是我不想和你做朋友了呢？"

"我就……"

"就什么？"薛恨小心翼翼地问，眼睛湿漉漉的。

贺钦眯了眯眼，脸色微妙地开口："我就把你揍一顿，再跟你绝交。"

"……"薛恨水汪汪的眼睛眨了又眨，眼神变成惊恐，最终变成了恼羞成怒，"你脑子被驴踢了吧，这么变态？"

看，这才是薛恨的本来面目。明明前一秒还一副感动得不得了的样子，下一秒骂人倒是利索得很。

贺钦意味不明地哼笑一声："你尽管试试。"

薛恨没来由地脊背一凉："我……我也不会的！"

"最好是这样，我可不可以理解为，你接受继续和我做朋友了？"

薛恨将脸上的眼泪胡乱擦了，沉默着点头，心脏咚咚狂跳。

贺钦："所以咱们现在是不是可以算算账了？"

薛恨猛地抬起头来："算什么账啊？"

贺钦阴阳怪气地说："小薛总好本事，一声不吭地不告而别就算了，还敢在除夕夜放我家人的鸽子。"

"什……什么叫，放你家人的鸽子？"薛恨的眼里写满了惊疑。

贺钦冷笑："自己想。"

说完，贺三少就特别冷酷地推开薛恨，坐在了驾驶座上。

见薛恨还傻乎乎地站着，表情精彩。贺钦按了按喇叭："还不上来？"

不敢想得太明白的薛恨点头，迅速地蹿到了副驾驶座上坐好，提心吊胆地被贺钦载离了西林村。

贺钦的算账方式就是冷战。回去的路上贺钦一言不发，薛恨时不时偷偷瞥他，只看得见一张绷着的侧脸。

薛恨搓搓手："你累不累啊？要不我来开？"

"不用。"贺钦目视着前方说,语气十分沉静。薛恨忍不住伸手揉头发:"那……那你饿不饿?我带你去吃点儿好吃的?"

"不饿。"贺钦依然简短地回答。

薛恨瘪了瘪嘴:"我真知道错了,是我对不起你,是我不对。"

"嗯。"

"……"薛恨想扯扯贺钦的衣服什么的,但现在贺钦还在开车,他也不想影响贺钦开车。于是薛恨烦躁地揉了把脸,扭头看向了窗外,放在腿上的食指互相转着圈,思考怎么样才能让贺钦原谅自己。

贺钦从后视镜里瞄了一眼薛恨的后脑勺,嘴角微微往上翘了翘,弧度很小。

县城中心依然人来人往,道路也很拥挤。好在贺钦开来的车价值不菲,出现在这个小县城里显得更加突兀。以至于周围各种想见缝插针的司机都没敢打贺钦的主意,让贺钦通过红绿灯的时间少花了一些。

贺钦将车停在了酒店楼下的路边。薛恨坐直身体:"到了?"

贺钦"嗯"了一声后率先下车。薛恨眨了眨眼,快速下车拉住贺钦:"你肯定饿了,我带你去吃饭!"

贺钦没甩开薛恨,给出的答案却依旧是:"不饿。"薛恨忍不住晃晃贺钦的衣袖:"那我饿了,我早上起来没吃饭。"

"……"贺钦不说话,薛恨把这当成了肯定的回答。

贺钦往后躲了躲。薛恨脸色一黯,但比起面子,薛恨觉得贺钦更重要一些,于是他执意拉住贺钦。

街上熙熙攘攘的,薛恨觉得贺钦不会太喜欢街边的小吃,他环顾四周,将目标定在了一家二楼的火锅店:"我们去吃那个,好不好?"

贺钦很冷酷地说了一声:"随便。"薛恨默念了一声:"贺老三。"拽着人进了火锅店。

前台服务员在看见两个人后眼睛一亮,热情地带他们入了座:"两位帅哥,看看吃点儿什么?我们店里的菌菇汤可是很正宗的!"

薛恨转了转眼珠子,点了些云城的特色菜,还不忘惦记着贺钦的口味:"蘸碟不要做太辣,谢谢!"

服务员笑着点头,拿着菜单去备菜了。

薛恨挑起话头:"其实这家店,我念高中的时候就有了。"

贺钦看向薛恨,没说话,等待着薛恨继续说。

"我以前还想来这里打工,但我老师不让。"薛恨说这话的时候,目光盯着餐桌上的花纹,"他说刷盘子挣不了几个钱,让我心无旁骛地读书,我的学费生活费,他给我想办法。"

"我那时候真的没想那么多,谁给我饭吃,我就听谁的话。"顿了顿,薛恨像想到什么似的,"哦对,其实我读燕大也是他建议的。他让我去更高更远的地方。"

贺钦用手指敲了敲桌子:"他现在在哪里?"

薛恨摇了摇头:"我不知道。"

"去燕市的时候,是他送我上的火车,但我之后给他打电话,却一次都没有打通。"

贺钦将这件事记在了心里,回去后会让人查一查——他想为薛恨做点什么,也想对当年改变薛恨命运的恩师表示感激。

两人又说了几句话,服务员就端着薛恨点的东西上来了。菜品新鲜,汤底鲜美。

薛恨亲自给贺钦涮了一片鲜牛肉放到贺钦的蘸碟里:"你尝尝,这个很好吃。"

贺钦挑了挑眉,夹起肉吃进了嘴里。

"怎么样?"薛恨眼神微亮着问。

"……可以。"贺钦将菜吞进了肚子里才中肯地评价。

薛恨粲然一笑,又殷勤地给贺钦涮了好几样菜,很快就将贺钦的蘸碟堆满了。

贺钦觉得自己有时候也太心软了,否则他怎么会产生受宠若惊的想法呢?这个意识让贺钦变了脸色,他清了清嗓子:"你不是饿了?"

薛恨"嘿嘿"一笑:"我这不是在求原谅吗?"

贺三少高傲地轻哼一声:"坐过来。"

"啊?"薛恨一时没反应过来贺钦的意思。贺钦用眼神瞥了瞥自己身边的椅子:"过来。"

于是薛恨坐到了贺钦身边:"贺总,有何吩咐?"

"有点儿辣。"

薛恨特别有眼力见儿地给贺钦倒了一杯柠檬水,双手奉上。

贺钦接过水喝了一口,又看向自己的蘸碟:"太多了。"

"什么?"

贺钦干脆将蘸碟往薛恨面前推:"你吃。"

"……"薛恨把这当成了贺钦不给面子的意思,他嘟囔了一句,"爱吃不吃。"把原本是给贺钦吃的菜一股脑儿吃到了肚子里。

贺钦等待薛恨咀嚼完最后一口才说:"我要吃肉。"

"你不是不要吗?"

"要。"

薛恨被贺钦这态度气得不轻:"自己涮!"

"不要。"

"……不要拉倒!"

贺钦眯了眯眼:"薛恨。"

薛恨败在贺钦这轻飘飘的语气里,他咬了咬牙:"那我刚刚涮了那么多你怎么不吃?"

"太多了就没胃口。"贺钦给了个没什么说服力的解释。薛恨简直想摔筷子:"你怎么这么难伺候啊?"

贺钦不置可否地扬了扬下巴:"给我涮。"

薛恨骂了声脏话,认命地给贺钦涮起肉来。贺钦铁了心折腾薛恨,一会儿嫌肉太老了口感柴,一会儿又嫌菌菇太嫩不入味,总之什么都有贺钦嫌的。

他一边嫌弃一边吃,指点起江山来半点不含糊。在贺钦又一次说这肉偏肥之后,薛恨忍无可忍地拿过一边的西瓜塞进了贺钦的嘴里:"你喝西北风去吧!"

贺钦咬了一口,目光深邃地看着薛恨:"这就是你求原谅的态度?"

"你——"薛恨被哽得说不出话来,他深呼吸两口,还没有决定好究竟要不要撂挑子不干了,贺钦就先开口了。

贺钦拿着西瓜说:"这个不错。"

薛恨斜睨贺钦一眼,贺三少依然是一脸耍酷的表情,眼神却多了点儿笑意。

所有的不耐烦瞬间烟消云散,薛恨拿起西瓜,水淋淋的果肉吃进嘴里,又甜又润喉。

"甜不甜?"贺钦问薛恨,薛恨学着贺钦刚才的样子:"一般。"

贺钦非常利落地放下了手里的西瓜,拿过一边的纸巾擦了擦手:"那不吃了,继续给我涮肉。"

"……"薛恨真想给这个混蛋来一拳,但是现在薛恨打不过他,于是薛恨从桌下踹了贺钦一脚:"怎么这么爱装。"

说完后,小薛总尽心尽力地伺候着贺三少填饱了肚子。

等贺钦终于放下筷子说自己吃饱了后,薛恨发觉自己也差不多吃饱了,他擦了擦嘴:"那咱们走吧?"

心情大好的贺三少拿起一个小西红柿递给薛恨。

薛恨向来不爱吃酸的,但因为这是贺钦递过来的,薛恨突然心生好奇:万一贺钦拿着的这个是甜的呢?

他张嘴吃下西红柿,在嘴里咀嚼到里面的汁水后顿时后悔了——酸的就是酸的!

顶着贺钦看自己的目光,薛恨逼自己把它咽了下去。余光看见贺钦打算再给一个,薛恨摇头:"我不要唔——"

薛恨满脸怨念地把第二个小西红柿吃完:"你再扔一个试试?"

贺钦不扔了:"走吧。"

"……"也许这个小西红柿真的是甜的,薛恨一边掏钱跟着贺钦出去一边心想。

火锅店外面的天已经黑了,但街上依然十分热闹:小县城没有太大的生活压力,春节时还保留着热闹的年味儿。

薛恨和贺钦在县城中心街道上手牵着手晃,薛恨时不时介绍周围的建筑物:"以前这里是个网吧,里面全是不爱学习的。"

贺钦顺着薛恨手指的方向看了看,那里现在是个巨大的书店。他问薛恨是怎么知道的。

薛恨龇牙一笑:"我在里面当过网管。"

薛恨继续说:"里面的老板对我也挺好的,工资给得特高,我每

个星期放学以后就去前台写作业,顺便收银充卡。"

贺钦想到了一个不算重点的重点:"我发现你很讨老板喜欢。"

薛恨突然目光惊恐地看向贺钦:"你这都知道?"

"啊?"贺钦目光锐利地看向薛恨,"知道什么?"

薛恨淡淡地说:"……没什么。"

可是贺三少不打算被薛恨含糊过去:"知道什么?"

"没什么!"薛恨提高了点儿声音,贺钦危险地眯了眯眼:"薛恨——"

薛恨最怕贺钦用这种语气叫自己的名字,他举起手做出投降的手势:"行行行!我说,我说!"

"就是,那什么……我不是……郭寻不是我的学长吗?他……他生怕我跳槽……"

"他这么重视你?"贺钦直接说出了薛恨支支吾吾没说出来的话。

"……嗯。"薛恨心虚地低下了头,下一秒又猛地抬起来,"我话都没说死,我只说他是我一辈子的好朋友。我保证!"

"什么时候的事?"贺钦的声音轻飘飘的,薛恨忍不住凑近贺钦一些:"你爷爷生病那天。"

"就那天?"

"唔——"薛恨想了想,回答道。

贺钦转身就朝着酒店走去,没有再和薛恨逛街消食的意思。

薛恨扶额叹息一声——这都能生气。

他快步跟上去,叫贺钦的名字,贺钦不理。

薛恨说着好话跟着人进了酒店。

第二天,薛恨醒来就觉得心情很好。昨天看到贺钦的时候,人瘦了,黑眼圈也厚厚地压在脸上,一想到这里面也有自己的责任,薛恨就对贺钦心存了些许愧疚,但是不多。

贺钦长着一张可以用完美来形容的脸。他总说薛恨长得英俊,而薛恨却觉得,贺钦才是真正意义上的矜贵之人。

怎么会有贺钦这样的人呢?富裕美满的家庭,完整幸福的童年,原本这辈子都该一帆风顺扶摇直上,却心甘情愿地和他做朋友。

只要一想到贺钦不远千里从海市赶来,放下平时的骄傲,薛恨就觉得心跳加速、狂热兴奋。

因为贺钦,薛恨觉得自己吃过的所有苦难都有了意义——他们都是为了让薛恨遇见贺钦这个朋友,让薛恨幸运地成为贺钦看重的人。也是因为贺钦,薛恨才意识到,所有的自卑和逃避,都是因为薛恨对贺钦这个朋友的看重。当一个人被在意时,自己的优点才会被无限地放大,而自己的缺点也不再会那么招人恨。贺钦很好,薛恨希望自己能跟他一起变好,直到自己够得上贺钦的高度。

薛恨沉浸在自己的思绪里,指尖突然传来一阵轻轻的痛感。他回过神,发现贺钦不知道什么时候走过来了,正看着他。

等两人准备出门的时候,时间已经接近两点了。

薛恨问贺钦想不想去云城其他地方逛逛,贺钦想了想:"我都听你的,薛导游。"

薛恨笑着说:"那我带你去吃馄饨。"

现在的贺钦真的非常好说话,薛恨让去哪里就去哪里,让吃什么就吃什么,哪怕是在街边的小店吃馄饨。

馄饨店面积不大,生意却特别好。薛恨带贺钦在门口的桌边坐下,自己还好,而贺钦身高比例太优越,坐在这矮小的凳子上,只觉得两条长腿怎么放都不舒服,但他仍然毫无怨言。

薛恨也看贺钦,他们的眼神在空气中交会时,总是带着新年的喜悦。

老板娘端来的馄饨打断了薛恨和贺钦的交流。皮薄馅多的馄饨放在桌上,寒风一吹,就将这香味儿传进了两人的鼻子里,特别吸引人。

薛恨道了声谢,正准备替金贵的贺三少拿筷子,就听见系着围裙的老板娘惊喜地开口:"哎?你不是小薛吗?"

薛恨对着老板娘眨了眨眼。

老板娘揉了揉眼睛,再定定地看了薛恨一眼后确认:"真的是你!"

"您还记得我呀!"薛恨也有些意外,他看对面的贺钦一眼,贺钦温和地看着他。

"哎哟,我当然记得嘞!"老板娘说着话,眼里居然闪过了水光,"好好好——你都长这么大了……"

薛恨对着老板娘灿烂一笑:"好久不见!"

"是挺久的了!"老板娘不住点头,眼神里带着善意和喜悦,她像是想到什么似的,"快,快吃,不够给我说,我再给你煮点儿!"

店里又有人来吃馄饨,老板娘家请的小工回家过年了,忙起来也就再没有时间来找薛恨叙旧聊天。

而等她终于闲下来想去找薛恨时,门口只留下了两个只剩下点汤的碗,碗底压着一张红色钞票。老板娘的眼泪都蓄满了眼眶:"老天有眼,老天有眼哪!"

薛恨不知道这一出,他拽着贺钦走出了好远的距离,直到回头看不着馄饨店的牌匾后才舒了口气。

贺钦问他在担心什么。

薛恨晃了晃脑袋:"倒也不是担心,我只是不擅长这种,她太热情了。"

贺钦微微颔首,没有再问,两个人沿着长街走了起来。

路上薛恨买了一串糖葫芦,上面串着草莓,颗颗饱满红艳,裹上糯米纸后看着更有食欲。他吃了一口递给贺钦:"你尝尝。"

贺钦不太爱吃甜食,但对于薛恨投喂来的糖葫芦,贺钦说不出拒绝的话。他张嘴吃下糖葫芦,入口的口感还不错,没有甜到发腻的感觉,草莓又带着点恰到好处的酸,总之就是一切刚刚好。

薛恨期待地看着贺钦:"怎么样?"

"还不错。"贺钦给了个薛恨觉得很不错的评价,让薛恨骄傲地扬了扬下巴:"我的品位不错吧?"

贺钦:"嗯。"

贺钦跟着薛恨缓缓走,思绪已经飘远了。直到他察觉到身边的薛恨顿住了脚步,地上也多出了一串吃到一半的糖葫芦,是薛恨的草莓。

他回神,扭头看向薛恨,发现薛恨的目光直直地盯着正前方的斑马线,眼神带着茫然和惊疑。

贺钦蹙眉，顺着薛恨看的方向看去：不远处的斑马线外站着一个中年女人，她手边牵着一个大概十来岁的小男孩，小男孩手里拿着一串糖葫芦，上面串着薛恨掉落的同款草莓。

眼下距离人行绿灯还有半分钟。贺钦听见女人低头对着小男孩开口："宝贝，糖葫芦好吃吗？"

小男孩笑着点头，贺钦发现这男孩笑起来时，居然跟薛恨有几分相似。

"好吃，妈妈最好了！"

中年女人揉了揉小男孩的脑袋："乖，下次考试如果还能进步五名，妈妈还给你买！"

"好！"小男孩兴奋地伸手比了个剪刀手。

薛恨的手在发颤。贺钦大概猜到了什么，他挪了挪脚步，站在了薛恨的对面，遮挡住了薛恨的视线。

紧接着，贺钦站在薛恨面前，让他看着自己："薛恨。"

薛恨恍若如梦初醒一般，他看向贺钦，眼里氤氲了水汽："我以前次次都是年级第一的……"

"嗯，我知道。"贺钦说。

"她从来没有对我说过这些话……"薛恨的话里带了哽咽。

贺钦低头看着薛恨说："我知道。"

薛恨吸了吸发酸的鼻子，侧头试图用这样的方式藏起没憋住的眼泪，好让贺钦看不见自己的懦弱。

贺钦看着薛恨的侧脸："要不要追上去看看？"

薛恨沉默着摇头。他站在人来人往的大街上，对薛恨说："她不在意你，但会有很多人在意你。"

牵着儿子过了马路的中年女人突然觉得内心一阵闷痛。潜意识让她回过头，目光越过拥挤的车流看向对面的人潮。那里站着两个男人。

女人试图踮脚看清另一个人的脸，却遗憾落空。内心的闷痛感让她捂住胸口，有些失神。

还是身边的小男孩牵着女人的手晃了晃："妈妈，妈妈，你怎么了？"

/244

就在这时,眼前一辆很高的客运车停在了红灯底下,等女人再次看向那处时,那两个人已经走了,只给女人留下两道越来越远的背影,一如当年那个登上火车的青年。

女人目送着他们消失在自己的视线里,身边传来男孩的声音:"妈妈,你怎么哭了?"

女人这才发觉自己居然满脸泪水,难怪这风吹在脸上的时候,居然比以往任何时候都疼都冷。她伸手胡乱擦去脸上的水渍:"没什么,风太大了。"

小男孩并不信。他转了转眼珠子,将手里的糖葫芦抬高一些:"妈妈别哭,我把糖葫芦分给妈妈吃!"

女人破涕为笑,笑着笑着,眼里又溢出了咸湿的眼泪,她记得,以前也有一个瘦削的小男孩,会这么天真地对自己说:"妈妈别哭,爸爸不在了,我也会照顾好妈妈的。"而自己是怎么回应的?似乎是伸手掐在了小孩身上,近乎癫狂地看着他发红的脸:"你知道什么?你爸爸就是因为有了你才不要我的,你这个讨债鬼,你怎么不去死?"

女人突然蹲在地上崩溃大哭起来,身边跟着一个紧握糖葫芦且手足无措的小男孩。

薛恨不知道这些事。他被贺钦带回了酒店,回去的路上,贺钦给薛恨买了好多糖葫芦,卖糖葫芦的老板乐开了花。

到酒店后,薛恨的眼眶还有些红,他瞪贺钦一眼:"你个败家子。"

贺钦拿出一串糖葫芦,亲手撕开塑封后递给薛恨:"吃了。"

薛恨张嘴吃下,贺钦问他甜不甜,薛恨吃着糖葫芦含含糊糊地说:"你自己尝尝不就知道了。"

贺钦自己拆了一根新的吃了,舔了舔嘴角:"果然很甜。"

薛恨忍不住笑了:"傻子。"

有工夫骂人,就说明薛恨的心情好了一些。贺钦舒了口气:"打算什么时候去我家玩一下?"

"真要去啊?"薛恨的眼里写满了抗拒。

贺钦用眼神问了一个"你说呢",薛恨连糖葫芦都吃不下去了,他将它塞到贺钦手里:"我能不能不去啊?我……你……我这……"

"不能。"贺钦不容拒绝地说,"我爷爷很想见你。"

"哪能啊?我可是差点儿把他孙子名声搞坏的罪人,除夕夜还放了他们的鸽子,简直罪加一等,他还想见我?想杀了我才对吧!"

贺钦扬了扬眉:"你也知道你是罪人?"

薛恨一巴掌拍在贺钦的肩膀上:"那还不是被你爸吓的!打从我听你们打电话开始,我心里就发怵。你说我这要是真去了,就算你爷爷不扒了我的皮,你爸肯定也要打断我的腿吧!"

贺钦看薛恨的惊恐不像假的:"有我在,你怕什么?"

"他们要真想收拾我,你在顶什么用!"

被质疑能力的贺三少冷哼一声:"他们要真想收拾你,你现在还能好端端地在我面前作威作福?"

薛恨眨了眨眼:"什么意思?"

"我问你,之前万寻出事,你是不是算在了我父亲头上?"

"……"薛恨憋屈地用沉默表示了回答。贺钦伸手戳了戳薛恨的太阳穴:"我父亲是那天早上才知道的,下午他也忙着揍我,没时间给你的小破工作室使绊子。"

"……"薛恨的嘴角抽了抽。

贺钦:"更何况,这不是我们贺家人的作风。如果我父亲真想对万寻下手,他只需要让助理拟一份文件递到姓郭的手上,到时候你的好学长就会把万寻双手奉上,你信不信?"

他十分机敏地顺着贺钦的话说:"我信!"

贺钦勉强满意,继续为薛恨分析:"要搜集你们可能违规的材料,又或者是联络监管组,都是需要时间的。"

薛恨深以为然地点了点头。他在脑海里过了一下可疑的人选,最终将目标定在了两个可疑人士之间:"我猜不是那个许嘉懿,就是你那二哥!"

贺钦脸上露出一副"孺子可教"的表情,给薛恨气的:"我说对了吧!"

贺钦:"对了一半。但我二哥不会对你怎么样。"

薛恨脑子一时半会儿没转过来:"为什么?"

/246

贺钦觉得面露迷茫的薛恨真是非常有趣："他觉得我出事最好，以后争家产的形势就对他越有利。"

薛恨的眼皮子跳了跳："他有毛病吧？这什么脑回路？"

贺钦耸肩，突然想起了另一件事："他那天不是还去机场找过你？听说你还和他喝了一杯。"

"……这你都知道？"薛恨看贺钦的表情恍若见鬼。

"我还知道，你顺走了他的打火机。"贺钦说，"你居然会抽烟？"

"……也不是很会。"薛恨心虚地扭头。

贺钦严肃地说："以后不准抽了，对身体不好。"

薛恨想到昨天见到贺钦时的场景，翻了个白眼："你自己都还抽呢！"

"我是事出有因。"贺钦非常直白坦然，哽得薛恨说不出话来——这混蛋什么时候这么会说了？薛恨只能生硬转话题："真是许嘉懿做的吗？"

"嗯。"贺钦不介意薛恨的回避，"这件事是我的疏忽，我没想到他会有再三招惹你的胆量。"

薛恨叹了一口气："你说我招谁惹谁了我？他怎么不来收拾你啊？神经病！"

贺钦笑了笑说："别生气，我给你报仇了。"

薛恨用一种看傻子的眼神看贺钦："你怎么报的？"

贺钦正准备简单解释，他放在兜里的手机就响了起来。两人对视一眼，贺钦当着薛恨的面拿出了手机，是贺老爷子。

贺钦接通电话，叫了一声："爷爷。"电话里传来贺老爷子关切的问候："老幺啊，找到你那个朋友没有啊？这怎么都不打个电话回来说一声？"

薛恨将电话里的内容都听了去，贺钦回答："找到了，忘记给您说了。"

老爷子在电话那边哈哈大笑："行，早点回来。"

说完就挂断了电话，特别豪迈。

贺钦将手机扔到一边："都听见了？"

/247

"……没听见。"

两人到达海市的时候，时间已经接近晚上十点了。

薛恨多少有点儿心疼贺钦，回来的路有一半以上的时间是他在开车，贺钦就坐在副驾驶座上休息。趁着下高速过收费站的间隙，薛恨伸手敲了敲方向盘："这么晚了，你家人应该已经睡了吧？"

贺钦拿过车里的矿泉水递给薛恨："你特别不想见到他们吗？"

"……"薛恨喝了口水才说，"倒也不是不想……"

"只是我怕他们不喜欢我。"说着心里话的时候，薛恨避开了和贺钦对视，"本来我这人就没什么优点，现在还给他们落了不好的印象，到时候他们变卦了，不让咱俩继续做朋友了怎么办？"

薛恨说到后面越来越小声，如果不是车里就他们两个人，贺钦或许根本听不清："不会的，别想这么多。"

薛恨还是没法放下心来："要不我们还是明天再去吧，好不好？"

贺钦点头答应："好，听你的。"

薛恨在贺钦的指引下将车开去了酒店，到房间后，贺钦让酒店的人送了点儿吃的来。薛恨心不在焉地应付了肚子，时不时就会陷入自己的思绪里，愁眉苦脸。

贺钦叹了口气："别这么焦虑。"

薛恨靠在贺钦的肩头："他们真的不会反感我吗？"

贺钦："他们怎么看你有什么好担心的。"

"胡扯。"薛恨回头瞪了贺钦一眼，"你要真这么想，干吗还让我去见你爷爷啊？愁死我了。我明天还要早起。"

贺钦："早起干什么？"

薛恨用看傻子的眼神看贺钦："买东西啊！登门拜访长辈，不得带点儿礼品啊？哦对，你爷爷有没有什么喜欢的东西？你爹妈呢？"

贺钦觉得认真准备这些事宜的薛恨也非常有趣："你贿赂贿赂我，我就告诉你。"

"再给你一次机会。"脑子有坑的贺三少脸色严肃地说。

薛恨气鼓鼓："好，我贿赂你，说吧，该买些什么？"

贺钦："交给我安排。"

意识到自己被耍了的薛恨破口大骂："你耍我！"

第二天，薛恨还是拽着贺钦起了个大早，去商场精挑细选了一番。

两只手都挂满了礼盒的贺钦脸色很臭："给我买礼物的时候没见你这么积极？"

薛恨莫名地睨了贺钦一眼："我什么时候不积极了？给你买的东西还少啊？"

贺钦冷哼："是吗？我不记得了。"

薛恨骂了一声："神经病。"两人刚好路过一家发廊。薛恨顿住了脚步，回头看贺钦："你说我要不要做个造型再去？"

贺钦想也不想地说："不用。"薛恨听完就大步走进了店里。

贺钦："……"

薛恨让小哥给他梳了个发型，让他看上去更有活力了些。收拾好自己后，薛恨对着手机屏幕臭美了一下："好歹加点儿分吧？"

贺钦看着薛恨的头发，薛恨毫不留情地说："给我弄乱了我就揍你。"

贺三少又重重"哼"了一声，将这个仇记在了心里。

等他们从商场出来时，已经接近午后了。贺老爷子亲自打电话问贺钦什么时候来，贺钦回了个："快了。"

薛恨忧心忡忡地被带到了贺家的老宅，贺钦都能感受到薛恨的紧张。他将车停好后安抚薛恨说："别紧张。"

"……"薛恨扯了扯嘴角，"要不这事还是算了吧。"

贺钦又安抚说："没事的。"

薛恨推了一把贺钦："……"

下车后贺钦想提礼盒，薛恨瞪了他一眼，自己提起了东西。贺钦带着薛恨离开了车库。隔得远远的，薛恨就看见了守在老宅门口的几道身影。

薛恨的手因为紧张而浸了冷汗，要不是贺钦带着他脚步不停，薛恨大概会直接跑路。随着他们之间的距离越来越近，薛恨感受到所有人都将目光放在了自己身上。

这时身边的贺钦出声:"这是我爷爷、我父亲和我母亲。"

薛恨听着贺钦的介绍,知道自己应该跟着贺钦的话给他们打招呼。他看向为首的贺老爷子,老头儿那犀利的目光直直地盯着自己,吓得薛恨脑子里准备好的措辞全都忘记了:

"贺……贺老先生好!贺大先生好!大夫人好!"

贺家众人:"……"

贺钦握拳抵在嘴边轻咳一声,憋住了笑意:"这是薛恨。"

贺劲峰脸色不怎么好看,老爷子倒是"嘿嘿"一笑:"小子,别乱说,我老贺家在劲峰这一代只有一个当家的!"

"……"刚见面就丢了个人的薛恨恨不得找个地缝钻进去。还是贺钦拍了拍他的肩,还打着圆场:"外面风大,进去说吧。"

贺家的三个长辈率先迈动了脚步,薛恨脚底仿佛被灌了铅,要不是贺钦推了他一把,薛恨动都不会动。

贺家客厅里十分温暖,灯光也明亮。薛恨却一点感受这份舒适的心思都没有,连呼吸都小心翼翼的。

贺钦说:"小恨给你们带了礼物。"

薛恨回神,低着头将手里的礼盒都递了出去:"请,请贺老先生笑纳!"

贺母率先接过礼物,柔声道了谢,又招呼着薛恨坐下。

三个长辈坐在薛恨的对面,与薛恨之间隔着一个茶几。薛恨低着头都能感受到他们审视打量的目光,整个人如坐针毡。

贺老爷子清了清嗓子,开了个场:"小伙子哪里人啊?多大了?"

"云城的,今年二十五。"薛恨老老实实地回答。

"嗯。"老爷子点了点头,"听说你是老幺的同学?"

薛恨诚实摇头:"不是,以前,以前不熟。"

"不熟啊……"老爷子语带深意地重复了一下薛恨的话,"可我怎么听说,我家老幺和你很熟啊?"

薛恨看了看老爷子,又看向身边的贺钦:你之前怎么不和我串串供?

贺钦面色平静:"大学我们相处不多,泛泛之交。"

薛恨觉得这是个惊悚事件——你贺钦管那些互殴的过往叫泛泛之交?真的会有人把朋友按在地上揍吗?

老爷子看着薛恨漂亮脸蛋上的惊疑表情,"啧"了一声:"你不知道?"

薛恨的嘴角抽了抽:"我……我大概知道一点点吧……"

"好小子!"原本和颜悦色的老爷子突然话锋一转,"我家老幺这么看重你,你前两天还敢放我们的鸽子,你还把不把他当朋友啊?"

薛恨差点顺着贺家的沙发滑到地上去。贺老爷子的气势并没有因为年迈而有所降低,这嗓音一冷厉起来,让原本就心虚的薛恨更害怕了。

薛恨吞吞吐吐地说不出个完整的话:"我……我不是,我那什么,我……"

贺钦侧了侧身体挡在薛恨面前:"爷爷,您别吓他。"

一边一直冷脸沉默的贺劲峰将手里的茶杯放到桌上,发出了清脆的声响。

贺母推了贺劲峰一把,转头对着贺钦和薛恨的方向笑着开口:"你们吃过饭了吗?要不要先吃点儿饭再聊?"

薛恨正想说自己不饿不用麻烦,贺钦就抢在他之前开口:"我们一大早就去给你们买礼物了,到现在都没吃饭。麻烦徐叔让后厨做点吃的吧,我先带他吃点儿东西。"

"……"薛恨忍不住斜睨贺钦:这滴水不漏的话术,谁听了还敢质疑贺三少的情商?

贺老爷子也很给面子:"有心了,把饭吃了再说吧。"

薛恨低头,心里终于多了点儿轻松的感觉。

吃饭时贺老爷子还追过来叮嘱:"多吃点儿,这都瘦得快脱相了!"

薛恨差点儿把吃进嘴里的饭喷出来。

忐忑地吃完一顿饭后,薛恨被贺老爷子叫去了书房。他站在门口徘徊着不想进去。

贺钦没想到薛恨会怕成这样,明明老爷子对薛恨简直称得上和颜悦色不是？他低头看了薛恨的脸："我在门口的，你别怕。"

"那……那你别走啊……"薛恨咽了咽嗓子，声音越说越低，"晚点你爷爷要是真揍我，你可要第一时间冲进来救我！"

贺钦正想说"不会的"，里面就传来老爷子响亮的声音："还不进来？"

薛恨竖着汗毛走进了书房。书房灯光明亮，贺老爷子坐在檀木桌的对面，看向薛恨的眼神十分犀利。

薛恨被盯得头皮发麻，低着脑袋不敢说话。贺老爷子端过桌上的热茶喝了一口，茶盏相碰时声音很清脆。

薛恨听见贺老爷子说："听说你给我买了一副棋盘，你会下棋？"

"……"薛恨本来就不太会撒谎，现在直面老爷子压迫感极强的视线，他更是没有扯谎的勇气，"会一点儿。"

老爷子敲了敲桌子："嗯，过来坐着，跟我下一盘。"

薛恨硬着头皮走上前，坐在了老爷子对面的椅子上。面前摆了黑色棋子，薛恨眨了眨眼："真要下？"

老爷子忍不住轻笑一声："怎么？你以为我在骗你？"

"那，那是不是黑棋优先？"薛恨试探着伸手拿棋，还没有碰到就被贺老爷子毫不客气地拍了把爪子："什么黑棋不黑棋的，老头儿优先不知道？"

"……那您来。"薛恨缩回手说。老爷子这才拿着白棋放在了棋盘正中心的位置。薛恨想了想，将黑子绕在了贺老爷子周围。

老爷子一开始还没觉得有什么，在发现薛恨根本没有摆阵后忍不住扬眉："你在下什么？"

薛恨盯着白棋的走势，忍不住伸手挠了挠腮："下棋。"

老爷子眉心狠狠跳了跳："下的什么棋？"

薛恨在老爷子有些严肃的语气里缩了缩脖子："五……五子棋……"

回答完，薛恨就发现老爷子沉默了。老头儿目光如炬地盯着他，让薛恨恨不得立刻钻进地缝里土遁逃跑。

很久之后，老爷子终于开口："行！"

这一嗓子一吼，险些没把薛恨吓得从椅子上滑下去。他抬头看贺老爷子，发现老爷子看自己的脸上不仅没有不悦，反而多了些善意的笑容："五子棋就五子棋，重来。"

薛恨在贺老爷子的笑容里稍微不那么紧张了些，他点头，特别利落地将棋盘上的棋子收好，跟老头儿重新下了起来。

老爷子一边重新摆棋一边问："没学过围棋？"

薛恨诚实地摇头。

"象棋呢？"

薛恨还是摇头。

老爷子"嗯"了一声，将薛恨的三珠打断："平时没点儿兴趣爱好？"

"……玩手机算吗？"薛恨试探着问。问完就收获了老爷子一个瞪眼："你说呢！"

"那没有。"薛恨一边回一边将老爷子开出来的两条路都堵死了。老爷子低头看了棋盘一眼："老幺经常在我跟前夸你聪明，我怎么觉着你这么轴呢？"

薛恨疑惑地"啊"了一声。老爷子摇了摇头："算了，轴就轴吧。"

"……"薛恨的嘴角抽了抽。还没说什么，老爷子又转了个话锋："我问你，你之前为什么不愿意跟老幺做朋友？"

薛恨手里通体黝黑的棋子差点滑落。他伸手摸了摸鼻子："我没有……"

"扯！"老爷子一脸看破了所有的神情，"你要真愿意和他做朋友，能和他闹这么久？"

薛恨太阳穴的青筋跳了跳："他是这么跟您说的？"

老爷子扬着下巴"嗯"了一声。觉得自己被冤枉了的薛恨也顾不上怕了："我没有和他闹，我根本不知道，这也不能怪我……"

老爷子做出了恍然大悟的表情："哦！"

薛恨解释："不是，我一开始压根儿没想到会有今天。"

"是吗？"老爷子又满脸不信，"抛开家世不谈，我家老幺人品没的说吧？你为什么连个朋友都不愿意和他交？"

薛恨不知道这位一只脚都踏进了棺材的老头儿怎么会说这些怪话,问的这些怪问题一个比一个难招架。他晃了晃脑袋:"我以前跟他关系不太好。"

"不太好?"

薛恨答不上来,一直紧绷着的神经也终于有了崩溃的趋势:"您别说这个了!"

"嘿嘿——"老爷子扯着胡子笑了笑,"怎么还生气了呢?"

薛恨顿时又像泄了气的皮球:"对不起,贺老先生,我不知道怎么回答您。"

"我没想到他会带我来见你们。"

"这样啊——"贺老爷子拉长了尾音,"你是不是一直觉得老幺会看不起你。"

"……"心思被全部看穿的感觉谈不上好,薛恨低下头去默认。

老爷子看着薛恨毛茸茸的脑袋:"抬起头来听我说话。"

薛恨只得抬头,看向老爷子的眼神里带了些难堪。老爷子突然理解了贺钦——这小孩,心思全都写在脸上。明明吃过不少苦,看向别人时,眼神却是纯澈干净的。

老爷子活了大半辈子,看人的眼光不可谓不毒辣,尤其是像薛恨这样藏不住情绪的,老爷子就算再老眼昏花,也能读出薛恨心里的东西。

他放软了点儿嗓音:"行了,不为难你了,你老实回答我几个问题。"

薛恨点头,心想晚点儿实在不行还是先跑路吧,他快顶不住了。

"第一个问题,你是真想和我家老三交朋友,还是因为我们家的家世呢?"

"我是真心把他当朋友。"薛恨毫不犹豫地说。

"那你刚才怎么说没想过有今天?"

"因为我出身不好,所以我很害怕跟你们这样显赫的人家打交道,我怕你们会看不起我,我也没想到他会带我来见你们。"薛恨伸出食指彼此绕着打转。

"……行。"老爷子清了清嗓子,问出来第二个问题,"老幺这人脾气秉性你也知道,跟他做朋友,你会不会觉得心累?"

薛恨将脑袋晃成了拨浪鼓:"不会的!"

老爷子又问道:"最后一个问题,你想不想知道你爹在哪儿?"

薛恨瞪大了眼:"这是……这是什么意思?"

"字面意思,云城和海市隔得不远,我在那边也有几个故交。"老爷子解释着,"如果你想知道你爹的消息,我可以帮你查一查。"

薛恨沉默得更久了,老爷子耐心等待着薛恨的回答,心里已经开始思忖晚点该联系哪个老朋友帮忙了。

结果薛恨给出的回答出乎老爷子的意料:"不用找了。"

"为什么?"

"他如果真的需要我这个儿子,也不会那么多年杳无音信。"薛恨沉静地说,"没有必要,我没有他们也挺好的。"

老爷子深深看了薛恨一眼:"你能这么通透也是好事,那我也不多管闲事了。"

"谢谢贺老先生。"薛恨诚挚地说。

贺老爷子摆了摆手:"叫爷爷就行了。"

说完,老头儿突然将目光看向身后左侧的一道门:"还没偷听够?"

薛恨瞪大眼,顺着贺老爷子说话的方向看去,门在薛恨的眼前被打开,门的另一侧站着贺钦。

贺钦被发现偷听也不尴尬,他稳步走了过来。

薛恨的嘴唇抖了抖,在贺老爷子轻咳两声后才回过神来:"爷爷……"

"嗯。"贺老爷子将手边的茶杯往薛恨的面前推了推,"去给我斟杯茶来。"

薛恨咽了咽嗓子,端着杯子站起来,小腿往下的部分都有些发软。贺钦看着薛恨转身的背影,心思全部写在了脸上。

老爷子指了指面前的棋盘:"可算找着个比我还不会下棋的人了,在海市多玩几天,我要亲自带个徒弟出来。"

"……行。"贺钦犹豫了一下还是答应了。

从某种意义上来说，薛恨和贺老爷子对彼此有了更深一步的认识，这为他们以后成为关系很铁的爷孙俩奠定了十分坚实的基础，但这都是后话了。

从书房出来以后，薛恨又要面临贺父的"审问"。

不过这位贺家掌权者上有贺老爷子压着，下有贺母劝着，对薛恨也不多作为难。只是交代薛恨要管好自己，不要让贺钦的名声受到影响，毕竟贺钦的圈子里还从未有过一个出身这么差且性格这么不讨喜的朋友。

薛恨低着脑袋答应，贺钦就站在一边注视着薛恨。

贺母走到薛恨身边，手里递出了一个大红包："这个红包你拿着，给你的压岁钱。"

薛恨冲着这个红包没辙，只能硬着头皮道谢："谢谢，谢谢阿姨。"

贺钦将红包接过来，塞到薛恨手上。爷爷、爸爸、妈妈这些对薛恨来说，是渴望了一整个童年都没有盼到的东西。

贺母像是知道薛恨的心情似的，她伸手轻轻揉了揉薛恨的脑袋，带着打心里传出来的温柔："以后我们也是你的家人。"

薛恨的嘴唇颤了颤，眼里闪过的水光被他硬生生憋了回去："谢……谢谢……谢谢。"

贺母有些动容，她第一次听见关于薛恨的身世，还是从贺老爷子口中，当时自己的丈夫第一时间就找人去查了查。一怕贺钦当时编造薛恨的家世以博同情，二是怕这个出身是薛恨自己扯的谎。现在知道薛恨背后吃过的苦受过的难，倒是多了几分理解。

几经周折，外面的天已经完全黑了。

贺家的管家传了晚饭，又去把午睡的老爷子叫醒，一家人坐在一起吃饭。薛恨坐在贺钦身边，有些局促地只夹面前的菜。

饭后一家人坐在一起聊天，贺老爷子率先开口："老二的婚礼快办了吧？"

听到这个人，贺父和贺钦的脸色都有些沉，他们父子俩都知道贺定做的事，却没敢跟老爷子说，担心把他老人家又气进医院。

"快了。"贺父回答道，语气倒是很平淡。贺老爷子点了点头。

晚饭后，大家都各自活动，薛恨看着自己手上的红包："第一次收到压岁钱，我现在感觉像在做梦。"

贺钦笑着说："不是做梦。"

薛恨看向贺钦："有时候我真挺羡慕你的，感觉全世界所有的好事都被你贺钦摊上了。"

贺钦不置可否："别羡慕我。我有的现在你也有了。"

贺钦说得认真，薛恨看着贺钦，眼里有泪光闪过："谢谢你，贺钦。"

盼星盼月，潮落潮生，那些缺失的温暖，在此刻悉数回归。

春节前一天的午后，正在睡午觉的薛恨接到了贺钦他爹打来的电话。

贺劲峰在电话里问薛恨春节有什么安排，薛恨顿了顿才回答："暂时没有，怎么了，叔叔？"

"不行就跟贺钦一起来贺家过年吧，贺钦的大哥二哥也会回来，到时候一起吃团圆饭，热闹点儿。"

"行，那我和贺钦明天一早过去。"薛恨应得爽快，挂断电话后也不睡了，坐起来打了个哈欠就从床上爬起来洗澡。

燕市今年的第一场雪来得有些晚，昨天晚上的初雪下了一整夜，像是要把之前没下的都补齐，导致现在窗外的世界已经被雪覆盖，白皑皑一片。

薛恨去客厅的时候没看见贺钦："贺钦，贺钦？"

没得到回应，薛恨奇怪地"咦"了一声，拿出手机给贺钦打电话。这通电话很快被接通，贺钦说话时的声音似乎都带着凉气："睡醒了？"

"刚醒，你在哪儿呢？"薛恨问，隐约听见对面传来小孩说话的声音。

"在楼下，等我。"贺钦说完就挂断了电话。薛恨忍不住跑到落地窗前朝下看，只可惜没能看见贺钦的身影，只看见天上不住往下坠落的雪花。

"这么冷的天，跑去楼下做什么？"薛恨嘟囔着，去厨房给贺钦热了杯牛奶，又切了点水果。

"我回来了。"厨房外面传来贺钦的声音,薛恨应了一声。贺钦的身影很快就出现在厨房:"薛恨,看。"

正在切水果的薛恨回头,看见贺钦两手之间捧着一个莹白的迷你雪人——是真的很小,大概是去年他俩在荣钦大楼底下堆那雪人的几十分之一大。

薛恨愣愣地看着这个小雪人,还是贺钦的声音唤回了他的神志:"薛恨,它要化了,先把冰箱门打开。"

"啊?哦好!"薛恨开门,看着贺钦将小雪人平平整整地摆进了冰箱。

"你过来。"贺钦看着雪人说,薛恨凑过头来,看见雪人的脑袋上写着一个小小的"薛"字。

薛恨侧头看贺钦的脸,贺三少仍旧是那副高深莫测的表情,眼里却分明写了几个字——快夸我。

"傻子。"薛恨笑着说,把热好的牛奶递到贺钦面前,"快暖暖手,小心感冒发烧。"

贺钦接过牛奶焐了焐手,仰头喝完:"怎么不多睡会儿?"

薛恨的瞌睡好像一直都很多,到了冬天更是像需要冬眠的小动物一样,每天中午都要午睡,不然一下午都觉得脑子昏沉沉的,不舒坦。

一般情况下,贺钦也会睡个午觉,偶尔会因为工作或者别的事情耽误。今天则是因为贺钦醒过来看见窗外的雪后,心里滋生了想堆个雪人薛恨的想法。

贺钦一向是个行动派,决定了就起身下楼了。

事实上,小的雪人不一定就比大的省事。贺钦在捏小雪人的时候,一直在琢磨雪人脑袋的每一个细节,力求捏到最精致圆润的形状。

他捏雪球的动作太专业,神色太认真,引起了小区其他小朋友的围观,其中一个胖乎乎的小男孩更是看了全程。

贺钦捡了根小树枝,在雪人后脑上轻而缓地刻薛恨的"薛"字,在他认真刻到最后一竖时接到了薛恨打来的电话。他一手拿雪人一手接通,捧着雪人的手放低一些,让这个小胖子看清了雪人的每一个细节。

"真好看！这是我见过最好看的小雪人，这么小！"小孩子毫不吝啬地表达赞美。贺钦说了句："等我。"挂断电话后神色平静，下巴却昂着："我要回去了，再见。"

贺钦说完转身就走，却在走了两步后被拽住了衣角："嗯？"

小胖子的大眼珠子亮晶晶的："叔叔，你能给我也捏一个小雪人吗？"

"下次。"贺钦酷酷地说。

"这次行吗？我可以把我的压岁钱分给你的！我有很多压岁钱！"被拒绝的小朋友有些受伤，但是不死心。

贺钦却还是拒绝："不行，现在我得回家了。"

他说完就大步离去了，走远了都还能听见身后小胖子哇哇的哭声，贺钦蹙眉心想：小孩子什么的果然太难缠了。

"唔——"薛恨端起水果往客厅走，"想让你陪我出趟门，我得去买点儿东西，怕明天早上人家放假了。"

贺三少双眼放光："买什么？我的新年礼物？还是去我们家的春节礼物？"

"……"薛恨保守地说，"前者。"

"我去换衣服。"贺钦亢奋地说。

"你爸刚才给我打电话，说让我跟你回贺家过年去，还说你的两个哥哥都会回去。"

贺钦立刻反应过来，想也不想就拒绝："不要，我们就在这里过，我练过毛笔字，能写对联。"

薛恨无辜地耸了耸肩："重点不是谁写对联，而是我已经答应他了。"

锋利的眉梢紧皱在一起："所以，你想让我陪你出门买的，不只是我一个人的礼物？"

"真聪明。"薛恨笑嘻嘻地夸，"作为你最好的朋友，去你家过年，我不得表示一下啊？"

这种卖乖的方式打动了贺钦，于是贺钦虽然十分不情愿，但还是答应了。

也就是在他去换衣服的时候,薛恨听见门铃响声。他趿拉着拖鞋去开门,门开后对上一个哭得满脸泪水和鼻涕泡的胖小孩。

"……你好,请问你找谁?"

小胖子吸了吸鼻涕:"哥哥你好,我来找刚才堆雪人的叔叔。"

他大概是刚刚才伤心地哭过,现在说起话来都抽抽噎噎的。薛恨一猜就知道他是来找贺钦的,蹲下身体:"你找那位叔叔有什么事吗?"

"我……我想让他给我捏一个小小的雪人,像他刚才捏的那个一样!"

薛恨反应过来,他应该就是自己刚才在电话里听见说话声的原因。他想了想:"刚才在楼下的时候你没说吗?"

"……"豆大的眼泪立刻从小胖子的眼睛里进出来,在楼道之间又不敢大声哭,只能用力咬紧自己的嘴唇,嘴巴两边的缝隙却还是会让这哭声泄露出来,"他……他没答应……就走了……呜呜呜呜……"

小胖子委屈巴巴的哭声让极少接触小孩子的薛恨有些手足无措,他话里的内容更让薛恨的眼皮子不住跳动。

"……你先进来吧。"薛恨侧身让小孩进了家门,嘴上笨拙地安慰,"好了好了,你别哭了,你先别哭了。"

大概是进入家门给小胖子带来了安全感,他不仅没听薛恨的劝,反而张开嘴巴哇哇哭得更大声了。

薛恨忍无可忍提高声音:"不准哭了!"

空气里短暂安静了两秒,小男孩又变成了死死咬着嘴唇低声啜泣的状态,那泪花闪烁的大眼睛还委屈巴巴地看着薛恨。

"……"薛恨反思了两秒,拿过鞋柜上的纸巾递到小胖子面前,"你先擦擦眼泪,那个叔叔换衣服去了,等他出来,我就让他给你捏一个小雪人。"

小男孩眨巴眨巴眼,一边胡乱用纸巾擦脸一边问:"真的吗?"

"真的。"薛恨眼睁睁看着小胖子的脸因为太黏而粘上了一点纸屑,犹豫着该不该直接让他去洗个脸。他听见小胖子鼻音很重地问:"为什么?"

"……因为我就是他的老板。"薛恨艰难地硬着头皮答,"……

/262

好了,我先带你去洗把脸吧。"薛恨说着就轻轻牵着小男孩的手臂去了洗手间,拿了张新毛巾打湿了给他擦脸。

"薛恨,薛恨?"门外传来贺钦的呼唤,薛恨拧干毛巾:"在,在!"

很快,贺钦出现在洗手间门口,皮夹克、棕衬衫、黑色牛仔裤,以及一双与衬衫颜色相呼应的马丁靴,衬得贺钦越发高大帅气。仔细闻闻,还能闻到他身上淡淡的香水味——他一向是很讲究的。

薛恨看了几秒:"真帅。"

"这是谁?"贺钦把目光放在看向自己欲言又止的小胖墩身上。

薛恨眨了眨眼:"我也不知道,说是来找你的。"

"哦?"贺钦旁若无人地走到薛恨身边找他的手,"我不认识他,我们出发吧。"

"他说他想让你给他堆雪人,你没印象了?"薛恨压了压贺钦的指腹。贺钦又看了一眼小胖子,看见他圆溜溜的眼珠子:"有印象,但我没时间。"

"下楼随便堆一小个呗?人家都追你追到家里来了,刚刚还哭得特别惨。"

"……不要。"贺钦拒绝道。

"好吧。"薛恨低头看小胖子,"他不帮你堆,我帮你行不行?我技术很好的,之前还是他的老师。"

小胖子将信将疑:"真的吗?你不是说你是他的老板,他一定会答应你吗?"

"……"搬起石头砸自己脚的薛恨摸了摸鼻子,一边旁听的贺钦说:"他确实是我的老板,下楼。"

薛恨知道贺钦这是答应了的意思:"等我去拿个东西。"

他再出来时,手里多了一条围巾——是前阵子给贺钦买的。

"过来戴上,外面很冷的。"薛恨招呼,贺三少毫不犹豫地到他跟前,接过围巾戴上。

三人下了楼,薛恨找了个积雪堆得多的地方,问这个小胖墩:"你叫什么名字?"

"我叫乐乐。"小胖子说完后捂住嘴瞪大眼,"妈妈不让我给陌生人说的!"

"好吧,那我就当没听见,你想让我给你堆还是这个叔叔给你堆?"

乐乐看看贺钦又看看薛恨:"那就哥哥给我堆吧。"

"好。"薛恨说完就想俯身抓雪,却被贺钦拦住:"我来吧,冻手。"

"……你自己就不冻了?"薛恨说着,语气却都冒着开心的味道。

贺钦抓着雪就开始盘弄,身边的薛恨和乐乐都认真地盯着他看。有了第一个小雪人的经验,这个雪人再捏起来就省去了很多事情。

贺钦弄好后递给小胖墩:"给你。"

"叔叔,我也想在头顶写我的名字!"小胖墩眼睛亮晶晶地请求。

贺钦蹙眉没动静,乐乐又看向薛恨:"可以吗,哥哥?"

薛恨"扑哧"一笑:"你这样,你也叫他一声'哥哥'试试,看他愿不愿意帮你?"

乐乐现在非常相信薛恨的话,听完立刻就看着贺钦:"大哥哥,可以吗?"

"不要,我们还有事。"贺钦仍旧无情拒绝,身边薛恨扯了扯贺钦的袖口:"你就答应他吧!"

贺钦重新在小雪人的头顶上画了一个"乐"字,虽然不如刚才写"薛"字那么细致认真,但总归是好看的。

"给你。"

乐乐小心翼翼地伸手捧着胖乎乎的小雪人,惊叹着"哇"了一声:"我也要把它带回家里,让它做我最好的朋友。"

薛恨"扑哧"一笑:"那你记得把你的好朋友放在冰箱里,不然很快它就会融化。"

"好!谢谢大哥哥!"乐乐拿着小雪人看着贺钦说。

贺钦回了一句:"不客气。"

乐乐又看向薛恨:"也谢谢老板哥哥!"

薛老板:"……"小孩子什么的,果然难缠!

结束了这个小插曲,薛恨和贺钦一起去了附近的商场。今天的商场非常热闹,到达目的地后,薛恨给贺钦买了一双昂贵的新手套,还有一副黑色墨镜——跟贺钦今天的穿着很搭。

贺三少非常喜欢这两个礼物,戴上就没再取下来。薛恨又开始挨个给贺家的人挑礼物,从贺老爷子到贺钦的两个哥哥嫂嫂,甚至是他大哥家的两个小孩,都没遗漏。

在给贺钦的小侄女挑选礼物时,薛恨拿了一枚平安扣,问贺钦好不好看。

贺三少轻瞥一眼:"太黑了,没光泽感。"

薛恨抽了抽嘴角:"……你要不把墨镜取了再看看?"

"不。"

薛恨决定不管这个人的意见,微笑着拜托柜台小姐把它包了起来。

到此,他给贺家人准备的礼物就买齐全了。回去的路上,贺钦主动提了大半,边走路边念叨:"他们自己买不起吗?为什么要你来买?"

薛恨早已对贺钦的低情商言论见怪不怪。

"是是是,对对对,说得好,今晚想不想吃火锅?"

"你的回答好敷衍。我要吃清汤的。"

"我没有敷衍你。吃辣的怎么样?"

"你还说没有敷衍我!你上次吃火锅被辣得半夜胃疼的事情忘了是不是?"

"那是因为上次的底料太辣了……好吧,那就吃清汤的。"薛恨老老实实地说,身边的人却还是停下脚步不走了。

薛恨走了两步又回过头来,用眼神问发生了什么事。

贺三少戴着墨镜昂着头:"我生气了。"

"……又怎么了我的少爷?"

"哼——"贺钦别过脸,"你自己想。"

"边走边想行不行?"

"不行,你想不出来我就不走。"

薛恨拍了拍自己的额头,也就是这一拍让他的脑子灵光一闪:"你给我点儿提示呗?我脑子转不过弯儿来,你又不是不知道,贺老三!"

"……"贺钦的脸色变了又变。

贺三少拉着张驴脸,过了好一会儿才消气。

第二天上午,薛恨带着贺钦,以及薛恨给贺家所有人准备的一车子礼物去了贺家。

大雪纷飞的除夕,贺老爷子愣是裹着军大衣站在车库口等着。

"风这么大,您就不能在家里等着吗?"薛恨不赞成地说,将买的那些东西全扔给贺钦,自己则是亲手扶着老头儿往家里走。

贺老爷子笑呵呵地:"怎么着?还不让老头儿我迎迎你们"

"哪儿能啊?我是怕您感冒。"

三人一起进了贺家老宅的门,远远地就听见客厅里传来小孩子说话的笑闹声。

老爷子拍拍薛恨的手背:"是贺钦大哥家的孩子,卓谨和卓言。"

薛恨倒是听贺钦提起过:贺钦头顶有两个哥哥,三兄弟都不是一个妈生的,平时来往不多。

贺老二贺定是跟薛恨打过交道的,贺老大贺翼一家四口却几乎不怎么回老宅,薛恨也就只在贺定婚礼上见过贺翼一次,当时贺翼是一个人出席的,后来就没再有什么交集。

难得今天贺翼还把妻子孩子一起带来了,确实热闹。

"名字真好听。"薛恨由衷地说,贺老爷子神气地昂起下巴:"他们的曾爷爷给取的,能不好听?"

薛恨突然反应过来——贺家现在是真的四世同堂,贺老爷子这晚年生活也算是志得意满了。

"是是是,贺爷爷最有文化了。"

到了客厅,薛恨果然看见一男一女两个七八岁的小孩踩在沙发里蹦蹦跳跳,贺劲峰在一旁小心照看着,生怕其中一个从沙发上摔下来,摔出个好歹。

"卓谨卓言,看看是谁来家了?"贺老爷子招呼着两个曾孙看向他的方向。

兄妹俩立刻转过头来,见到贺钦后立刻从沙发上光着脚丫子蹦跶

下来:"三叔!"

"好歹穿上鞋呀!"贺劲峰无奈地喊,却没被他的孙子孙女听进去。

眼见着他们就要扑到贺钦身上,贺钦绷着张俊脸说:"不准动。"

俩小孩立刻乖乖站在原地。

薛恨倍觉神奇地瞪大了眼,将他的反应放在眼里的贺钦立刻展现自己的长辈威严:"贺卓谨,贺卓言,好久不见。"

兄妹俩站姿端正,异口同声:"三叔,好久不见!"

"嗯。"贺钦侧头看向薛恨,一本正经地为侄子侄女做介绍,"这是你们的薛叔叔。"

薛恨愣住,俩孩子倒是非常上道地对着薛恨鞠了个躬,并朗声道:"薛叔叔过年好!"

"薛叔叔长得真好看!"贺卓言天真地说。

贺钦抬了抬拎着购物袋的手:"这是薛叔叔给你们准备的礼物。"

没人不喜欢收到礼物的感觉,贺卓谨和贺卓言又是很天真无邪的小孩。他们欢喜地伸手去够礼物,贺钦却把手抬高一些,表情严肃。

哥哥贺卓谨立刻会意,对薛恨说:"谢谢薛叔叔!祝薛叔叔新年快乐,万事如意!"

贺钦这才把礼物送到他们手上。

"都这么熟了,不用每次来都带礼物,赚了钱留着自己花就行。"贺劲峰说着,端起手边的茶喝了一口——这茶叶是上次薛恨过来的时候买的,听贺钦说,这还是薛恨专门趁着去祖国南境出差中途去寻的。茶香四溢,越品越细,挺合贺劲峰的口味。

"花不了什么钱的。"薛恨含糊着说,目光瞥向正拆着礼物的两个小孩,"他们是双胞胎吗?"

"不是,卓谨比卓言大一岁。"

"这样啊。"薛恨的目光没收回来,看见贺卓谨打开乐高积木后开心地拍手,也看见贺卓言抱着公主礼盒转圈圈的场景。薛恨的眼里涌上笑意:"他们还挺可爱的。"

贺劲峰开口道:"贺钦,去厨房里帮你妈和大嫂打下手去。"

薛恨率先站起来:"还是我去吧。"

毕竟薛恨深知以贺三少的厨艺,要是真让他去了厨房,绝对是给厨房里的两位女士添乱。

等到薛恨的身影离开视线,贺钦才收回目光,"二哥他们什么时候来?"

"这臭小子,说是得等到下午,比你还不听话!"贺劲峰一提到贺定就气不打一处来。

贺定这人心眼不大也就罢了,本以为结了婚,他就能像他的名字一样安定一些,却没想到这小子结婚后反而越活越回去——工作不管了,家产不争了,整天就知道跟着他老婆环游世界。

这不?这都春节了,昨天贺劲峰打电话去的时候,才听说这小子正在南半球的一个小岛上陪老婆呢!

其实这也有贺劲峰的责任——他当初给贺定物色对象的时候,现在这个亲家主动找上门来,说这么多年他们家的掌上明珠其实一直在关注贺定婚姻的事。

贺老二在贺劲峰心里就是个成不了大事但也不至于坏得不可救药的存在,好不容易碰见个家世相当、又对贺定感兴趣的儿媳,贺劲峰自然有意撮合。

可是谁能想到这儿媳和贺定小时候就是同学,两人在学生时期还互有好感,不过后来那丫头自己出国深造去了。

贺定当时可没表现出受打击的样子,不过是突然想开了似的进了公司,野心也大了起来。

原本因为贺钦薛恨合照的事,贺劲峰还替贺钦提防着贺定。

谁知道贺定结了婚后就突然像变了个人似的,来来回回就知道围着他老婆转了。

贺劲峰也不知道这究竟是好是坏,但正如贺老爷子说的,儿孙自有儿孙福,贺劲峰能为这几个孩子做的,已经全部做了。

也许他不是个完美的父亲,但他所有的让步和宽容,也都献给了他的家人。

"他跟二嫂修成正果就好。"贺钦淡定地说。

贺劲峰不置可否地哼笑一声，突然想起什么似的："对了，老大说要带你大嫂去把蜜月补了。我准备让卓谨卓言去你那儿住几天，你没意见吧？"

"我有。"贺钦想也不想地说，"我很忙，没空。"

贺劲峰安静地喝茶，没再说话。

傍晚，贺定和他的妻子终于姗姗来迟。

一大家子人终于齐聚一堂，薛恨正要坐下，主位上的贺老爷子就对他招了招手："薛小子，过来，坐这儿！"

薛恨"啊"了一声，贺钦拍拍他的背："去坐爷爷身边，没那么多规矩。"

"哦。"薛恨坐到贺老爷子身边，准备给他倒茶，老头儿却拿起酒杯："今天我就不喝茶了，陪大伙喝一杯白的！"

贺老爷子这一发话，众人自然举起杯子配合。不需要说什么客套话，半杯酒水下肚，一家子人开始动筷。

才吃了几嘴，薛恨感觉自己的衣角被人拉了拉。

他从饭里抬头，对上贺卓言水汪汪的大眼睛："薛叔叔，我可以坐在你身边吗？"

"当然可以。"薛恨挪了挪位置，他旁边的贺翼揉了揉女儿的头发："看来言言挺喜欢小薛。"

贺卓言兴奋地坐到薛恨的身边，一会儿要吃糖醋小排，一会儿要吃白灼大虾。

薛恨主动替她夹菜剥虾，还给她倒了一杯果汁。

"小薛吃你的，不用管她。"贺钦的大嫂笑着说。

薛恨回答："没事 卓言挺可爱的。"顿了顿他又补充道，"卓谨也是。"

贺劲峰赶紧开口："小恨哪，这几天你大哥大嫂想出去度个蜜月，我跟你们爷爷的意思是，让俩孩子去你那儿待几天，你方便吗？"

薛恨毫不犹豫地答应了：

"当然方便！"

这天夜里，薛恨和贺钦留宿在老宅，接近凌晨时一起出门，被邀请去看贺翼从外面买了带回来放的烟花。

凌晨十二点的钟声响起，在无数簇绽开的烟火里，薛恨对贺钦说："新年快乐，贺钦。"

"新年快乐，天天快乐，薛恨。"

第二天，他们带着两个小孩回来了。

起初薛恨是新鲜兴奋的——两个小朋友会陪薛恨看电影，也会叫薛恨陪他们玩游戏。

薛恨乐得奉陪，现在他们正在玩斗地主。

贺三少冷眼看着薛恨拆开一个炸弹去压贺卓谨的三对一，到底还是忍不住："薛恨……"

"嘘——我有我的节奏。"

脸上已经贴了四张纸条的贺钦——他为什么要帮薛恨认罚？丑死了！

紧张刺激的斗地主一直玩到晚上九点，最终因为贺三少拒绝贴上第十二张纸条而宣告结束。

"薛叔叔，我们一起玩扮家家酒吧！"贺卓言眼睛亮晶晶地说。

薛恨正想答应，却听贺三少替他拒绝得果断："到睡觉时间了，该去洗漱睡觉了。"

贺卓谨摇头："假期我们都是十点睡觉的。"

"是薛叔叔的睡觉时间到了。"贺钦严肃地看着薛恨，"我说得对吗？"

薛恨无奈地笑了笑："对，我是早睡早起的好叔叔。"

"薛叔叔！起床了！我们今天玩飞行棋和大富翁好不好！薛叔叔！"

薛恨看了看时间，才早上八点不到，比他平时上班还要早。他躺在床上给贺钦打电话："……贺钦，救我。"

预存了十年租金的贺三少挺身而出，很快让他们结束了这个游戏。

昏昏欲睡的薛恨第三次被吵醒，是因为贺卓言的哭声——她从沙

发上掉地上了,嘴巴被磕出血,哭声震天响。

薛恨盯着头顶的天花板"嗷"了一声,认命般起床去看了看情况。

鸡飞狗跳的生活持续了三天,薛恨实在忍无可忍:"贺钦,把他们送去老宅好不好?"

贺三少一脸幸灾乐祸:"我早说什么来着?谁让你当时答应得那么快!"

"贺钦神经病。"薛恨愤愤地说,亲自送兄妹俩回了老宅,并逼自己不要在贺卓言说"舍不得薛叔叔"的时候心软——

小孩子什么的,果然太难缠了!

图书在版编目（CIP）数据

盼潮生 / 游客鱼某人著 . -- 武汉：长江出版社，
2024.10. -- ISBN 978-7-5492-9602-6
I.1247.5
中国国家版本馆 CIP 数据核字（2024）第 2024TP8239 号

盼潮生 / 游客鱼某人 著
PANCHAOSHENG

出　　版	长江出版社
	（武汉市解放大道 1863 号 邮政编码：430010）
策　　划	长江出版社
市场发行	长江出版社发行部
网　　址	http：//www.cjpress.cn
责任编辑	罗紫晨
特约编辑	秋　叶
封面设计	唐小迪
封面绘制	小石头
印　　刷	北京美图印务有限公司
版　　次	2024 年 10 月第 1 版
印　　次	2024 年 10 月第 1 次印刷
开　　本	880mm×1230mm　1/32
印　　张	8.5
字　　数	252 千
书　　号	ISBN 978-7-5492-9602-6
定　　价	45.00 元

版权所有，侵权必究。如有质量问题，请与本社联系退换。
电话：027-82926557（总编室）027-82926806（市场营销部）